JN184852

影の斜塔

警視庁文書捜査官

麻見和史

角川文庫
21563

目次

第一章　逃走者

1

通りの向こうには串焼《くしや》き店がある。電球が切れかかっているのか、看板がちらちらと明滅を繰り返している。

全力疾走を終えてから、まだ三分ほどしかたっていない。呼吸を整えながら、富野泰《とみのやす》彦《ひこ》は腕時計を確認した。十一月二十五日、午後七時三十三分。

給料日だったせいだろう、墨田《すみだ》区錦糸町《きんしちょう》の歓楽街には人通りが多かった。ふたり連れの男性を見かけると、客引きが近づいていって店の宣伝を始める。おそらく、飲み放題で五千円ポッキリ、などと条件を伝えているのだ。

富野は今、白壁の雑居ビルの一階、非常階段の入り口で息をひそめている。灰色のジャンパーとジーンズを身に着け、キャップを目深にかぶって顔を隠していた。フリーターのような姿だが、ただひとつ、この恰好《かっこう》に少し不似合いなものを持っている。銀色のバックパックだ。

　一般に使われるバックパックとは違って、特殊加工された素材で作られている。蓋《ふた》の部分は三つの錠でロックされ、工具を使ってもそう簡単に開けることはできないはずだ。ジャンパーを着てそれを背負った富野は、何かの作業員に見えるかもしれない。

　男性ふたりを相手に、客引きの男は店の説明を続けているようだ。あの三人が立ち去ったらこの場所を離れよう、と富野は考えた。人通りはあるが、ジャンパー姿の人間が暗がりから出てきても、不審に思われることはないはずだ。銀色のバックパックも、酔っ払いの多いこの町ではそれほど目立たないのではないか。

　わかった、それでいい、という顔で男性ふたりはうなずき、客引きの男は嬉《うれ》しそうに路地を歩きだした。ふたりを案内して店に行くのだろう。

　三人が見えなくなると、富野は行動を開始した。

　つい先ほどまで激しい鼓動が続いていたが、心拍もだいぶ落ち着いてきている。

　非常階段を離れ、雑居ビルの間から路地に出た。自分が隠れていた白いビルの一階は不動産会社で、今はもうシャッターが下りている。

　街灯やネオンサインが光っていた。通りの左右には数多くの飲食店が並んでいる。これから一杯やろうという会社員たちが、焼き鳥やオリーブオイルやオイスターソースのにおいを嗅《か》ぎながら歩いていく。

腹が減ったな、と富野はつぶやいた。そういえば、今日は朝から何も食べていない。コンビニでパンでも買えたらよかったが、身の安全を考えるとそれはできなかった。コンビニには必ず防犯カメラがあるからだ。

ここを離れたら、どこかカメラのなさそうな飲食店を見つけて飯を食おう。それが無理なら、弁当を買うのでもいい。

富野は駅のほうへと歩きだした。右手の居酒屋に会社員の団体が入っていく。左手のカフェから若い男女が出てくる。そのうち狭い路地にタクシーが入ってきて、車道を歩く男たちにクラクションを鳴らした。

いい感じだ、と富野は思った。この喧噪《けんそう》の中なら誰かに注目されることもないだろう。

だが、そのときだった。

前方にダークスーツの男がちらりと見えた。整髪料で髪を固めた、三十代ぐらいの人物だ。スーツを着た男など、この路地にはいくらでもいる。だが富野にはわかった。あれはつい十分ほど前、自分を追いかけてきた男だ。

その男は一般の会社員などではなかった。鋭い目つきで周囲を観察し、鼻を利かせ、ターゲットを見つけたらどこまでも追いかけていく組織の犬だ。

――まずい。ここで見つかるのはまずい。

天ぷら店の前で富野は足を止めた。何かを思い出したようなふりをして踵《きびす》を返し、今来た道を戻っていく。だが、背後で急に罵声《ばせい》が聞こえた。

かってくる。

「おい、危ない！」

振り返ると、通行人を押しのけて整髪料の男が走りだしていた。まっすぐこちらに向
ちくしょう、と富野は舌打ちをした。奴に見つかってしまった！

背後でガラスの割れる音がした。それと同時に、女性の甲高い声が響いた。

「痛い！　何するのよ」

スーツの男に突き飛ばされて、女性がドアか窓にぶつかったのだろう。それでガラスが割れたのだ。

もう、なりふりかまっていられなかった。

富野はその男から逃れるため、反対方向へ全力疾走した。あちこちで通行人にぶつかりながら、猛烈な勢いで走っていく。

この路地を抜ければ交差点に出られる。あそこなら車も人も多いから、追っ手を撒《ま》くことができるはずだ。なんとか、そこまで逃げなければならない。

ところが数秒走ったところで、止まらざるを得なくなった。

行く手にまたダークスーツの男が見えたのだ。先ほどの奴と違って髪を短くしているが、身にまとった雰囲気が普通ではなかった。強い意志を持った目、一般市民など関係ないと言いたげな威圧感。目的を果たすことだけを考えて、行動しているのだろう。

富野は辺りを見回した。路地の左右に抜け道はなく、このままでは挟み撃ちにされてしまう。どちらか一方と組み合って倒せるだろうか。いや、揉《も》み合っている間にもうひとりが駆けつけて、たちまち二対一になってしまう。そうなれば勝ち目はない。

強い焦りを感じながら、さらに富野は周辺へ目を走らせた。どこかの店に入って隠れるか？　いや、それは無理だろう。では店を通り抜けて裏口から逃走するか？　それもリスクが高い。

もう迷っている暇はない。富野は先ほどまで潜んでいた白いビルに戻り、非常階段を駆け上り始めた。

富野の足音のほかに、ふたつの足音が聞こえてきた。スーツの男たちが、あとを追って階段を上ってきたのだ。

三階と四階の間、踊り場の一角に段ボール箱が積んであった。富野はその山を押して、階段の下へと突き崩した。一時的に追跡者たちを足止めすることができた。

段ボール箱をすべて蹴落《けお》とすと、富野は再び階段を駆け上った。どうやって脱出するかというプランはない。とにかく逃げなければ、という考えしかなかった。

やがて非常階段は終わり、富野は屋上に出た。

この雑居ビルは七階建てだ。南側の手すりから下を見ると、二十数メートル下に先ほどの路地があった。ここから落ちてアスファルトに激突したら、おそらく死ぬだろう。いや、運よく助かったとしても半身不随になるに違いない。

――何か手はないのか？

富野は手すりに沿って移動し、ビルの周囲を確認していった。西側は今しがた上ってきた非常階段で、その向こうに見えるのは隣接する八階建てのビルだ。あいにく壁面にしがみつけるような突起はない。北側のビルも同様だった。東側を見ると、そこはこのビルより低い五階建てだ。

「目標を発見！」

背後から鋭い声が聞こえた。はっとして富野が振り返ると、そこにダークスーツの男がふたり立っていた。

彼らは油断なく身構えて、こちらを観察している。二対一。もはや富野に勝ち目はない。まともにやり合って、どうにかできる状態ではない。

「おとなしく投降しろ」

整髪料をつけた男が言った。富野が黙ったままでいると、男はこちらに向かって足を踏み出した。

「近づくな！」富野は腹の底から声を出した。

だが、そんな言葉など聞こえなかったかのように、ダークスーツの男たちはこちらへやってくる。

奴らが特殊警棒を取り出すのが見えた。ひゅん、ひゅん、と空を切る嫌な音が聞こえる。

「やめろ。こっちに来るな！」富野は叫んだ。「やめてくれ！」

整髪料の男が、特殊警棒を大きく振り上げた。

逃げ場を求めて、富野はもどかしく周りに目を走らせる。なんとかしなければ、と思った。しかしこの状況下で、自分に何ができるというのか。

見上げた空に、月はなかった。

2

霞ケ関《かすみがせき》駅で電車を降りて、ひとり階段を上っていく。

十一月二十六日、午前七時四十分。矢代朋彦《やしろともひこ》は地上に出て、皇居のほうへ歩きだした。

ここしばらく暖かい日が続いていたが、今日は少し空気が冷たく感じられる。

早いものだな、と矢代は思った。ついこの間まで暑い暑いと言っていたのに、来月はもう十二月だ。町にはクリスマスソングが流れ、世間は華やいだ雰囲気一色になるだろう。

それに伴って警察も忙しくなる。忘年会で酒を飲む人が増えるから、繁華街で喧嘩《けんか》などのトラブルが起こるのだ。いや、それだけではない。この時期、世間の慌ただしさに乗じて、傷害などの事件が起こる可能性もあった。

大きな事件が起これば、すぐに担当の捜査員たちが招集され、特別捜査本部か設置される。以前所轄の刑事だったころ、矢代は大晦日《おおみそか》に発生した殺人事件に駆り出されたことがあった。警察官である以上、仕事の過酷さに文句は言えないが、さてこれで今年も終わりだと思ったところだったから、さすがに驚いた。

――それも、よかったころの思い出か。

矢代は少し寂しさを感じながら、桜田通《さくらだどお》りを歩いていく。

今、矢代は警視庁捜査第一課に所属しているが、厳密に言うと刑事ではない。去年の十月、所轄から捜一に異動したときには、これで自分も殺人班の刑事だと、大いに期待したものだった。捜査一課といえば、所轄の刑事全員があこがれる部署なのだ。

だが蓋《ふた》を開けてみれば、矢代が配属されたのは科学捜査係文書解読班という、聞いたこともない部署だった。科学捜査にも文書解読にも興味のない自分が、なぜそんな班のメンバーになったのか不思議で仕方がなかった。

実際の職場に行ってみて、矢代はさらに幻滅することになった。文書解読班という名前ではあるが、その部署がおもに行っていたのは捜査資料の整理だったのだ。換気のよくない執務室は倉庫のようで、口の悪い同僚たちは矢代のことを「倉庫番」などと呼ぶようになった。

この部署が設立された背景には、凶悪事件の公訴時効廃止が関係あるらしい。従来なら未解決事件は捜査打ち切りとなることが多かった。しかし時効がなくなったことで、過去の事件を再び捜査する機会が増えてきた。そういうケースに備えて、古い捜査資料を整理する部署が必要になったのだと聞いている。

それにしてもなぜ自分が選ばれたのか、という疑問があった。その後、殺人班の捜査に協力する機会も出てきたのだが、結局のところ文書解読班はサポート要員でしかない。矢代はそれが気に入らなかった。

一番の希望は、捜査一課殺人班の刑事になることだ。しかし一年や二年では、次の異動はないかもしれない。昇任試験に合格すれば間違いなく異動だが、今、巡査部長である自分が警部補になるには、かなりの勉強が必要だろう。参考書を買って読んだこともあったが、すぐに合格するのは無理だとあきらめた。

となると最後の手段は、文書解読班として捜査に貢献し、実績を挙げることだった。じつを言うと、最近その下地はできつつある。いくつかの事件で成果を挙げた矢代たちは、ときどき特捜本部に呼ばれるようになった。この状態が続けば、捜査の現場で働きたいという矢代の希望も、ある程度満たされることになる。

――あの人に、もう少し頑張ってもらえれば……。

矢代はそう思った。今後自分たちが活躍できるかどうかは、上司の力次第だろう。上司がほかの部署との調整を行い、特捜本部に参加しやすくしてくれれば、安心できるというものだ。

そんなことを考えながら、矢代は歩道を進んでいった。総務省と警視庁の建物の間に、立木を囲んだ柵《さく》がいくつかある。そのひとつに寄りかかるようにして、本を読んでいる女性がいた。

思わず、矢代はまばたきをしてしまった。なぜ、あの人がこんなところにいるのだろう。

身長は百六十センチほどで、紺のパンツスーツを着た人物だ。髪をボブにして、緩くウェーブをかけている。かなり整った顔立ちで、タレントだと言われたら信じてしまう者がいるに違いない。だが彼女は今、柵に寄りかかり、眉間《みけん》に皺《しわ》を寄せて本を読んでいた。あれではせっかくの美人が台無しだ。

彼女は矢代の上司、鳴海理沙《なるみりさ》警部補だった。主任であり、文書解読班のリーダーでもある人物だ。

そばに近づいて、声をかけてみた。

「おはようございます。そんなところで何をしているんですか」

はっとした様子で理沙は顔を上げた。矢代を見てから、我に返ったように周囲へ目を走らせる。自分の立っている場所を確認して、何度かまばたきをした。

「矢代さん。どうしてここに？」

「それはこっちの台詞《せりふ》です」矢代は彼女の手元を指差した。「なぜ始業の前に、立ったまま本を読んでいるんですか」

「え、もうそんな時間？」

慌てて理沙は腕時計を見たが、じきに安堵《あんど》したようだ。

「まだ八時前じゃないですか。遅刻かと思いましたよ」

「本好きなのはわかりますけど、どうしてこんな場所で……」

「電車の中で読んでいたんですが、面白くてやめられなくなったんです。歩きながら読み続けていたら、ここまで来て、ちょうどいいところに差し掛かったんですよ」

「で、続きが気になったわけですか」

「そうです。まだ時間もあることだし、いいかなあと思って、ここで……」

矢代は呆《あき》れたという顔をした。一年前文書解読班に入ってから、何度理沙に見せたかわからない、軽蔑《けいべつ》の交じった表情だ。

「あのですね、あと少しなら、職場に行って読めばいいじゃないですか。歩いている途中で本を読むなんて、大人のすることじゃありません。小学生レベルですよ」

「ひどい言われようですね」理沙は顔をしかめた。

階級でいえば理沙のほうが上だから、矢代は彼女に従わなくてはならない。とはいえ自分は理沙より四つ上の三十六歳で、捜査経験はこちらのほうが多いのだ。刃向かうことはできないが、嫌みを言うぐらいは許されるだろう。

「どうも矢代さんは、私のことを軽んじているように見えますね。いったい、どんなふうに思っているんです？」

「どんなふうにって……文字フェチ？」

理沙は一瞬言葉に詰まったようだが、じきにこくりとうなずいた。

「まあ、そうですよ。私は文字フェチで文書マニアです。それは認めます」

「もっと言えば、他人の書いた字が好きで、そこからいろいろ想像するのが趣味なんでしょう」

「趣味じゃありません。文章心理学を応用して筆記者の考えを想像することは、捜査に役立つんです。矢代さんは文書解読班のサブリーダーなんですから、そこを理解してもらわないと困ります」

「はあ、すみません」

成り行きで、矢代は謝る羽目になってしまった。サブリーダーを拝命した覚えはないのだが、立場的にはそのとおりだ。

「ところで、何を読んでるんですか」

「ミステリー小説です。これ、本当に面白くてね。謎の見せ方は地味なんですけど、そこになんとも言えない滋味があるというか。……あ、今のは洒落《しゃれ》ですよ？」

「言われなくてもわかります」

警察官として殺人事件などに関わっているのに、趣味でもそんな本を読むのか、と矢代は少し呆れてしまう。

理沙は本に目を戻して、ぱらぱらとページをめくった。

「今、探偵が不審者を追い詰めているんですが、まだこれだけページが残っていますからね。この人、絶対犯人じゃないですよ」

彼女がそんなことを言っているうち、本に挟まっていた紙片が落ちた。不思議そうな顔で、理沙はそれを拾い上げる。

矢代も横から覗《のぞ》き込んだ。ボールペンでこう書かれている。

青い鳥
折れた剣
ラルフ124C41+　100―13―2―1―1―6

理沙はメモを見て、何だろう、というように首をかしげた。

「変ですね。私、こんなメモは挟んでいません。古本じゃないから、前に読んだ人もいないはずだし……」

「書店で誰かが、いたずらしたんですかね」

「それも考えにくいですね……」理沙は記憶をたどる表情になった。「私、読み始めるまで一週間ぐらい、この本を職場の机に置いていたんですよ。そのときに誰かが挟んだんじゃないでしょうか」

「いったい誰がそんなことを？」

すると、理沙は真顔になって矢代を指差した。慌てて矢代は首を振る。

「俺じゃありませんよ。そんなことをする理由がありません」

「まあ、そうですよね。だとすると、誰がこんなものを挟んだんだろう。……捜一の人のいたずら？　それとも係長の仕業？」

「いずれにしても、かなり暇な人ですよね」

「とにかく、このメモは気になります。何かの暗号だったりして」

理沙はあらためて紙片を見つめた。謎のメモを前にして、彼女の表情はじつに生き生きとしている。文字フェチ、文書マニアの血が騒ぎだしたようだ。

「この三行は、どれも本のタイトルです。『青い鳥』はメーテルリンクの童話劇のことでしょう。矢代さん、知っていますか？」

「子供が青い鳥を探す話でしたっけ」

「そう。チルチルとミチルの兄妹《きょうだい》が、幸福のしるしである青い鳥を探すんですが、じつは……という物語です」

「え？　どうなるのか教えてくださいよ」

「ネタバレは御法度ですが、まあ、有名な話だからいいでしょうか。青い鳥は、ふたりの家にいたんですよ」

ふうん、と言って矢代は何度かうなずいた。

「灯台下暗し、ということですか。ふたりで苦労したのに、なんだか気の毒ですね」

「次の『折れた剣』はミステリーです。チェスタトンの小説で、たしか『ブラウン神父の童心』だったと思いますが、短編集の中の一編ですね」

「これはどんな話なんです？」

「いや、さすがにミステリーのネタバレはできませんよ」

「いいじゃないですか。俺、絶対に読みませんから」

「駄目ですってば。読書家としてそれは許されない行為です」

「お願いしますよ。ざっくりでいいですから」

　矢代に乞《こ》われて理沙は困った様子だったが、やがて咳払《せきばら》いをした。

「オチは言えませんが、この作品のタイトルが出るとき、かなりの確率で言及される一文があります。簡単に言うと『木の葉を隠すなら森の中』という意味の文章です」

「あ、それ聞いたことがあります。でも神父さんとは関係なかったと思うけど」

「いろいろなところで語られる言葉ですからね」理沙は紙片を指差した。「でも『青い鳥』と並べて考えると、ちょっと興味深いですよ。どちらも、隠されたものを探すにはどうすればいいか、という問題を扱っていますから」

　そういうものかな、と思いながら矢代はさらに尋ねた。

「最後の本は何ですか」

「『ラルフ124C41＋』はヒューゴー・ガーンズバックのSF小説です。古典SFのひとつで、ラルフ124C41＋が宇宙で活躍するんですよ」

「124C……というのは何の番号ですか」

「ラルフ124C41＋というのが主人公の名前なんです。その世界では、みんな名前に番号がついているんですよ」

「たとえば、鳴海５９６３《ゴクローサン》みたいな？」と矢代。

「そうですね。矢代４０４０《ヨレヨレ》とかね」

妙な世界だな、と矢代は思った。しかし古典ＳＦだというから、当時は新鮮に感じられる設定だったのだろう。

「それも何かを探す話なんですか」

「探すといえば探す話ですね。さらわれた女性を助けるため、主人公が宇宙に飛び出すといった展開なので」

「で、じつは灯台下暗しだった、とか？」

「いえ、そういう話ではなかったはずです。だからこの本だけ、ちょっと異質な感じなんですよ。とはいえ、三つ並べて書かれていますから、何か関係があるのかもしれません」

「『ラルフ』の次の『100―13―2―1―1―6』もＳＦ……ってことはないですよね」

矢代の質問を受けて、理沙はしばし考え込んだ。携帯電話を取り出してネット検索をしたが、答えは出なかったようだ。

「さすがに、そんなタイトルの本はありませんね。これを普通に計算すると、ええと、答えは77です。そういう題名の本もないはずですけど」

「最後のひとつだけ、計算式になっているのはなぜです？」

「もしかしたら、同人誌や自費出版本という可能性もありますが……。それにしても、ほかの有名なタイトルと比べると違和感があります」

変ですね、とつぶやきながら理沙は紙片を見つめている。気になって仕方がない、という顔だ。

矢代は自分の腕時計に目をやった。

「主任、そろそろ時間ですね。行きましょうか」

そう促して、矢代は警視庁本部のほうへ歩きだした。

3

庁舎に入って、エレベーターで六階に上がった。

顔見知りの捜査員に挨拶《あいさつ》しながら、矢代たちは廊下を進んでいく。

「昔に比べると、声をかけてくる人が多くなりましたよね」矢代は小声で言った。「これも、俺たちがしっかり成果を挙げているからでしょうね」

もともと理沙は、捜査に行くより文書に囲まれているのを好むタイプだった。タレントのような外見のせいもあって、当初はほかの部署から、かなり軽視されていたように思う。

その評価が変わってきたのは最近のことだ。いくつかの事件を解決に導いたことから、幹部たちも理沙を認めるようになったという。

「もしかしたら文書解読班には後ろ盾がいるんじゃないか」

「だから文書解読班は優遇されているんだろう」

一部にそんな噂もあるらしい。実際のところ、後ろ盾となる幹部などいないのだが、人間というのは何かと穿鑿《せんさく》したがるものだ。

——何だかんだいっても、結局、実績がものを言う世界だからな。

そう考えると、文書管理より事件の捜査をしたい矢代にとって、理沙は必要な存在だと言えた。見た目の印象とは異なり、彼女はかなりの推理力を持っているからだ。

「事件の解決件数が増えて、私たちは注目されていますよね」と理沙。

「ありがたいことです」矢代はうなずいた。「評価が上がれば俺たちの意見が通りやすくなるし、特捜本部に呼ばれるチャンスも増えます」

「そういえば私、この前、理事官に呼ばれましたよ」

え、と言って矢代は理沙の顔を見つめた。

「管理官じゃなくて、理事官ですか?」

矢代は捜査一課の階級を思い浮かべた。捜査一課には四百名を超える刑事がいる。自分たち末端の人間の上には係長、その上が管理官、その上に位置するのが、今の話に出た理事官だ。捜査一課長に次ぐナンバーツーという立場だった。

「たしか、理事官はふたりですよね」矢代は尋ねる。

理沙はこくりとうなずいてから、何かに気づいたという様子で目配せをした。

「噂をすれば影ですよ。私を呼んだのはあの方です」

彼女の視線を追うと、廊下の向こうから男女が歩いてくるのが見えた。男性のほうはおそらく五十歳前後だろう。角張った顔に、ぎょろりとした目。唇を引き結び、何かまずいものでも食べたような表情を浮かべている。かなり押しの強い人物ではないかと思われた。

「小野塚吾郎《おのづかごろう》理事官です」理沙はそうささやいた。

彼のうしろに従っている女性は、矢代も知っている人物だった。一見ファッションモデルのように整った容貌《ようぼう》だが、目つきが鋭いせいで冷たい感じがある。

捜査一課四係などを指揮する岩下敦子《いわしたあつこ》管理官だった。警察組織では珍しく、女性でありながら管理官にまで昇進した優秀な人だ。その優秀さの裏にはおそらく、同僚や部下への厳しさが隠されているのだろう。

厄介な人が来たな、と矢代は思った。岩下は文書解読班にいい印象を持っていないらしいのだ。

気が急《せ》いているのか、小野塚は足早に歩いていた。ときどき岩下のほうを向いて、何か話しかけている。遅れないよう歩調を合わせながら、岩下はそれに応じている。

「岩下管理官は小野塚理事官と近い関係のようですね」

理沙の一言で、矢代はふたりの関係を把握することができた。岩下は小野塚の配下にあり、その影響下にあるのだろう。警察組織において上下関係は絶対だが、幹部クラスになるとそれに人間関係が関わってくる。たとえば出身が同じ県だとか、大学が同じだとか、世話になった人に紹介されたとか、そんなことがきっかけになって庁内に派閥が作られるのではないか。

矢代などヒラの捜査員には関係ない話だが、そういう事情があることは想像できた。

——岩下管理官は厳しいからな。小野塚理事官とは性格が合うんだろう。

そんなことも、ふたりの関わりを推測する材料になりそうだった。

歩き続けるうち、小野塚理事官は理沙に気づいたらしい。岩下管理官との会話を中断して、こちらに近づいてきた。理沙と矢代の前で、彼は足を止めた。

「ほう、誰かと思えば鳴海じゃないか。その後、どうだ」

低い声で小野塚は尋ねてきた。古い映画の登場人物のような、迫力のある響きだ。

「はい、おかげさまで順調です」

何が順調なのだろう、と思いながら矢代はふたりの会話に耳をそばだてる。

「例の件、考えてみたのか」

「申し訳ありませんが、その件についてはまだ……」

理沙の返事を聞いて、小野塚の顔が険しくなった。彼は首を左右に振りながら言った。

「それがおまえの答えなのか？　鳴海、いつまでも幸運が続くと思うなよ。組織には組織の論理というものがある。そうだな？　岩下……」

「おっしゃるとおりです」

岩下管理官は微笑を浮かべて答えた。それから、理沙のほうに鋭い視線を向けた。

「鳴海さん、私たちの組織は異物を嫌います。調和を乱そうとする者は、組織にとっての癌です。たとえあなた自身に、そのつもりがなかったとしてもね」

「ご忠告ありがとうございます」

理沙はふたりの幹部に向かって、深く頭を下げた。どうしたものかと迷ったが、矢代も軽く会釈しておいた。

「行くぞ、岩下。時間がない」

「かしこまりました」

そう答えると、岩下は小野塚に従って歩きだした。彼女は上司の斜めうしろにいて、決して前に出ようとはしなかった。

彼らの背中を見送ってから、矢代は深い息をついた。三人の間の、あのぴりぴりした空気は何だったのだろう。

「鳴海主任。小野塚理事官に呼ばれた件というのは……」

そっと尋ねてみたのだが、理沙は曖昧《あいまい》な笑みを浮かべるばかりだ。

「矢代さん、行きましょう。遅刻しますよ」

仕方なく、矢代は黙って彼女のあとを歩きだす。

あの強面《こわもて》の理事官と理沙は、いったいどんな話をしたのだろう。矢代はそれが気になって仕方がなかった。

警視庁本部の六階には、捜査一課殺人班のための部屋がある。

そこは「大部屋」と呼ばれる広いスペースだが、普段はあまり人がいない。捜査員たちのほとんどは、各所轄に設置された特捜本部に詰めていて、滅多に戻ってこないからだ。

同じ六階には科学捜査研究所や、科学捜査係の部屋がある。殺人班の使う大部屋に比べると、そちらは人が多かった。勤務する職員たちも、殺しの刑事たちよりは穏やかな印象がある。

台車を使って、科学捜査係の部屋へ段ボール箱を運んでいる男性がいた。多くの刑事と同じようにスーツ姿だったが、段ボール箱の上に、会社名の入った紙バッグが見える。おそらく出入りの業者だろう。

科学捜査係からさらに歩いた六階の片隅に、矢代たちの執務室があった。文書解読班と書かれてはいるが、中を覗《のぞ》けば「倉庫」と揶揄《やゆ》される理由がよくわかる。

ドアを開けてすぐ目に入るのは、大量の段ボール箱が並ぶスチールラックだ。そして床には未整理の箱が山のように積んである。地震が来たらまずいだろうと思うのだが、なかなか整理が追いつかなくて、常にこんな状態だ。

スチールラックの脇を抜け、床の段ボール箱をよけて部屋の奥に行くと、ようやく事務机が見えてきた。四つの机を寄せ合わせて島のようになっているのが、矢代たちメンバーの席だ。理沙の席はその奥、壁際に置かれている大きめの机だった。

「また、こんなに散らかして……」理沙の机を見て、矢代は言った。「一昨日《おととい》、片づけたばかりなのに」

机の上に書類や本が放置されているのは仕方ないと思う。だが理沙の場合、机の周りの床に、雑誌や本を積み上げてしまう癖がある。

「これじゃ踏んづけてしまいますよ。いいんですか？」

「駄目に決まってるでしょう」理沙は口を尖《とが》らせた。「私のシュ……いえ、大事な資料ですよ」

「今、趣味って言おうとしましたよね」

「いいえ、そんなことはありません」彼女は首を横に振った。「私の収集した資料だ、と言おうとしたんです」

怪しいものだが、ここで揉《も》めても仕方がない。とにかく机の周りを片づけてくれるようにと、矢代は理沙に言った。理沙は不満そうだ。

「最近思うんですが、矢代さん、私への当たりが厳しくないですか」

「とんでもない」矢代は自分の席に腰掛け、パソコンの電源を入れた。「俺はこの部署のために……いや、引いては鳴海主任のためにうるさく言うんです」

「あ。やっぱり、うるさいという自覚はあったんですね」

理沙のほうを向いて、矢代は腕組みをする。

「小野塚理事官との話がどういう内容だったのか知りませんが、鳴海主任にはすでに岩下管理官という敵がいるんです。ただでさえ不利な状況なんだから、これ以上、隙を見せるのはよくないでしょう」

「まあ、たしかにね……」

そんな話をしていると、ドアの開く音がして誰かが駆け込んできた。

スチールラックの陰から姿を見せたのは、夏目静香《なつめしずか》巡査だ。剣道をやっている彼女は二十八歳、髪はショートカットで、身長は百七十九・八センチある。矢代より十センチほど高く、本人は普段からそのことを気にしているらしい。

「おふたりとも、おはようございます。じつはですね……」

「あ、夏目さん、ちょうどよかった」理沙が彼女に話しかけた。「このメモを私の本に挟みませんでしたか？」

理沙は先ほどの紙片を取り出した。夏目はひとめ見て、すぐに首を振る。

「いえ、知りません。……それより鳴海主任、私、最新情報を入手しました。財津《ざいつ》係長は今日から出張だそうですよ。行き先は九州です」

え、と言って矢代は理沙と顔を見合わせた。

「それはまたずいぶん遠いな」

「朝一番の飛行機で行ってしまったらしいんですよ」

「ここには出勤せず、直接空港に向かったわけか。何か急な仕事なんだろうな」

矢代たちの上司・財津喜延《よしのぶ》は科学捜査係の係長だ。普段からあちこちの特捜本部に呼ばれて会議に出席し、必要なら部下を捜査に参加させる。鑑識や科捜研とは別で、より実践的な分析を得意とするのが科学捜査係だ。

財津はこの文書解読班の管理者でもあるが、忙しい身だから常時面倒を見てくれるわけではない。特捜本部での判断は理沙が行うことになっていて、実際、今まではそれでうまく活動できていた。

「それにしても、俺たちに何も言わずに行ってしまうなんてなあ……」

矢代はぼやいた。どうも軽んじられていると思えて仕方がない。

そこへ、携帯電話の着信音が聞こえた。三人は一斉に自分の携帯を取り出す。鳴っていたのは理沙の携帯だった。

「はい、鳴海です。……あ、係長、おはようございます」ちょうど財津から連絡が入ったらしい。「ええ、こちらは大丈夫だと思います。係長の指示がないのは少し不安ですが……。え？　岩下管理官ですか？　はい……そういうことですか。わかりました。では指示に従います。……ええ、連絡は随時……。よろしくお願いします」

理沙は電話を切ると、小さくため息をついた。何か面倒なことがあったのだろうか。

彼女の様子をうかがいながら、矢代は尋ねた。

「今、岩下管理官の名前が聞こえましたけど、どういうことです？」

「このあと岩下管理官から、何か指示があるらしいんです。それに従ってくれ、ということでした」

「文書解読班への出動命令ですか？」

先ほど廊下で会った際には、そんな話は出なかった。あのときは小野塚理事官と一緒だったから、岩下も遠慮したのだろうか。

「嫌な予感がしますね」夏目が小声で言った。「というか、嫌な予感しかしません」

今年九月に発生した独居老人の殺害事件で、矢代たちは岩下管理官の人柄を知ることになった。過去、岩下は財津と確執があって、個人的な恨みを抱いている。坊主憎けりゃ袈裟《けさ》まで憎いというやつで、彼女は理沙たち文書解読班のことも目のかたきにしているようだった。つまらない私怨《しえん》だと言えばそれまでだが、人間関係のトラブルはたいてい私怨から生じるものだ。

「気が重いなあ」矢代は唸《うな》った。「よりによって財津係長がいないときに、岩下管理官の指揮下に入るわけか」

「何を言われるか、わかりませんよね」と夏目。

実際、九月の事件のとき、矢代たちは岩下から相当きついことを聞かされている。最近評価され始めた文書解読班を、岩下はよく思っていない。今後、きちんと成果を挙げなければ解体もあり得る、などと脅すようなことまで言われ、矢代も不快な気分を味わった。

「俺、あの人が好きになれないんですよね」

矢代がそうつぶやくと、理沙は真顔になって諭した。

「上からの命令であれば、それに従わなくてはなりません。それに矢代さん、人の悪口を言うなんて、大人のすることじゃありませんよ。小学生レベルじゃないですか」

それを聞いて矢代は顔をしかめた。先ほど総務省のそばで矢代が言ったことを、理沙はそのまま返してきたのだ。

「失礼いたしました」矢代は気をつけの姿勢をとった。「私は喜んで、岩下管理官殿の指示に従います」

言い方がわざとらしいと感じたのか、夏目も理沙も笑っている。

と、そのとき、ドアのほうから女性の声が聞こえた。

「楽しそうね、文書解読班」

ぎくりとして矢代たちは振り返る。ラックの向こうから現れたのは、岩下敦子管理官その人だった。小野塚理事官とはエレベーターホールで別れたのだろう。

眉《まゆ》をひそめて、岩下は矢代たちをじっと見つめていた。

4

どうしてこの人はいつもこんな表情なのだろう、と矢代は不思議に思ってしまう。

グレーのパンツスーツを着た岩下管理官は、小脇に資料ファイルを抱え、背筋を伸ばしてこちらを見ている。その目は冷たく、ややもすれば相手を軽蔑《けいべつ》し、見下しているようにも感じられた。

岩下がそんなふうに他人を見るのは、おそらく自分が女性だからだろう。この警察という組織の中には、女性が必ずぶつかる壁がある。昨今さまざまな批判を受けてセクハラ、パワハラを改善するよう上から命じられているが、依然として警察は男性優位の社会だった。いくら男女平等だと言っても、いざとなれば女性は非力で役に立たない、という見方をする者は多い。

そんな環境の中で岩下がここまで出世するには、相当な苦労が伴ったに違いない。男性に対して突っ張ってみせる場面もあっただろうし、ときには相手をやりこめるような策も使ってきただろう。滅多にできることではなく、それ自体は立派だと言える。

——ただ、それとこれとは別なんだよな。

過去の経験がそうさせるのか、岩下は誰に対しても厳しい態度をとる。理沙や矢代などはもともと岩下に敵意を持っていたわけではなかった。それなのに彼女は、氷のような目で矢代たちを見るのだ。

まさに今、その冷たい視線が矢代たちを捉《とら》えていた。

「廊下にまで笑い声が聞こえてきたわ。まるで先生のいない教室のようね」

「あ……す、すみません」

理沙は慌てて椅子から立った。矢代や夏目も、その横に並ぶ。

「ええと……その……」理沙は視線を宙にさまよわせた。「メンバーとコミュニケーションをはかるため、少し……雑談をしていまして」

彼女が緊張していることは誰の目にも明らかだ。また悪い癖が出たようだった。

理沙はもともと内向的な性格で、学生時代にクラスの女子からいじめを受けていたという。その影響もあって、社会人になった今でも、ある種の女性に苦手意識を持っているらしいのだ。

前回の特捜では岩下に意見を述べる場面もあったが、その後、時間がたってしまっている。理沙の中で、恐怖症的なものが再発したのではないだろうか。

「雑談はともかく、笑い声を上げるのはどうなのかしら」

「あの、管理官、ずっと笑っていたわけではなくてですね」緊張を隠すためか、理沙は急に早口になった。「私たちはこの執務室の整理整頓《せいとん》の相談をしていたのですが、話の流れでちょうど諧謔《かいぎゃく》味が出たというか、ユーモアが感じられる文脈になりまして、私どもも三人の間に意図せぬ笑いが起きたようなわけで、決して普段からだらだらと過ごしているようなことはありません。むしろ私たち三人の間には適度な緊張感があり、仕事に対しても効率的な改善を行うよう不断の努力を続けておりまして……」

「あらそう」岩下管理官は右の眉をぴくりと動かした。「とにかく今後、廊下にまで聞こえるような声で笑うのはやめなさい。それは社会人として、警察官として、最低限のルールでありマナーです」

「は……はい、以後注意します」

理沙は姿勢を正して答えた。その横で、矢代と夏目も表情を引き締めた。

三人の顔を順番に見てから、岩下は言った。

「打ち合わせをしたいのだけど、場所を用意してもらえないかしら」

矢代は執務室の中を見回した。倉庫のような部屋だから、もともと打ち合わせ用のスペースはない。仕方なく、夏目とともに自分の机を片づけた。

「ここでよろしいでしょうか」そう言いながら、矢代は机が四つ集まった島を指差した。

「そうでなければ休憩室か喫茶室にでも……」

「時間が無駄です。ここでかまいません」

岩下は優雅な身のこなしで、あいていた席に腰掛けた。理沙はその向かい側に座り、矢代と夏目はそれぞれ自分の席に着いた。

脇に抱えていた資料ファイルを、岩下は机の上に置く。

「鳴海さん。財津係長から連絡は？」

「先ほど電話がありました。岩下管理官から捜査の指示があるので、それに従うようにと」

「けっこう」岩下はうなずいた。「あなたたちにやってもらいたいのは、ある人物の捜索です」

完全に予想外の言葉だった。理沙は怪訝《けげん》そうな表情で尋ねる。

「人捜しですか？　わざわざ文書解読班が動かなくてもいいような気が……」

「まずは話を聞きなさい」

岩下に睨《にら》まれて、理沙は黙り込んだ。

「一昨日《おととい》、十一月二十四日の午前一時から三時の間に、荒川《あらかわ》区で殺人事件が発生しました。被害者は入沢博人《いりさわひろと》、五十四歳、独身。寝具メーカーの担当課長。現在、古賀《こが》係長や川奈部《かわなべ》主任ら捜査一課四係が、荒川署に特捜本部を設置して捜査に当たっています」

資料ファイルを開いて、岩下は一枚の写真を抜き出した。

机に置かれたその写真を、矢代たち三人は一斉に見つめる。会社で支給されたものだろう、グリーンのジャンパーを着た男性が写っていた。髪がかなり薄く、目尻《めじり》に皺《しわ》もあって、五十四という実際の年齢より上に見える。

「あ、わかりました！　事件現場に文字関係の遺留品があって、それを頼りに犯人を捜せというんですね？」

勢い込んで理沙が尋ねると、岩下は露骨に不機嫌そうな表情を浮かべた。

「鳴海さん、話を聞けと言ったでしょう」

「……すみません」理沙は肩をすぼめて頭を下げる。

しばらく理沙を睨んでいたが、やがて気を取り直した様子で、岩下は話を続けた。

「その事件に関わっていると思われる人物が、行方をくらましています。捜してほしいのはこの男です。富野泰彦、三十三歳、身長百六十五センチ」

岩下はもう一枚の写真を差し出した。紺色のスーツを着た、会社員のように見える男性だ。顔が細長く、髪もやや長め。口の右側が、左側より少し上がっている。これは矢代の直感だが、少し癖のありそうな人物に思えた。

「三十三歳ということですが、職業は何ですか?」

夏目が細かいところに気づいて尋ねた。たしかに、岩下は彼の職業について話していない。

単に言い忘れただけかと思っていたが、岩下は一瞬、考えるような顔になった。

「詳細は不明です」彼女は答えた。

何か妙だな、と感じながら、矢代は岩下の表情を観察する。

「で、この富野泰彦が入沢さん殺しの被疑者というわけですか?」と矢代。

「現時点では、事件に関わりがあるとしか言えません」

そうですか、とつぶやいたあと、矢代はさらに尋ねた。

「我々は、この富野泰彦を見つけて報告すればいいんですね?」

「いいえ、できればこの男が所持している文書を手に入れてほしいんです」

「文書……。どんなものですか?」

「あなたたちがそれを知る必要はありません」

突き放すような回答だった。理沙と夏目は眉をひそめている。

文書と聞いて、なるほど、と矢代はいくらか納得した。文書解読班なら文書を探すには最適だ、と岩下は考えたのだろう。

だが、今の岩下の言葉には疑問も感じる。矢代と同じ思いだったらしく、理沙が質問した。

「文書を手に入れろ、ということでしたが、それはどういうことでしょうか。一般市民の所持品を奪えということですか」

「そんなことは言っていません」

「でも今、管理官は……」

「まずは彼を見つけること。そして可能なら彼が持っている文書を手に入れること。これがあなたたちの仕事です。やり方は任せますが、必要なのは結果です。現在、文書解読班は微妙な状況にあります。近々大きな成果を挙げなければ、部署が解体される可能性もある。そのことは先日、小野塚理事官から聞かされましたよね？」

「はい……」理沙はゆっくりとうなずいた。

いったいどういうことだ、と矢代は思った。横で、夏目も戸惑うような顔をしている。いつの間に理沙はそんな話を聞いてきたのか。いや、そもそも部署の存続に関わるような話なら、財津係長を抜きにしては決められないはずだ。

「あの、おっしゃる意味がよくわから……」

と夏目が言いかけるのを、理沙が慌てて制した。夏目はまばたきをしながら理沙を見ている。

「この捜査には何か事情があるんですね？」あらたまった調子で理沙は尋ねた。

「私からは答えられません。……ひとつだけ言えるのは、たぶんこれは殺人班の人間にはできない捜査だということです。あなたたち文書解読班が適任だと私は判断しました。その理由がこれです。富野の手帳に残されていたメモよ」

岩下はまた資料ファイルを開いて、Ａ４サイズのコピー用紙を取り出した。そこに複写されたものを見て、矢代は意外に感じた。

開いた手帳をコピーしたものだろう。だがそのページに書かれたメモの大部分は、黒塗りで読めないようになっているのだ。それはまるで、開示請求を受けた行政機関が仕方なく提出した資料のように見えた。

黒塗りされた部分を除くと、読み取れるのは三つの言葉だけだ。

《月》

《寺》

《百貫》

前後が塗りつぶされているため、文脈は不明だ。これらの言葉が、あるページの上のほう三行に書かれていることしかわからない。

「これが手がかりになりそうだと思ってね」岩下はコピー用紙を指差した。

「すみません、管理官」理沙が小さく右手を挙げた。「ここまで塗りつぶされていると、三つの言葉がどんなジャンルに属するのかさえ推測できません。富野さんについて、わかっていることを教えていただけませんか。仕事が不明なら、せめて趣味とか交友関係とか」

「それは教えられません」

「……だったら、富野さんの住所だけでも教えてください。住んでいる地域から、何かつかめるかもしれません」

「悪いけれど、それも教えられない」

ちょっと待ってください、と夏目が語気荒く言った。

「管理官、さすがにこのヒントだけで人を見つけろというのは無理ですよ」

夏目は正義感が強いから、管理官を相手にしても怯《ひる》まないようだ。だがそれは、組織の中では無謀というものだった。矢代と理沙は、ほぼ同時に夏目を制止した。

「やめておけ、夏目」

「よしましょう、夏目さん」

ふたりの声を聞いても、彼女は納得いかないという顔をしている。どうしてですか、と矢代たちの顔を睨んできた。

そんな夏目の様子を見て、岩下は何か考える表情になった。損得を考えているのか、それとも組織のルールについて思案しているのか。ややあって、岩下は再び口を開いた。

「ではもうひとつ手がかりを。富野は錦糸町周辺によく現れていたらしい、という情報がありました。……私からは以上です」

　錦糸町といえば墨田区にある町だ。歓楽街を抱えていて、かなり賑《にぎ》やかな場所だというのが矢代の抱く印象だった。

「ただちに捜査にかかってください。何かわかったら私の携帯に連絡するように」

　岩下は電話番号の書かれたメモを差し出した。その紙を受け取ってから、理沙は顔を上げた。

「一応お尋ねしますが、これは隠密《おんみつ》行動ですか？」

「隠密？　あなたも古いわね」ここに来て初めて、岩下は口元を緩めた。「でも、そのとおりよ。今回は、ほかの部署とは協調せずに動いてほしい。聞き込みで知り得た情報は他言無用。まあ、それは日ごろの捜査でも同じことでしょうけど」

　岩下は資料ファイルを手にして、椅子から立ち上がった。

「鳴海さん、自分たちの将来がかかっていると考えて、全力を尽くしなさい。……それから、夏目さんだったかしら、あなたにはもう少し忍耐が必要ですね」

　岩下は若い夏目に釘《くぎ》を刺した。夏目は口をへの字に結んで、申し訳程度に頭を下げた。

　管理官が立ち去ると、矢代たちは早速打ち合わせを始めた。

　先ほど受け取ったふたりの男性の写真、そして黒塗りだらけのコピーを前にして、理沙は言った。

「矢代さんたちには伝えていなくてすみませんでした。先週、私は小野塚理事官に呼ばれて、三十分ほど話をしたんです。財津係長が外出しているときだったんですが、急ぎだということで……」

「そのとき、文書解読班の先行きについて言われたんですね？」

渋い表情を浮かべながら矢代は尋ねる。夏目も怪訝《けげん》そうな顔で理沙を見ていた。

「ええ、こんなふうに言われました。幹部の中には、文書解読班の存在に疑問を感じている者が少なくない。何か大きな成果を挙げなければ、いずれおまえたちの立場はまずくなるだろう。そうなる前に、俺の指揮下に入らないか、と」

「小野塚理事官の指揮下って、どういうことですか」

「組織は今までどおりとして、水面下で小野塚理事官の派閥に入れということでしょう。守ってやるから、その代わり何かあったときは俺のために働け、という意味ではないかと」

どうも、きな臭い話になってきた。矢代は考えを巡らしながら理沙に尋ねる。

「理事官はふたりいますよね。もうひとりはたしか……」

「池内静一《いけうちせいいち》理事官です」

矢代は以前、庁内で見かけた池内のことを思い出した。すらりとした体に高級そうなスーツを着ていたが、それが嫌みにならない、センスのいい人物だった。小野塚に比べると、かなり紳士的な雰囲気だったことを覚えている。ただ、そうはいっても理事官を務めるほどだから、柔和なまなざしの中にも鋭い光があった。部下を叱責《しっせき》するのではなく、うまく諭して本人のやる気を引き出すタイプではないだろうか。

「そっちの理事官は何も言ってこなくて、小野塚さんだけが動いている、と……」

「小野塚理事官には強引なところがあるから、目をつけられると厄介なんです」

まいったな、と矢代はつぶやいた。どこの世界でも人間関係というやつは面倒だ。

「で、そのことを財津係長には？」

「もちろん、あとで話しました。でも財津係長は『わかった』と言っただけでした」

「具体的に何か指示はなかったんですか。俺がおまえたちを守ってやるとか、そういう精神的な話さえも？」

「ええ、まったく」

「なんてことだ……」

頭の中に財津係長の姿が浮かんできた。銀縁の眼鏡をかけ、少し目尻《めじり》が下がっていて人のよさそうな雰囲気がある。飄々《ひょうひょう》としたタイプと見えて、じつは切れ者だという噂を聞いていた。しかしその切れ者の上司は今回、文書解読班を小野塚理事官に差し出すつもりなのか。それは財津自身の保身と関係あるのだろうか。

あるいは、と矢代は思った。財津は対策を打つつもりだったが、九州出張の隙を突いて、小野塚や岩下が行動を起こしたのかもしれない。

いずれにせよ財津不在の今、文書解読班は自分たちの判断で動かねばならなかった。

何かミスがあった場合は理沙の責任となり、部署の廃止につながるおそれもある。もともと矢代は文書解読班から出たいと思っていたのだが、不名誉な形で部署がなくなったら、自分にもよくない噂がついて回るだろう。それでは、いつになっても捜査一課の刑事にはなれない。

「鳴海主任、夏目、ここはしっかり成果を出さないと」

「そうですよね」夏目はこくりとうなずいた。「鳴海主任の得意な文章心理学で、ぱっと解決しましょうよ」

「ぱっと解決は無理だと思いますが、とにかく始めましょう」理沙は机上の資料を指差した。「この富野泰彦のメモ。まず月です。月、寺、百貫から何がわかるかですね。思いつくことを並べていきましょうか。ツキと読むなら衛星の月、カレンダー上の月が思い浮かびますよね。ゲツと読むなら月曜日のことでしょうか」

「前の黒塗りに数字が入っていたとすれば、ガツですよね」夏目は自分のメモ帳を開いた。「一月とか二月とか、特定の月間を表していたのかもしれません」

「次は寺です。普通に考えれば、これは寺院のことでしょう。前に固有名詞が付けば、なになに寺という特定の場所を指すことになりそうです」

理沙の説明を聞いて、なるほど、と矢代は思った。

「もしそうだとすると、ここまでで時間と場所がメモされたわけですね。あとは百貫か……。重さの単位でしたっけ？」

「そうです」理沙は机上のパソコンでネット検索を行った。「ええと、一貫は三・七五キログラムだから、百貫で三百七十五キロですね」

「子供のころ悪口で『デブ、デブ、百貫デブ』なんてのを聞いたけど、よく考えたらすごいですよね。体重三百七十五キロって、どれだけ太ってるんだと」

「まあ、このメモは人の体重のことではないですよね」理沙は続けてパソコンのキーボードを叩《たた》いた。「何かの重さが三百七十五キロあるんでしょう。ところでこの貫という単位は尺貫法で決められています。長さの単位が尺、質量の単位が貫です。現在ではほぼ使われていない単位ですから、この筆記者は何か歴史的なものをメモしたのかもしれません」

「富野の手帳に誰か別の人がメモした、という可能性はないでしょうか」

夏目が横から尋ねた。それを聞いて、理沙はじっと考え込む。

「たしかに、お年寄りであれば百貫なんて書きそうですね。寺という言葉もご老人を想像させるような気がします。その一方で、これらの言葉は年齢とはまったく関係なく書かれた可能性もあります。たとえば歴史に造詣《ぞうけい》の深い人や、学者、郷土史の研究家などが書いたのかもしれません」

「筆跡から、年齢や性別を特定することはできないんですか？」と矢代。

いい質問です、と言って理沙は矢代にうなずきかけた。

「鑑定結果としては科学的に証明されていないので、文字の筆跡から、年齢や性別を特定するのは困難なんです。性格についてはある程度想像できますが、結局は推測レベルですよね」

「いつもの『当てずっぽう』と同じですか」

理沙は特捜本部で捜査に協力するとき、文章心理学の応用と称してさまざまな推測を行う。それらには根拠がないことが多いので、ほかの捜査員たちから、こじつけだの、当てずっぽうだのと批判されている。

「でも捜査方法を考える上で、指針というか、方向性の提示は有効だと思うんです。もちろん裏付けは必要ですが、それはあとからでいいんじゃないか、というのが私の考えです」

事実、その方法で彼女はこれまで、事件の解決に貢献してきた。理沙は新しい捜査方法を模索している、と言っていいだろう。

筆記者の年齢、性別などについて今ここで推定するのは難しいとわかった。仕方ないなと矢代が思っていると、理沙がこんなことを言った。

「よく観察すると、この三つは同時に、あるいは同時ではなくても、かなり近いタイミングでメモされたようです。そういう状況が、筆記者の身に起こったと考えられます」

「ええと……どういうことです？」

夏目から質問を受けて、理沙はあらためてコピーを指し示した。

「三つは同じページの連続した三行に書かれていますよね。まずそのことで、メモされたタイミングはあまりずれていないと考えられます。さらにこの文字を見ると、同じペンで書かれているのがわかります。そして、どれも似た印象の文字になっている。月と寺という二文字の、『はね』の部分によく似た特徴があるでしょう。ですから、まとめて書かれた可能性が高いと思います」

矢代はコピーに目を近づけた。別の文字ではあるが、理沙の言うとおり、ペンの動きは似ているようだ。しかし、と矢代は思った。

「同じ人間が同じペンを使ったら、別の日に書いたとしても、同じ字になりそうですけど……」

「そうでもないんですよ。日によって文字の形は微妙に変わります。ペンの走りが違う、と言ったらわかりやすいでしょうか。矢代さんも経験がありませんか。昨日はうまく書けた文字が、今日はどうもうまく書けない、なんだか文字のバランスが悪い、とか」

「ああ、たしかにあるかも……。精神的なものですかね」

「精神面、肉体面、両方とも関係あると思います。緊張して手が震えて字が書けなくなることを『書痙《しょけい》』といいますよね。それはまあ極端な例かもしれませんが、精神面の理由から文字がいつもと変わってしまうことはあるわけです。……一方で、肉体面からの文字変化ですが、これはもっとわかりやすいでしょう。手や腕に怪我をしていれば、間違いなく文字が変化します。お腹が痛かったり、頭が痛かったりすれば、それも影響するはずです。もっと言えば、パソコンばかり使っていてあまり文字を書かずにいると、ペンを使う筋肉に衰えが出て、筆跡が変わってしまうことがあります」

なるほど、とつぶやきながら矢代は、メモ用紙に寺という字を何度も書いた。十回も繰り返すと少し変化が出て、字そのものが細長くなったり、いくらか荒っぽくなったりした。しかし理沙が言うように「はね」や「はらい」はそれほど違いがないように思える。

ただ、書き続けているうち、妙な気分になってきた。

「なんだか変だな。寺ってこんな字でしたっけ？」

「ああ、文字のゲシュタルト崩壊ですね」理沙が紙を覗《のぞ》き込みながら言った。「同じ字をずっと見続けていると、だんだん違和感が生じて、正しいかどうかわからなくなることがあるんです」

「さすが鳴海主任。早速、文章心理学が出ましたね」

矢代が言うと、理沙は慌てた様子で首を振った。

「違います。これは認知心理学の領分です」

「……そうなんですか？」

矢代にはその違いがよくわからない。まあ、理沙がわかっていればそれでいいだろう。

「で、月と寺と百貫が近いタイミングで書かれたとして、何か推理できますか？」

「仮に、手帳を開いたタイミングでこれらが一緒に書かれたとします。内容を見ると、会議の記録といった雰囲気ではないので、ひとりでいるときにメモしたものだと思われます。一度手帳を開いてから閉じるまで、どれぐらいかかるか。短ければ一、二分。長くて十分から十五分ぐらいでしょうか。……そうですね、ここでは仮に三分だったとしましょう」

理沙は右手の指を三本立てて、矢代たちに見せた。

「筆記者がどういう経緯でこれを書き込んだか、今、想像できるのは二パターンです。第一に、何かを見たり聞いたり調べたりした結果をメモした。そうだとすれば元ネタがあるはずで、そこに三つの言葉が含まれていたと考えられます。……第二に、筆記者が思いついたことをメモした。その場合、筆記者の頭の中に元ネタがあったわけで、メンタル・レキシコンから抽出された言葉を書きつけたことになります」

「メンタル・レキシコンというのは心的辞書のことでしたよね」夏目が尋ねた。「人の頭の中にある、言葉のデータベースというか……」

そのとおり、と理沙はうなずく。

「人が言葉を話したり、文章を書いたりするときには、無意識のうちに心的辞書を検索しているんです。当然、そこに載っていない言葉は使えません」

「問題は、その筆記者が何を考えてこれらを書いたか、ということですよね」

唸《うな》りながら、矢代は椅子に体を預ける。理沙は右手の人差し指を動かして、宙に文字を書くような仕草を始めた。

「思いついたことをメモした、と言いましたが、人間が何かを思いつくにはきっかけが必要です。私はその情報を『キュー』と呼んでいます」

「それ、何でしたっけ？」

「前に矢代さんには話したような気がしますけど……」

「俺も聞いたような気がしますが、忘れました」

仕方ないですね、と言いながら理沙はあらためて説明してくれた。

「たとえばお寺で法事をするというメモをとる場合、頭には法事のことがホットな状態で存在しています。でも、寝ても覚めても法事のことを考えているわけではなくて、あるときふと法事のことを想起するわけですよね。そのきっかけとなるのがキューです。歩いているときお寺を見かけたとか、たまたま親戚《しんせき》から電話がかかってきて法事を思い出したとか、スケジュールを考えていてこの日は法事だと気づいたとか、そういうことです。視覚や聴覚などの外部刺激によって、私たちは法事を思い出すんですね。……じつはこの外部刺激は、故意に発生させることができます。法事がある、と直接言わずに、遠回しなヒントを与える方法です。そこで出てくるのが文章心理学の応用であるプライミング効果なんです」

「あ、それ聞いたことがあります」矢代はメモ帳のページをめくった。「あったあった。『せん●●き』というのを見せて、黒丸の中を書かせるやつですね。あらかじめヒントを与えておくと『せんたくき』にもなるし『せんぷうき』にも『せんとうき』にもなる。相手の答えをコントロールできるわけだ」

「それを踏まえた上で、今回の三つの言葉を見てみます。何か調べて書いたという可能性は一旦《いったん》おいておき、筆記者が頭の中にあった言葉をメモしたと仮定します。また、比較的短い時間で連続してこれらを書いたとします。その場合、筆記者の心の中には、月と寺と百貫がほぼ同時に浮かんでいたことになりますよね。その三つはおそらく、筆記者にとって同じカテゴリーに入る情報だったんじゃないでしょうか」

「同じカテゴリー、ですか？」

考えてみたのだが、どうもぴんとこない。矢代と夏目が顔を見合わせていると、理沙が説明を続けてくれた。

「同時に頭に浮かんでいたのなら、それらの間には深い関係があるのではないか、ということです。おそらく筆記者にとってこの三つは親和性の高い言葉だった。別の言い方をすれば、そうですね、情報のウエイト——つまり重みが、同じぐらいのレベルだったのかもしれません」

「ええと、すみません、ますますわからなくなりました」

「私の勘ですが、これらの三つは並列する項目だと思います。例として、矢代さんがスーパーに行くとしますよね。そのとき買うものを列挙したリストを持っていきませんか。または……これから見たい映画のリストを作って、そこに作品名を並べていく。そういう感じです」

「わかるような、わからないような……」矢代は指先で額を掻《か》いた。「筆記者は、月と寺と百貫をリストアップしたということですか？」

「もしくは、何かの段取りをメモしたのかもしれません。何月にどこかの寺へ、何かを百貫持っていくとか」

その場合は商品や映画のリストではないわけだが、同じタイミングで頭に浮かんでいたというのは納得できる。たしかに、関係が深い項目だと言えそうだ。

「そうすると、まずは月、寺、百貫の関係を調べるってことですね」矢代は夏目のほうを向いた。「このあと、ネット検索で調べてみてくれ」

「了解しました」

「あと、わかっていることは……」理沙は記憶をたどる表情になった。「富野泰彦は錦糸町周辺によく現れていたらしい、ということですね」

矢代と理沙、夏目の三人はそれぞれ考えに沈んだ。たったこれだけの情報で、行方不明の富野を見つけることができるのだろうか。まだ捜査を始めたわけではないが、かなり困難な仕事になりそうだ。

「やっぱり情報が少なすぎますよね」矢代は腕組みをして、理沙に言った。「岩下管理官はいろいろ隠しているようだし、この捜査にはヤバい予感しかありません。大丈夫なんでしょうか」

「大丈夫でも、そうでなくても、やるしかありません。これは上の命令なんですから」

「まあ、たしかに、組織ですからねえ。……ただ、この件は財津係長に報告しておいて

ください よ。あとで助けを求める可能性もあるし」

「そうですね」理沙は神妙な顔でうなずいた。「係長がいつ戻ってくるかはわかりませんが」

自分たちが巻き込まれたこの状況に、リーダーである理沙もかなり不安を感じているようだった。

5

夏目はネットで三つの言葉について調べ始めた。

その間に矢代は、被疑者や事件関係者のデータベースをチェックしてみた。理沙はあちこちに電話をかけ、情報収集を進めているようだ。

一時間後、三人は再び集まって打ち合わせを行った。

「まず俺からの報告です」矢代はメモ帳を開いた。「富野泰彦は事件関係者のデータベースには存在しません。過去に事件を起こしたり、巻き込まれたりしたことはないようです」

「何かあるんじゃないかと思ったんですけどね……」

「もうひとり、入沢という男性の話が出ていたでしょう」四係が担当している事件の被害者のことだ。「その人についても調べたんですが、彼も警察沙汰《ざた》を起こしたことはないようです」

　メモをとったあと、理沙は夏目のほうを向いた。

「そちらはどうです？」

「報告します」夏目は真剣な顔で、手元の紙に目を落とした。「三つの言葉について調べてみました。まず月の持つ意味ですが、衛星や一月、二月といった月のほかに、漢字の部首として『月偏《つきへん》』や『肉月《にくづき》』というのがありますよね。あとは、矢代先輩の前で何ですが、女性にとって月といえばあれを指します」

「ああ、うん、なるほど……」

「月と狂気、という話もありましたね」

　理沙が妙なことを言い出したので、矢代は首をかしげた。

「どういうことです？」

「ローマ神話のルナは月の女神ですが、それに関連する言葉でlunaticというのを知っていますか？　これには心神喪失者とか愚か者とかいう意味があるんです」

「なんで月がそんな意味になるんですか」

「夜空に輝く月に、昔の人は妖《あや》しい力を感じたのかもしれません。狼男も月と関係が深いですよね」

「あ！」急に夏目が声を上げた。何事かと矢代たちは彼女を見つめる。

　夏目はひとり、両目を大きく見開いていた。

「月と寺というのは、魔物と寺院のことじゃないでしょうか。すごく魅力的なシチュエーションです。人知を超えた美しき妖魔《ようま》たちと、囚《とら》われの姫君。……いや、待ってください。いっそここは、イケメン妖魔同士の絡みというのもありでしょうか。月の光の下で、そっと触れ合うふたり。これは尊い……」

「また〈薄い本〉の話か。そういうのは、よそでやってくれ」

矢代が顔をしかめると、夏目は軽く頭を下げた。

「失礼しました。ええと、報告を続けます。……次は寺ですが、日本のお寺だけでなく、世界中にさまざまな寺院があります」

夏目は仏教の宗派について簡単に説明してくれた。あらたまってこういう話を聞く機会はあまりない。矢代はときどきメモをとりながら耳を傾けた。

「あとは百貫ですね。貫は質量の単位ということでしたが、江戸《えど》時代以前の通貨の単位でもあるそうです。寛永通宝《かんえいつうほう》というのが広く流通していたとか」

「あ、銭形平次《ぜにがたへいじ》か」

「銭形平次がどうかしたんですか」理沙は不思議そうに尋ねる。

「俺は時代劇のドラマが好きで、古いものをときどき見るんですよ。銭形平次のタイトルバックに、大きな寛永通宝が出てきたのを知りませんか？　たしか香川県にある砂絵なんですよ。なつかしいなあ」

などと熱心に説明したのだが、女性ふたりはぽかんとしている。どうやら銭形平次のドラマを見たことがないらしい。

少し脱線してしまった話を、理沙が元に戻した。

「今、ドラマの件が出ましたけど月、寺、百貫というと、たしかに時代劇っぽい雰囲気がありますね。そう考えると、筆記者が古いドラマを見るようなお年寄りだった、という可能性は残ります」

「俺はお年寄りじゃありませんけどね」

「まあ、それはおいといて……」理沙はメモ帳のページをめくった。「私のほうでは、四係が担当している殺人事件について調べてみました」

岩下管理官によれば、行方不明の富野はその事件に関わっている可能性がある、ということだった。

「川奈部主任に電話をかけて、話を聞いてみたんです」

「ああ、川奈部さんですか」

矢代は彼の顔を思い浮かべた。今四十二歳の川奈部孝史《たかし》警部補はがっちりした体形で、声が太い男性だ。気さくな感じでつきあいやすいのだが、遠慮がなくて少し口が悪い。

矢代は以前から彼と面識があった。矢代が所轄の刑事だったとき、川奈部とコンビを組んだことがあるのだ。捜査の技術を教えてもらって、とても勉強になったことを覚えている。矢代が文書解読班に配属されてからも、いくつかの特捜本部で川奈部と一緒になった。

「それで、どうでした。川奈部さんから何か情報は取れたんですか？」

「いえ、たいしたことは……。被害者の入沢博人さんは二十三日の午後八時ごろ、勤め先の寝具メーカーを退勤するまで、特に変わった様子はなかったそうです。事件現場が荒川区のどこなのかは教えてもらえませんでしたが、本人の自宅だったようですね。入沢さんは帰宅したあと、深夜に頭を殴られ、ロープなどで首を絞められて殺害されました。……その現場に何か特徴があったらしいんですが、上に口止めされているそうで、詳しくは話せないということでした」

川奈部の上といえば古賀係長だ。そして、その上にいるのは岩下管理官だった。岩下がその事件について、理沙たちに情報を漏らさないよう指示しているのだろう。手帳の内容が黒塗りされていたこともあって、今、矢代たちは岩下にかなりの不信感を抱いている。

「これからの行動ですが」理沙が気を取り直した様子で口を開いた。「富野泰彦は錦糸町周辺に現れていたということですから、まずは現地に行って情報を集めることにします」

「そうですね。すぐ出発しましょう」

鞄《かばん》に資料をしまい込んで、矢代は椅子から立ち上がった。

矢代と理沙、夏目の三人はタクシーでJR錦糸町駅に移動した。

錦糸町は墨田区の中でもっとも人の集まる場所だから、情報も入手しやすいだろう。聞き込みを続ければ、いずれ何かわかるのではないか、と矢代は期待していた。

駅前で車を降りると、夏目は携帯で地図を検索し始めた。そのあと近くの建物を見上げて、周辺の状況を確認した。

錦糸町駅の南口には広いバスターミナルとタクシー乗り場がある。駅ビルのほか、東側には映画館などの入った大きな商業ビルも建っていた。一方、駅から少し離れて路地を入れば、飲み屋が並ぶ一帯もある。昼と夜とで、町の表情がだいぶ変わるのかもしれない。

理沙はすぐに聞き込みを始める考えのようだった。

「ああ、ちょっと待ってください」

矢代は女性ふたりを連れて、歩道橋のそばにある本所《ほんじょ》警察署錦糸町駅南口交番に向かった。

警察手帳を出し、矢代が自分の所属を伝えると、制服警官は緊張した表情を見せた。

「お疲れさまです。事件の捜査ですね」

若い警察官は声を低めて、そう尋ねてきた。

「ちょっと教えてほしいんですが……」こちらも声のトーンを落とす。「この男を見たことはありませんか」

矢代は写真のコピーを取り出した。岩下からもらった富野の写真を、あらかじめ複写しておいたものだ。

「富野泰彦という男です。年齢は三十三歳、職業は不明。詳しいことはわからないんですが、錦糸町に現れていたらしいんです」

「少々お待ちください」

そう言って若い制服警官は、別の警察官を呼んできた。眼鏡をかけた中年の男性だ。ふたりは富野の写真を見たり、資料を調べたりしていたが、やがて矢代のほうを向いた。

「こういう男性が事件を起こしたとか、何かに巻き込まれたという情報はないようです。自分たちも、この人を見たことはありません」

そうですか、とつぶやいて矢代は理沙の顔を見た。どうしましょう、と目で尋ねる。

何か思いついたのだろう、理沙は若い警察官に質問した。

「最近、駅の近くで事件はなかったでしょうか。いえ、事件というほどでなくても、何かのトラブルとか……」

なるほど、と矢代は思った。

岩下から詳しい情報をもらっていないから、富野がどんな経歴の人物なのかはわからない。しかし殺しに関わっている可能性があるのなら、暴力団や半グレなどとつながっていることも考えられる。そうであれば、富野の名前が挙がっていなくても、何かのトラブルに関係していることは充分考えられた。

「喧嘩《けんか》に恐喝、ひったくり。このへんでトラブルは日常茶飯事ですが……」再び資料を見てから、若い警察官は言った。「ああ、最近だと昨日の夜七時四十分ごろ、駅北口の居酒屋から通報がありました」

「何があったんですか？」真顔になって矢代は尋ねる。

「女性が歩いていたところ、うしろから突き飛ばされて、店のガラスを割ってしまったそうです。軽い怪我をしたようですね」

「突き飛ばしたのはどんな人物です？　もしかしてこの写真の男という可能性は……」

「スーツ姿の男だということでした。同じような恰好《かっこう》をした男がほかにもいたそうです。誰かを追っていたんじゃないか、という話もありました」

「この富野を追っていたってことはないですか？」

「そこまではわかりません」若い制服警官は申し訳なさそうな顔をした。「警察官が駆けつけて事情を聞いたわけですが、そのときにはもうスーツの男たちも、追われていたらしい人物も見つかりませんでした」

そうですか、と答えて矢代は考え込む。

だがここで、眼鏡の警察官が何か思い出したようだった。

「野次馬が妙なことを言っていましたよ。誰かが、ビルの屋上から飛び降りたんじゃないかって」

「飛び降りた？」矢代は眉《まゆ》をひそめて相手を見つめた。「それらしい人は見つかったんでしょうか」

「いえ、見つかっていません。ビルから道路に墜落したのなら、我々が気づかないはずはないんですよね。たぶん、飛び降りたなんていうのはデマだと思うんですが……」

矢代は理沙と顔を見合わせた。夏目もしきりに首をかしげている。

「念のため行ってみたいんですが、通報のあった場所を教えてもらえますか」

「あ、はい。ここです」

眼鏡の警察官は地図を広げて、場所を指差してくれた。詳しい住所も教えてもらい、礼を述べて矢代たちは交番を出た。

「これは気になりますね」夏目は腰を屈《かが》めて、矢代の耳元でささやいた。「ひょっとして、ビルから飛び降りたあと遺体が消えたとか、そういう不可能犯罪なのでは」

「まさか。そんなミステリー小説みたいなことは起こらないさ」

矢代はそう答えたが、何か引っかかるような気がして仕方がない。

「とにかく行ってみましょう」

理沙は駅北口の飲み屋街に向かって歩きだした。


交番で教えてもらった居酒屋は、飲食店の並ぶ路地の一角にあった。

ドアのガラスが割れていて、ベニヤ板で応急処置が施してある。修理が間に合わなかったらしく、《今日も元気に営業中！》という手書きの看板が掛けてあった。

矢代たちはその居酒屋に入ってみた。今はランチ営業の時間帯らしいが、まだ店内に客の姿はほとんど見えない。

　店員をつかまえて、矢代は警察手帳を呈示した。

「警視庁の者ですが、責任者の方は？」

　若い店員は驚いた様子だったが、ちょっとお待ちください、と言って奥へ戻った。十秒たたないうちに、顎《あご》ひげを生やした体格のいい男性がやってきた。

「私が店長ですが、この店で何か問題が？」

　彼の顔には不安の表情が浮かんでいる。生活安全課の捜査員が、抜き打ちでやってきたとでも思ったのだろうか。

「いえ、そうじゃないんです」矢代は愛想よく笑ってみせた。「昨日の夜、警察が呼ばれる騒ぎがありましたよね」

「ああ……そうなんです。入り口のドア、ご覧になりました？　そこの通りで何か揉《も》め事《ごと》があって、女の人が男に突き飛ばされたらしいんです。こっちへ倒れてきて、ガラスが割れてしまってね。少し怪我をしていたんで、放っておくわけにもいかないでしょう。それで、お廻《まわ》りさんが来るまで手当てをしていたんです。ところがですよ、突き飛ばした男はどこかへ逃げてしまって見つからないっていうし……。まいりましたよ。あのガラス、特注品だから高いのにさあ」

　昨夜のことを思い出したのだろう、店長は訴えかけるような口調になっていた。

「その男はどっちに逃げました？」

「女の人の話だと、そこの路地を右から左のほうへ行ったたって」

つまり駅のほうへ向かったということだ。

「念のためうかがいますが、この人を見たことはありませんか」

矢代は資料ファイルから写真を出して相手に見せた。そこには富野泰彦の顔が写っている。

店長は五秒ほど写真を見ていたが、やがて首をかしげた。

「いや、うちの店のお客さんではないですね」

そうですか、と矢代はうなずく。その横で、理沙が自分のファイルから写真を抜き出し、店長に見せた。

「この人はどうです？」

それは殺人事件の被害者・入沢の写真だった。店長は真剣な目で見つめていたが、やはり知らない人だと答えた。

「変なことを訊《き》きますが、その騒ぎの前後、誰かがビルから飛び降りたという話を聞きませんでしたか」

「えっ？」面食らったという顔で、彼は理沙を見つめる。「いやいや、そんなことがあったら大事件でしょう」

「まあ、そうですよね」

礼を言って、矢代たち三人は居酒屋を出た。

今の情報をもとに、路地を駅のほうへと歩きだす。並んでいる飲食店を順番に訪ねて、昨日の騒ぎについて質問していった。

しばらく聞き込みを続けるうち、当たりが出た。とんかつ店のオーナーがこう証言してくれたのだ。

「七時半過ぎだったかな、騒ぎになったとき、気になって私も店から出たんですよ。その道で様子をうかがっていたら、通行人が話していました。ビルの屋上から、誰か飛び降りたんじゃないかって」

知りたかったのは、まさにこの情報だ。勢い込んで矢代は尋ねた。

「どこのビルだったか、わかりますか？」

オーナーは右手を伸ばして路地のほうを指差す。

「白いビルだと言っていたから、五軒ほど先だと思います。七階建てのビルですよ」

「ご協力ありがとうございます！」

矢代はすぐにとんかつ店を出た。理沙と夏目も、慌てた様子でついてくる。

オーナーが言っていたとおり、五つ先に白い雑居ビルがあった。下から数えていくと、たしかに七階建てだ。

三人で手分けしてビルの周辺を調べてみた。路地に面した南側はもちろん、非常階段のある西側、ほかのビルと隣接している北側や東側にも、誰かが墜落したような痕跡《こんせき》はない。

ビル一階にある不動産会社に入って、従業員に訊いてみた。

「警視庁の者です。昨日の夜、このビルから誰かが落ちませんでしたか」

「はい？」

青いスタッフジャンパーを着た中年の男性が、怪訝《けげん》そうな顔をしている。いきなり何を言い出すのかと、不審に思ったようだ。彼の胸には《谷田《たにた》》というネームバッジがあった。

矢代は谷田に、とんかつ店のオーナーから聞いたことを説明した。

「七時半過ぎにこのビルから誰かが飛び降りた、という話が出ているんですよ。何か知りませんか」

「すみません。うちの会社、その時刻にはもう閉まっていたはずなので、何もわからないんですけど」

そういうことなら仕方がない。このビルの二階から上のテナント企業に話を聞いたほうがいいだろう。矢代がそう考えていると、横から理沙が言った。

「このビルは、こちらの不動産会社で管理しているんですか？」

「ええ、周辺の四、五棟もそうですが……」

「屋上を見せていただけませんか。捜査でどうしても確認したいんです」

戸惑うような顔をしていたが、やがて谷田は席を立ち、上司に相談を始めた。上司の男性はちらちらと矢代たちを見ている。ややあって谷田は、鍵《かぎ》を持って戻ってきた。

「短時間でしたらかまわないということです」

「助かります。早速、見せてください」

谷田の案内で、矢代たちはエレベーターに乗った。七階でケージから降りると、いくつかの会社の事務所がある。廊下の突き当たりに階段が設けられ、それを上ったところに鋼鉄製のドアが見えた。谷田は持ってきた鍵で開錠した。

屋上には貯水タンクがあるだけで、雨よけの屋根もベンチもない。普段は誰も出入りしないようになっているのだろう。矢代たちはフェンスに沿って屋上の縁を調べ始めた。

「ここ、非常階段からも上ってこられるんですね」

西側をチェックしていた夏目が言った。矢代と谷田は彼女に近づいて、下を覗《のぞ》いた。

ビルの外側に造られた非常階段は、一階からこの屋上まで続いている。

「そうですね」谷田は階段を見下ろしながら答えた。「ここは、いつでも上がってこられるようになっています」

「とすると、誰かが無断で上ってきた可能性もありますよね」夏目は声をひそめて言った。「その誰かが、ここから飛び降りたのかも……」

「いや、刑事さん、変な話はやめてくださいよ」

谷田は夏目を見て、迷惑そうな顔をした。不動産会社としては、管理する物件に悪い噂を立てられたくないのだろう。

「ここから落ちたら、ただでは済まないはずです。でもそんな事件はニュースでも流れていませんよね？」

たしかにそのとおりだ。とんかつ店で聞いた話は、ガセネタだったのだろうか。

「矢代さん」うしろから理沙の声が聞こえた。「ちょっと来てください」

何事かと思いながら、矢代は屋上の東側に向かう。

理沙はフェンスから身を乗り出すようにして、斜め下を指差していた。

「あそこなら、事件にならないんじゃないでしょうか」

東側には五階建ての茶色いビルがあった。こちらは七階建てだから、向こうの屋上まで六メートルから七メートルの高さがある。だが、飛び降りても死ぬことはないだろう。

「谷田さん！」振り返って矢代は手招きをした。「あの茶色いビルを管理しているのは？」

「あれも、うちの会社の物件ですが……」

「それは好都合だ」矢代は谷田の顔を見つめた。「向こうのビルの屋上も見せてください。今すぐに！」

有無を言わさぬ迫力で、矢代は相手に迫った。谷田は戸惑うような表情を浮かべたが、仕方ないですね、と言ってうなずいた。

四人は隣の茶色いビルに移動した。先ほどより一回り小さいエレベーターで五階に上る。最上階には通販会社の事務所があった。谷田は先に立って廊下を進み、内階段を十数段上って鋼鉄製のドアを開けた。

先ほどと同様、屋上はがらんとしていたが、明らかに異なる点があった。西側に六、七メートル高いビルが建っている。そのほか、周りのビルも七階建て、八階建てのものばかりだった。建設された時期が古かったのか、あるいはそれ以外の理由があったのか、この茶色いビルはどこよりも低い設計になっている。

「あの白いビルから飛び降りたとしたら……」理沙は右手を伸ばして、放物線を描くような仕草をした。「おそらくこのへんに着地するはずです」

彼女が指差したのは、屋上に設置された貯水タンクの横だった。

「このタンク、邪魔ですね」

理沙はつぶやきながら、何度か放物線のコースを確認している。たしかに邪魔だ、と矢代は思った。だがこの茶色いビルの形状から考えて、着地はどうしてもここになるはずだ。

――いや、待てよ。邪魔だと感じたのは、俺たちだけじゃなかったかも。

矢代は貯水タンクに近づいて、表面を丁寧に観察していった。そのうち、小さな違和感を抱いた。はっとして目を見張る。

「これ、血の痕《あと》じゃないか？　夏目、どう見える？」

そばにいた夏目が、矢代の指し示した場所に顔を近づけた。金属製のタンク表面に突起があり、その周辺に赤茶色いものが付着している。雑巾《ぞうきん》などでこすったかのようだが、矢代の目には血痕《けっこん》に見えた。

「本当ですね」

夏目も同じように感じたらしい。彼女は急いで足下に目を走らせた。やがて何かを見つけたらしく、しゃがみ込んでコンクリートの屋上を指差した。

「先輩、これも血でしょうか？」

矢代もしゃがんで、夏目が指し示す場所を凝視した。彼女の言うとおりだ。これは傷口から滴り落ちた血液だと思われる。

「ここへ飛び降りた何者かは、怪我をしたんですね」そばにやってきた理沙が、眉《まゆ》をひそめた。「大量の血痕はありませんが、あの高さから飛んだのなら傷は深いかもしれません。……それはともかく、問題は、なぜその人物がここへ飛び降りなくてはならなかったか、ということです」

「事故というのは考えにくいですよね」矢代は腕組みをした。「普通に考えるなら、危機から逃れるためジャンプした、というところでしょうか。誰かに追われていたんじゃありませんか？」

理沙は険しい表情で矢代をじっと見た。それから周囲に目をやって、彼女は言った。

「仮に『逃走者』と呼びましょうか。その人物は負傷するリスクがあっても、逃げなければならなかった。もし『追跡者』が追いかけてジャンプしてこなかったのなら、逃走者は怪我をしながらも脱出のチャンスを得たはずです」

「谷田さん、あの階段につながるドアは施錠されていませんでしたよね」と矢代。

「ええ、ビルの所有者の意向でそうなっているようです」

「となると……」

矢代は隣のビルから貯水タンクへ、さらに階段室へと視線を移していった。

「逃走者はあのドアを通ってビルに入った。エレベーターか内階段か、どちらかを使って一階に下りたんでしょう。谷田さん、このビルに防犯カメラは？」

急にそう訊《き》かれて、谷田は戸惑う様子だった。彼は首を横に振った。

「このビルにも隣のビルにも、カメラは設置されていません」

「残念だな……」矢代は舌打ちをした。「逃走者も追跡者も、映像は残されていないということか」

「矢代さん、あきらめるのは早いですよ。あとでもう一度、この路地の飲食店やコンビニを回ってみましょう。防犯カメラを付けている店がいくつかあると思います。もしかしたら、店の外まで撮影されているケースがあるかもしれません」

本来、防犯カメラは店内を撮影対象とするため、往来を撮影している可能性は低いような気がする。だが理沙の言うとおり、確認してみなければわからない。

「了解しました」矢代は姿勢を正して答えた。

あとで鑑識課を呼んで、屋上の血痕を確認してもらう必要があるだろう。このあと別の捜査員が訪ねてくるかもしれない、と矢代は谷田に伝えた。突然の展開に困惑しているようだったが、谷田は神妙な顔でうなずいた。

エレベーターで一階に下りると、矢代たち三人は谷田に礼を述べ、再び路地を歩きだした。

「追跡者が一階に下りてきて、逃走者を捕らえた可能性もあります」通り沿いの看板を見ながら、理沙は言った。「ですが、騒ぎがあったのでうまく逃走できたという可能性もあります」

「その逃走者って富野泰彦のことなんでしょうか」

うしろを歩いていた夏目が、小声で尋ねてきた。矢代は歩みを止めて、後輩のほうを振り返る。

「状況から考えて、そうだろうな。奴は錦糸町に現れていた、という情報があった。それを手がかりにして、今、不審な逃走者のことがわかったんだ。俺は、そいつが富野に間違いないと思う。……どうですか、鳴海主任」

矢代が話しかけると、理沙は小さな声で唸《うな》った。彼女の顔には、何か納得いかないという表情がある。

「このルールの中では、そう考えるしかありませんが……」

そこで理沙は言葉を切った。何かを伝えたいのだが、うまく言えないという様子だ。こんな理沙の姿を見るのは珍しいことだった。

「どうしたんです？　何が引っかかるんですか？」

「岩下管理官からの情報が、あまりにも少なすぎます。私たちは富野のことも、殺害された入沢さんのことも知りません。さらに、岩下管理官がなぜ私たちに富野の捜索を命じたのかも知らない」

「でもヒントを活《い》かして、徐々に逃走者のことがわかってきたわけですよね」

「ええ、それは認めなくてはいけません。ただ、私たちには事件の全体像が見えていませんよね。配られたカードの中で推理するしかない、というのが気になるんです」

理沙は今、割り切れないものを抱えているようだった。それもこれも、すべて岩下の態度によるものだろう、と矢代は思う。黒塗りの手帳。明かされない住所や経歴。さらには、入手しろと言われた文書の内容さえ不明なのだ。岩下はさまざまなことを隠している。そのせいで、理沙は大きな疑念を抱いているのだ。

「……とにかく、やるしかありませんね」理沙は表情を引き締めた。「不満はありますが、今はこの捜査を続けましょう」

6

錦糸町駅の北側で聞き込みを続けたが、昨夜の騒ぎのあと、逃走者や追跡者がどうなったかはわからなかった。

昼食をとってから、矢代たちは駅の南側に回って情報収集を再開した。

食事が気分転換になったのか、理沙もいつもの表情に戻っていた。ときどき店の看板を見て、「これはいいフォントですね」と褒めたり、「このキャッチコピーは変ですが、そこに味わいがあります」などと妙な感想を述べたりした。

聞き込みを続けるうち、夏目が矢代に話しかけてきた。

「富野は三十三歳でしたよね。その年代の男性が入る店といったら、居酒屋にレストラン、パチンコ屋というところでしょうか」

「バーやキャバクラなんかも調べたほうがいいな。まあ水商売の店は、俺が話を聞くことにするよ」

「いえ、仕事ですから男も女もありません。私も聞き込みをします」

夏目はやる気を見せて、バーやキャバクラに入っていった。

しかし店員の中には、女性捜査員を舐《な》めてかかる者もいる。そういう店では、矢代が後輩をしっかりサポートした。

飲食店や水商売の店をかなり調べて回ったが、なかなか手がかりは得られなかった。理沙の表情も、次第に曇ってくる。彼女は軽くため息をついた。

「やはり、そう簡単にはいきませんね。もう少し、駅から離れた地区に行ってみますか？　それとも暗くなるのを待ちますか」

夜になれば今閉まっている店もオープンするから、また違った話が聞けるかもしれない。あらたな情報が出てくる可能性もある。

そうですね、と矢代が賛成しかけたとき、夏目が右手を挙げた。

「意見具申です。これまで男性向けの店を訪ねてきましたが、発想を変えて、女性向けの店も調べたほうがいいんじゃないでしょうか」

「どうしてだ？」

「もしかしたら富野には交際相手がいたかもしれません。あるいは、客としてではなく、商売する側として錦糸町に来ていたのかも……」

これは盲点だった。たしかに、そういう考え方もある。理沙の様子をそっとうかがうと、彼女も深くうなずいていた。

「夏目さんの言うことにも一理あります。念のため、今まで捜査対象にしていなかった店でも話を聞いてみましょう」

矢代たちは、女性が多く出入りする店でも聞き込みを始めた。美容院や化粧品店、宝飾店、ブティック――。

「一応、ここも調べておきますか」

矢代が指差したのはネイルサロンだった。男性にとってはまず縁のない場所だ。

「こういう店には入ったことがありませんが、代表して私が聞き込みをしましょう」

そう言いながら、理沙はネイルサロンのドアを開けた。矢代と夏目も、彼女のあとについていく。

入ってすぐに矢代が感じたのは、デパートの化粧品売り場に漂っているような香りだった。室内の装飾も華やかで、男の自分にはどうにも居心地が悪い。隣にいる夏目は女性だが、やはりこういう場所には慣れないようで、店内をきょろきょろと見回していた。手前に受付があり、奥にカウンターのような横長の机が設置されている。女性客がひとり、こちらに背を向けて座っていた。

「いらっしゃいませ」

テレビコマーシャルに出てきそうな、目元のぱっちりした女性店員がやってきた。まだ二十三、四歳というところだろう。きれいに化粧をして、つけまつげをしているようだった。

「こちらのご利用は初めてですか。最初にアンケートを書いていただきたいんですが、よろしいですか。ええと、そちらの方もご一緒でしょうか？　順番にご案内させていただきますので少しお待ちいただいて……」

「あ、あの……」理沙は口を開いた。「わ……私たちはその、お客ではなくて、聞き耳を……いえ、聞き込みをしていまして」

明らかに様子が変だった。極度の緊張に襲われているのがよくわかる。

やはり駄目だったか、と矢代は小さくため息をついた。理沙が同性に苦手意識を持っているのは知っている。だがこういう店にいるのはサービス業の若い女性だから、大丈夫ではないかと思っていた。実際、出てきた店員はかなり年下なのだが、それでも理沙はおかしな話し方になっている。

どうやら相手の年齢とは関係なく、どんなタイプなのかが問題らしい。要するに、積極的でお喋《しゃべ》りな女性が苦手なのだろう。

理沙は大きく深呼吸をした。そこから急に早口になった。

「ちょっとお尋ねしますがよろしいですか。私たちは警察官でして、ある男性を捜しているところです。この写真を見てください。ここに写っている男性を見たことはありませんか。いえ、この店のお客でないことはわかります。わかりますが、もしかしたら個人的にあなたや同僚さんがこの人を知っているかもしれません。どこにどんな情報が隠れているかわからないので、私たちは可能性をすべてつぶさなくてはいけないんです。そういうことなのでぜひご協力ください。あなたはこの男性を知っていますか？　知りませんか？」

面食らった様子で、店員は理沙の顔を凝視している。

「あの、すみませんが、私じゃなくて写真を見ていただけませんか。これです」

理沙は左手で持った写真を、右手の指先でつついた。

店員はその写真をじっと見つめたが、じきに首をかしげた。

「うーん、見たことないですね。……ほかの者も呼んできていいですか？」

「どうぞどうぞ、いくらでも呼んできてください」

調子よく理沙はそう言ったが、すぐに後悔したようだった。先ほどの店員が、手のあいていた同僚を四人連れてきたのだ。五人の女性たちは写真を見ながら、ああでもない、こうでもないと話し始めた。

「この人、口が曲がってるのね。右側が上がってる」

「ちょっとあれに似てない？　この前ドラマに出てた俳優の……」

「ああ、似てる似てる！　すごい苦労人って感じでね。冴《さ》えないけど」

「私はこういうの好みだけどなあ」

「それで刑事さん、この男が犯人なんですか？　こいつ何をしたの」

みなの視線が理沙に集中した。彼女は身じろぎをして、左右に首を振った。

「いや、あのですね、知っているかどうか教えてほしいだけなので……」

「あ、そうですよね、すみません」リーダーらしい茶髪の女性が仲間を諭した。「ほらみんな、刑事さん困ってるじゃない。何か教えてあげてよ」

「でもねえ、こんな人見たことないんだよね」

「そ……そうですか。ええと、わかりました。お仕事中どうも失礼しました」

理沙は話を切り上げて写真をしまおうとした。だがそのとき、「ちょっと待って」と茶髪の女性が言った。

「その写真貸してもらえます？　向こうでも聞いてくるから」

理沙は動揺しているようで、完全に腰が引けている。

「いえ、でも、その……お邪魔でしょうから」

「だって、ちゃんと聞いていかないと後悔するでしょ」

写真を受け取って、茶髪の女性は奥のカウンターに向かった。ネイルの処理をしてい

る店員に写真を見せる。だがその店員も首をかしげるばかりだ。やはり駄目か、と矢代が思っていると、

「あら、この人、知ってるわよ」

ネイルをしてもらっていた客が声を上げた。三十代半ばと見える、口紅の濃い女性だ。派手な服装をしているから、おそらく会社員ではないだろう。

矢代たちは彼女のほうへ近づいていった。

「この写真の男性をご存じなんですか？」

理沙がおそるおそる尋ねると、女性客はこくりとうなずいた。

「うちの店のお客さんよ。口に特徴があるから間違いないわ」

「ええと、お店というと……」

「すぐそこなんだけどね」

彼女はこの近くで「真理花《まりか》」というバーを経営しているという。ネイルの処理中で悪いとは思ったが、矢代たちは彼女に質問を始めた。

「この男の名前をご存じですか」と矢代。

「トモノさんよね？　普段、トモさんって呼んでいたけど」

矢代たちが捜しているのは富野泰彦だ。だが写真を見て間違いないと言うのだから、そのトモノが富野なのだろう。彼は偽名を使っていたのではないか、と矢代は思った。行方をくらますような人物であれば、それぐらい慎重であってもおかしくはない。

おそらくこの話は当たりだ。まさか、こんな場所で情報が得られるとは思わなかった。お節介と見えた茶髪の店員に、矢代は心から感謝した。

「そのトモノさんは、いつごろからお店に通っていたんですか？」

「最初に来たのは今年の四月ぐらいだったかな。ひとりでふらっと入ってきてね。それから月に何度か顔を出してくれてたの」

「最後に店に来たのは？」

そうねえ、と彼女は記憶をたどる表情になった。壁のカレンダーに目をやってから、彼女は答えた。

「今月の初めだったかしら」

「普段どんな感じでしたか。何か話を聞きました？」

「まあ、世間話ぐらいはしたけどね。あの人、ひとりで飲むのが好きだったみたいで、ほかのお客さんがいないときしか喋らなかったんだけど」

「仕事のこととか趣味のこととか、何か言っていませんでしたか」

「何してる人なのって一度訊《き》いたけど、笑っているばかりで教えてくれなかったわね。あとは何を話したかなあ……」

客は彼ひとりではないから、詳しいことは忘れてしまったのかもしれない。だが、何かひとつでも手がかりがほしいところだ。

「どこに住んでいるとか、知りませんよね？」

「それは知らない。自分で話してくれれば別だけど、普通そこまでは訊かないから」

「ほかに、記憶に残っていることはないでしょうか。食べ物の好みでも、何でもかまいません」

「ええとね、注文はいつもビールから始まって、途中からはハイボール。おつまみはソーセージの盛り合わせとか、ピクルスとチーズとか……。あと、最後にピラフを食べることが多かったかな」

「服装はどうでした？」

「いつもスーツだった。紺色とか灰色とかの地味なやつ。だいたい平日の夜十時ごろかなあ、ひとりで来てくれてたのよ。鞄《かばん》を持っていたし、会社帰りだろうなと。そうだ、たまに果物を差し入れてくれることがあったわね。近くのスーパーで買ったんだ、と言ってね」

　その時刻にスーツで来ていたのなら、普通の会社員である可能性が高そうだ。錦糸町によく現れていたという情報とも合致する。

「何か悩んでいるような様子はなかったですかね。借金しているとか、誰かに追われているとか」

「え？　やっぱり事件関係？」

　女性客は目を輝かせた。興味本位だというのがよくわかる反応だ。黙ってはいるが、周りの店員たちもその話が聞きたいようだった。

「いえ、事件というわけじゃないんですけどね」矢代は曖昧《あいまい》な笑みを浮かべてごまかした。「トモノさんに訊きたいことがあるので、居場所を知りたいんですよ」

「そうねえ、借金があるかどうかなんて、私からは訊けなかったからね。誰かに追われているなんて、ドラマみたいなことは普通起こらないでしょうし。悩みといってもねえ」

そこまで言ってから、彼女は「そういえば」とつぶやいた。

「さっき仕事の話が出たけど……」

「何か思い出しましたか」

「雑談でね、昔、自分のお祖父《じい》さんが魚屋をやっていた、なんて話してた。あとね、トモノさんは時代小説が好きだったみたい。江戸の商人の話が好みなんだって。あの人まだ三十代だと思うけど、なかなか渋いわよね」

それを聞いて、夏目が理沙のほうをちらりと見た。理沙も目でそれに応じている。

手帳に書かれていた月、寺、百貫という言葉は、時代小説と関係があるのではないか。

そして富野は、それらの言葉に何かの意味を隠したのではないだろうか。

いい収穫が得られた。矢代はバーを経営する女性から連絡先を聞き、念のためこちらの電話番号も伝えておいた。

彼女に礼を述べ、ネイルサロンの店員たちにも頭を下げて、矢代たちは店を出た。

路地を歩きながら、理沙は自分の考えを話し始めた。

「富野はバーで飲んだあと、最後にピラフを食べることが多かった……。このことから何がわかるかというと、ひとり暮らしだった可能性が高い、ということですよね。そしてもうひとつ。店で食べたのなら、家まではそう遠くなかったんじゃないでしょうか」

ああ、たしかに、と矢代はつぶやいた。

「俺だったらそうですね。もし地元で飲んだのなら、ついでに飯も食って、あとは帰って寝るだけにしたいところです」

「意見具申！」

急に夏目が声を上げたので、矢代たちは驚いて足を止めた。

「なんです？　夏目さん」

「逆にですね、もっと離れた町に帰るから先に食べておきたかった、という可能性もあると思います。場所が錦糸町ですから、この辺りに住むとなると家賃も高いですし」

その話を受けて、理沙は少し考え込んだ。いくつかの可能性を検討しているようだったが、やがて夏目に向かって口を開いた。

「その線も考えられますが、錦糸町のバーに夜十時ごろ来ていたわけですからね。仕事のあと地元に戻ってから飲んでいた、という見方のほうが納得できそうな気がします。近くのスーパーで買った果物を差し入れてくれた、という話もあったでしょう。ここから離れた場所へ電車で帰るのなら、スーパーのレジ袋を提げてはいかないと思うんですよ」

「あ……。それはそうですね」夏目は納得したという様子だ。「失礼しました。今の件は取り下げます。よけいなことを言ってしまって、申し訳ありません」

「夏目さん、そんなに構えなくても大丈夫ですよ。自由に意見を述べてくれれば……」

理沙はそう言ったが、夏目は真面目な表情のまま強く首を振った。

「いえ、鳴海主任、これは私の性格ですので」

剣道を長くやってきた夏目には、そういうところがある。理沙もそれを知っているから、すぐに話を切り上げたようだ。

錦糸町駅周辺で聞き込みを続けるうち、午後五時になった。十一月下旬のこの時刻、辺りはもう暗くなってきている。

「防犯カメラのデータがほしいですね。騒ぎのあった場所に戻ってみましょう」

理沙が先頭に立って、昨日警察が呼ばれた路地に向かった。ドアのガラスが割られた居酒屋に戻り、辺りを見回してみる。小さな飲食店だと防犯カメラがないことが多いが、居酒屋の数軒先に時計店があった。高級品を扱う店なので、防犯カメラがいくつか設置されている。

「あの位置なら、通りも撮影できているはずです」

理沙は高い位置に取り付けられたカメラを指差した。自信を得た様子で、彼女は店に入っていく。

ガラスケースの並んだ店内に、今、客の姿はない。レジのそばで、黒いカーディガンを着た五十代ぐらいの男性が新聞を読んでいた。

「すみません、警視庁の者ですが」

そう言いながら理沙は警察手帳を呈示した。おや、という表情になって店主はそれを見つめる。

「はい、何でしょうか」

「急なお願いで申し訳ありませんが、防犯カメラのデータを貸していただけないでしょうか」

「え？　カメラの……」

店主は何度かまばたきをした。話がよくわからない、という顔をしている。

「昨日、そこの道で警察が呼ばれる騒ぎがありましたよね。その関係で、防犯カメラのデータを調べさせてほしいんです」

正式な手続きはあとになるが、早いうちにデータを借用したいのだ、と理沙は伝えた。だがそれを聞いても、店主はまだ要領を得ないという表情だ。

「あの……どうでしょうか。何か問題が？」

理沙が尋ねると、店主はまったく予想外の返事をした。

「カメラのデータなら、今日の午前中、警察の人に渡しましたよ」

矢代は理沙と顔を見合わせる。夏目もこの話を聞いて驚いていた。

妙だな、と矢代は思った。店主に一歩近づいて質問してみた。

「警察のなんという部署ですか？」

ちょっとお待ちください、と言って店主はレジのそばにあった紙を手に取る。

「ええとね、預かり票に書いてありますよ。『警視庁捜査一課証拠品収集係』だって」

理沙がこちらに向かって目配せをしている。矢代は小さくうなずいた。

そんな部署は警視庁には存在しないはずだ。ということは、その預かり票は捏造《ねつぞう》されたものだと考えられる。

矢代は紙を受け取って、内容に目を走らせた。借用物の欄には《防犯カメラデータ一式》とあり、担当者として《桑島《くわしま》》という名前が手書きされていた。

一般市民の前だから黙っていたが、理沙も夏目も眉《まゆ》をひそめていた。

――警察官のふりをして、防犯カメラのデータを持ち去った奴がいるのか？

それが事実だとしたら、かなりまずい事態だ。今までにそんな事件は聞いたことがない。

「その桑島という男は、警察手帳を見せましたか？」

「いえ……。そういえば見せませんでしたね」

「どんな人物だったでしょうか」

「三十代ぐらいですかねえ。普通のスーツを着ていましたよ。黒っぽい色の」

その男がやってきたのは、今日の午前九時ごろだったという。まだ矢代たちが錦糸町を訪れる前のことだ。

「……もしかして、あの人にデータを渡しちゃまずかったんでしょうか」

矢代たちの様子を見て不安になったのだろう。店主は小声で尋ねてきた。どうしたものかと考えながら、矢代は理沙の様子をうかがう。

「データのコピーはありませんか？」理沙が尋ねた。

「すみません。コピーを残さずに提出してくれ、と言われたものですから」

それもまたおかしな話だった。桑島と名乗ったその男は、情報を独占したいとでも考えたのだろうか。

もしその男がまた訪ねてきたら、ここに連絡してほしい。矢代は電話番号のメモを渡して、店主にそう頼み込んだ。

時計店を出たあと、矢代たちは路地をさらに歩いて別の防犯カメラを探した。居酒屋からは少し離れているが、ふたつの場所でカメラが見つかった。それぞれの店に事情を説明し、データを貸してほしいと依頼したのだが――。

「どういうことでしょう」夏目が険しい顔をして言った。「どの店もデータを持ち去られているなんて……」

「しかも、オリジナルのデータを残さないようにしている。これでは、俺たちは何も調べられないぞ」

なぜこんなことになったのか理解できなかった。

道端の自販機の前で立ち止まり、理沙はひとり考え込んでいる。付近には、そろそろ飲みに行く人たちが増えてきていた。彼らに聞かれないよう、理沙は声をひそめて話しかけてきた。

「証拠品収集係なんて部署は、うちの組織にはありません。預かり票に電話番号は書かれていないから、問い合わせることもできない。まったく不可解な話です」

「データを持ち去る理由といったら……」夏目が首をかしげた。「何かまずいものが記録されてしまった、ということですよね。たとえば桑島とかいう男本人が写っているとか」

そうでしょうね、と理沙はうなずいた。

「あるいは、未確認だけれど記録された可能性がある、と思ったんでしょう。そのデータが私たち警察の手に渡っては困るから、先回りしたんです」

「だとすると、やはり男が飛び降りた件と関係ありそうですね」と矢代。

「それにしても、一般の人間が警察官を騙《かた》るとは大胆すぎます。そんなふうに防犯カメラのデータを盗んだ話は、過去に例がないはずです」

「すごい行動力だな」矢代は歓楽街のネオンサインを見上げた。「普通、思いついてもなかなか実行できませんよ。こんな場所で、リスクの高い行動をとるなんて」

データがあれば、その桑島という男を見つけられる可能性がある。また、飛び降りた男が富野なら、彼もまた写っているかもしれなかった。だが、こう手回しよく持ち去られたのではどうしようもない。

　理沙は腕時計を確認してから、矢代の顔を見上げた。

「私は桜田門《さくらだもん》に戻ります。証拠品収集係なんて存在しないはずですが、念のため警視庁内の情報を調べてみます。あとは富野の手帳のメモですね。月、寺、百貫というのが気になるので、それについても資料に当たってみようと思います。矢代さんと夏目さんは、このまま錦糸町で聞き込みを続けてもらえますか」

「わかりました。富野や入沢さんのことだけでなく、桑島という男のことも訊《き》くようにします」

「お互いに、何かあったら連絡するということで……。では、よろしくお願いします」

　軽く頭を下げて、理沙は錦糸町駅のほうへ走っていく。こうして見ると、資料の入ったショルダーバッグがかなり重そうだった。

「よし、俺たちも気合いを入れて聞き込みをしよう」

　矢代は路地を歩きだした。夏目はその横を黙って歩いていたが、何か言いたいことがあるらしく、矢代の顔をちらちら見ている。

「何だ？」矢代は彼女に問いかけた。「引っかかることがあるなら、話してくれ」

　まだ迷っているようだったが、やがて彼女は意を決した様子で口を開いた。

「どうもこの事件、気になることが多いんですよね。このまま調べを進めてしまっていいんでしょうか」

「そもそもこの捜査は、出発点が変だったからな」

「鳴海主任も警戒していましたが、私たち、かなりまずい方向に進んでいるように思えるんです」

「そうならないためにも、主任にいろいろ調べもらおう。庁内で情報収集したら、何かわかるかもしれない」

矢代はそう言ったが、夏目の顔色は冴《さ》えなかった。聞き込みのせいで彼女も疲れているのだろう、と矢代は考えた。

「今日はずっと歩き続けているからな。十分だけ休憩するか」

すぐ先にコーヒーショップの看板が見えている。夏目を促して、矢代はその店に向かった。

第二章　符牒

1

うとうとしていたのだが、左脚の痛みで目が覚めた。

薄闇の中、富野は段ボールの上に体を起こす。ゆっくり動いたにもかかわらず、左脚のふくらはぎに強い痛みが走った。

ポケットからミニライトを取り出し、スイッチを入れた。暗がりの中に光の束が走って、辺りを照らし出す。

ひび割れのある壁、あちこち染みの付いたカーテン、ごみと埃《ほこり》の溜《た》まった床。

床に直接敷いた段ボールの上に、富野はいた。寝具として用意してあるのけ毛布二枚と小さな枕だけだ。

富野は腕時計に目をやった。十一月二十七日、午前五時二十五分。まだ日け出ていない。新聞配達のバイクの音を、夢うつつの状態で聞いたような気がする。あれはもう一時間も前だっただろうか。

手にしたライトを動かして、富野は左脚に光を当てた。できれば見たくなかったが、自分はこの状況に向き合わなければならない。

短パンを穿《は》いた左脚のふくらはぎ部分が、ざっくり切れていた。それほど深くはない。しかし傷は二十センチほどにわたっていて、かなりの出血があった。今、傷口の部分には包帯を巻いてある。出血はおさまっているが、このあと医師に処置してもらわなければまずいだろう。

こうしている間にも、ずきんずきんと痛みがやってくる。富野はペットボトルのミネラルウォーターを一口飲んだあと、そばにあった金属製のバックパックを抱き寄せた。

この中にある文書のせいで、富野は死にかけたのだ。

それは誇張ではなく、たしかな事実だった。自分で選択したことではあったが、そうせざるを得ない状況に陥れたのは、あいつらだ。

はたしてこの文書は、自分の命より大事なのだろうか？

富野自身にも次第にわからなくなってきた。こんな目に遭ってまで、自分は逃げ隠れしなくてはならないのか。いっそ連中に接触して、文書を渡してしまったほうがいいのではないか。そうすれば楽になれる。

そんな考えに囚《とら》われそうになって、富野ははっとした。

――駄目だ。しっかりしろ！

慌てて、自分自身にそう言い聞かせた。

怪我のせいで少し熱が出てきたのかもしれない。だから頭がぼんやりして、弱気になってしまうのだ。

舌打ちをしながら富野は一昨日《おととい》、二十五日の夜のことを思い返した。


特殊警棒を取り出したスーツの男たちは、ビルの屋上をゆっくり歩いてきた。

「やめろ。こっちに来るな！　やめてくれ！」富野は叫んだ。

整髪料をつけた男が特殊警棒を振り上げる。

周囲に目を走らせたあと、富野は覚悟を決めて体を反転させた。

「きさま、やめろ！」

うしろから男たちの声がする。だが富野はそのまま東に向かって走った。手すりを乗り越え、思い切り跳躍した。

富野の体は宙を落下した。わずか一秒少々だったはずだが、それはかなりの長さに感じられた。恐ろしいのに目を閉じることができない。みるみる近づいてくる貯水タンクを、富野は凝視していた。

がつん、と大きな衝撃があった。左脚に、かつて感じたことのないような痛みが走った。貯水タンクに激突したのだ。

バランスを崩して、富野は五階建てビルの屋上に転落した。そこで今度は右の肩を打った。

急いで起き上がろうとすると、左の膝《ひざ》ががくりと落ちそうになった。ふくらはぎに強い痛みがある。手で触れてみると、生温かい血の感触があった。くそ、と富野は毒づいた。運悪く、貯水タンクの突起に脚をぶつけたのだ。強い衝撃のせいでジーンズが切り裂かれ、ふくらはぎに裂傷を負ってしまった。ジーンズの生地に赤黒い染みが広がっていく。血が数滴、屋上のコンクリートに垂れた。

富野は顔を歪《ゆが》めて歯を食いしばった。

——ちくしょう！　ここで捕まってたまるか。

骨は折れていないと思う。だが、走ることはできそうにない。

貯水タンクにつかまりながら、富野はなんとか立ち上がった。荒い息をしつつ、七階建てのビルを見上げる。手すりの向こうに、スーツの男たちの顔があった。この高さを見て、さすがに戸惑っているらしい。

そのとき、遠くからパトカーのサイレンが聞こえてきた。騒ぎが起こったため、誰かが警察に通報したのだ。

サイレンを聞いて、ふたりの男は顔を見合わせていた。いくら富野の追跡が大事だと言っても、警察沙汰《ざた》になってはまずいだろう。

パトカーの到着は、絶体絶命だった富野にとって願ってもない幸運だった。この一帯で警察官が事情聴取などを始めれば、追跡者たちも滅多なことはできない。

ハンカチで左脚のふくらはぎを縛った。こうすればどうにか血は垂れてこない。ジーンズは赤く汚れているが、夜の闇に紛れればそれほど目立たないはずだ。

富野は左脚の痛みをこらえて、数歩進んでみた。なんとか移動することはできそうだ。

左脚を引きずりながら、屋上から五階へ下りていった。そのフロアには通販会社の事務所があるだけで、すでに明かりは消えている。誰にも会わずに、エレベーターに乗ることができた。

一階に下りて雑居ビルの外に出る。何事かと野次馬たちが集まり、歓楽街は騒然としていた。パトカーの回転灯が見えたが、警察官たちが調べているのは隣の七階建てのビルや、その向こうの居酒屋だ。

周辺を見回したが、追跡者たちの姿はなかった。騒ぎのせいで、まだあのビルから出られずにいるのだろう。

痛みに耐えながら、富野は歓楽街を歩きだした。

路地を抜けて広い通りに出ると、ちょうど客を降ろしていたタクシーが目に入った。その客が降りるや否や、富野は後部座席に乗り込んだ。

「すぐに出してくれ」

初老の運転手は怪訝《けげん》そうな顔でこちらを見た。

「どちらまで？」

そうだ。それをまだ決めていなかった。どうする？　どこへ向かう？　少し考えたあと、富野は行き先を告げた。

運転手はウインカーを出して、車をスタートさせた。

騒ぎの現場から逃れて、富野はようやく安堵《あんど》の息をついた。だがじっとしていても、左脚にじんじんと痛みが感じられた。このままではまずい、ということはわかる。だが具体的に何から始めればいいのか、見当もつかなかった。

――ちくしょう。俺はどうすればいいんだ？

この先起こるであろうさまざまな困難を想像して、富野は暗澹《あんたん》たる気分になった。もしかしたら自分は、明日にも命を落とすかもしれない。そう思った。


あの夜、富野は念のため、目的地から少し離れた場所でタクシーを降りた。暗がりを伝い歩き、ようやくアジトにたどり着いたのだった。

現在富野がいるのは、住宅街の中にある廃屋だ。所有者は行方をくらましているし、地方在住の親族はまずここには来ない。元はすべてのドアが施錠されていたが、目をつけてから富野がピッキングして勝手口を開錠した。それが今から二週間ほど前のことだった。

ときどきここに忍び込んで、富野は水や保存食、段ボール、寝具、衣類、救急用品などを揃えた。それが今回、本当に役に立った。

一昨日ここに着いたあと、富野は用意しておいた水で傷口を洗い、消毒液を噴霧した。少し保存食を口にしたが、気分が悪くなって吐いてしまった。思えば、あのときから熱が出ていたのかもしれない。鎮痛剤をのんで、その晩は粗末な床に就いた。

それから昨日一日ここで寝ていたのだが、薬が切れると傷の痛みがひどかった。保存食を食べられるようにはなったが、栄養面で不足がある。この状態が長く続けば、自分は衰弱する一方だろう。

このままではまずい、絶対にまずい、と富野は思った。

まともに歩けなければ行動が制約され、何かあったとき奴らから逃げることができなくなる。いや、その前に、下手をすれば感染症を起こしてしまうかもしれない。そうなれば、せっかく助かったこの命が再び危険にさらされる。

動くなら今日だ、と思った。朝一番で医者に診てもらうしかないだろう。追跡を避けるため保険証は使えないから、治療費は全額自己負担になる。だが、それでもかまわなかった。

新しい保存食を食べてから、また水を飲んだ。短パンからスラックスに穿き替える。一昨日汚したジーンズは処分するしかない。

携帯でネット検索して医者を探した。なかなか条件に合う場所がなかったため、理想を少し下げて検索し直した。その結果、ようやく一軒の医療施設を見つけることができた。

うまくタクシーがつかまれば、ここから十分ほどで行けるはずだ。駄目なら、そのときはバスを使うしかない。

ごみをまとめて袋に入れ、午前八時四十五分にアジトを出た。

すでに明るくなった屋外には、あちこちに通行人が見える。だが通勤、通学ラッシュの時間帯よりは、はるかにましだった。

富野はできるだけ左脚を引きずらないよう、痛みをこらえながら歩いた。成人男性にしてはかなり遅いペースだが、今はやむを得ない。むしろ、痛みに顔が歪んでいないか、そちらのほうが気になった。

大通りに出て、車道に目を走らせる。走っているのはトラック、企業の営業車、一般の乗用車ばかりだ。ずきん、ずきんと強い痛みが続いている。この状況ではクリニックに行くなど無理だろうか。そうあきらめかけたところへ、一台のタクシーが通りかかった。助かった！

慌てて富野は右手を挙げた。このときだけは脚が痛いことも忘れて、大きく手を振り、タクシーを止めた。

後部座席に乗り込むと、初老の運転手が「どちらまで？」と尋ねてきた。その声を聞いて、富野は一瞬ぎくりとした。一昨日乗ったタクシーと同じではないか、と思ったのだ。だがそれは気のせいで、運転手はまったくの別人だった。

富野は行き先を伝えると、左の窓のほうに顔を向けた。そうやって運転手から見えないようにして、痛みに耐えた。

目的地から少し離れた場所で、タクシーから降りた。医療施設までは五十メートルほどだ。そのわずか五十メートルが、今の富野にはやけに長く感じられる。十一月下旬だというのに、脂汗を額に浮かべながら歩いた。

富野が訪ねたのは、ごく小さな外科クリニックだった。入院用のベッドはなく、医師は高齢の院長ひとりだけ。こうした個人医院の場合、外科だけでなく整形外科や皮膚科、場合によっては内科など他の診療科も同時に標榜《ひょうぼう》していることが多い。診療科が多ければそれだけ患者が増えるから、待たされる可能性が高くなる。待たされれば他人に見られる時間が増えるわけで、それはできるだけ避けたいことだった。

午前九時七分、その外科クリニックに入ってみると、待合室には誰もいなかった。よかった、と富野は胸をなで下ろす。建物は古びていて、壁に貼られた医療関係のポスターもずいぶん前のものだった。流行《はや》っていないことがよくわかり、それが富野をほっとさせてくれた。

人に見られないのなら、多少医師の腕がまずくてもかまわない、と思った。裂傷の手当てと、薬の処方だけしてもらえればそれでいい。

受付に行って、やる気のなさそうな女性看護師に、脚を診てもらいたいと伝えた。

「問診票に記入をお願いします。熱はありますか？　わからないなら体温計で測ってください。それと健康保険証を出していただけますか？」

「保険証はないんです」

「え？」言葉が聞き取れなかったというような顔で、看護師はこちらを見た。

「忘れたということですか？」

「すみません、事情があってちょっと今、手元にないんです」

「そうすると全額自己負担になってしまいますけど、よろしいでしょうか」

「それでけっこうです。とにかく早く診てください」

「わかりました」

こうしたケースがないわけではないらしく、保険証について、それ以上あれこれ訊かれることはなかった。ここまでは予想していたとおりだ。

体温を測り、「友野《ともの》」という偽名で問診票を出してベンチに座った。背負っていたバックパックを下ろして、両手で抱える。そのまま待ったが、なかなか名前を呼ばれなかった。自分しか患者がいないというのに、なぜだろう。痛みのせいで徐々に苛立《いらだ》ちがつのってきた。

九時四十分ごろになって、奥の部屋でドアが開閉する音がした。そのあと男女の話し声が聞こえた。もしかしたらここの院長は、今まで自宅かどこかにいたのではないだろうか。看護師に呼ばれて、初めてここに来たのではないか。診療時間は九時からだというのにひどいものだ、と富野は思った。普段からこんな具合なのだろうか。ここまで暇そうだと、さすがに少し不安になってくる。

九時五十分、ようやく名前を呼ばれて診察室に入った。

院長は口ひげを生やした、七十歳ぐらいの男性だった。小柄で、丸眼鏡をかけていて、まるで大正時代の人物のように見える。

「お願いします」

診察用の椅子に腰掛けた。富野がバックパックを太ももの上に置いたのを見て、先ほどの看護師が近づいてきた。

「その荷物、邪魔でしょうから預かりますよ」

そう言って、彼女は勝手にバックパックに手を伸ばしてきた。富野は慌てて首を振る。

「これはいいんです。大事なものなので」

「でも、そのままじゃ先生が診察できませんから」

「いいえ、本当にこれは大事なんです」

そんなやりとりを見て、院長が口を開いた。

「じゃああなた、ほら、脚を診るからこっちのベッドにきなさい。その鞄《かばん》、一緒にベッドに置いておけばいいだろう？」

わかりました、と答えて富野はゆっくり立ち上がった。診察用のベッドに移動して腰掛ける。すぐそばの、手の届く位置にバックパックを置いた。

スラックスを脱ぐのを看護師が手伝ってくれた。気分のいいものではないが、今は仕方がない。

患部が出たところで、診察が始まった。

「ああ、これねえ。なるほど。ん？　あなた、これいつの怪我だっけ？」

「一昨日《おととい》の夜です」問診票にもそう書いてある。

「あ、そう。なんで昨日医者に行かなかったの？　行けなかった？」

「ええ、ちょっと動けなかったもので……」

「どこで、どういう感じでざっくりやったの？」

「それは……」ためらったあと、富野は言った。「仕事中、高いところから落ちて、下にあった障害物にぶつかってしまって」

「どれぐらい落ちた？」

「六メートルか……七メートルぐらい……」

「あ、そう。ここね、あとで縫合するけど、それ以外に何かあるといけないんでね、X線やるから」

予想外のことを言われて、富野は戸惑った。

「あまり金をかけたくないんですが……。自己負担なので」

「やっておいたほうがいいよ。だってあなた、どこか骨折していたら、あとで困るのは自分だよ」

「……わかりました。お願いします」

たしかに先のことを考えれば、今きちんと診てもらったほうがいい。話はまとまり、富野はX線撮影をしてもらった。

幸い骨折はないとわかり、左脚の裂傷を処置してもらうことになった。看護師が準備を始める。院長の腕には不安もあるが、傷口が開いたままでは今後の行動に支障が出る。多少のことは我慢しようという気になっていた。

カルテにいくつかの項目を記入したあと、院長はこちらを向いた。

「あなたね、まっとうな生き方をしたほうがいいよ」

「……え？」

「楽な道だからって、変なほうに進むのはまずいからね」

警戒しながら富野は相手の顔を見つめた。この老人は何かに気づいたのだろうか。だとしたら自分はどうすればいいのか。治療が始まる前に、ここから逃げ出さなくてはならないのか？

富野がバックパックに手を伸ばしかけたとき、院長は軽く息をつきながら、こんなふうに言った。

「ああ、心配することはないよ。あなたがどんな人でも、私には関係ないからね。ただ、医者として私が言えるのは、自分を大切にしなさいってことだけだ」

「ああ……。はい、ありがとうございます」

富野は小さくうなずいてみせた。見かけによらず、この医師は他人に親切らしい。

だが、のんびりした相手の顔を見て、富野は徐々に苛立ちを感じてきた。彼が言うことは正しいのかもしれない。そのとおり、誰だって自分を大切にすべきなのだ。しかし、それは時と場合によるだろう。

——今は、そんなことを言っていられる状況じゃないんだ。

年老いた院長の話を聞きながら、富野はひとり眉《まゆ》をひそめていた。

2

コンビニのレジ袋を提げて、矢代は執務室に入っていった。

この部屋には大量の捜査資料が集めてある。いつものように、古い紙のにおいが鼻孔を刺激した。一年前にはかなり違和感があったのだが、最近はすっかり慣れてしまった。

スチールラックの間を抜けて、自分の席に近づいていく。壁際の机を見ると、理沙はまだ出勤していないようだった。

矢代は腕時計に目をやった。十一月二十七日、午前八時五分。今日は外で立ち読みもしていなかったし、先に出勤しているのではないかと思ったのだが、どこかに寄っているのだろうか。

コピー機の近くにあるラックで、夏目が資料ファイルを整理していた。

「おはよう、夏目。いつも早いな」

そう声をかけると、はっとした様子で夏目はこちらを振り返った。

「あ、先輩、おはようございます」

「書類整理か？　今は捜査指示が出ているから、通常業務はやらなくてもいいよ」

「でも、ちょっと気になって」夏目はファイルを手にしたまま言った。「このへん、すぐ乱れてしまうんですよね。先週、私がきれいに整理したばかりなんですけど。ほら、段ボール箱の蓋《ふた》がこんなふうに……」

「ああ……誰の仕業か見当がつくなあ」矢代は顔をしかめて理沙の席を指差した。「自分の机さえ整理できない人がいるだろう。コピーをとりに行ったとき、そのへんのラックの資料をいじって、そのままにしちゃったんじゃないか？」

「そうですね。その可能性は否定できません」

「がさつな上司ですまないな。まあ、夏目の上司でもあるけど」

軽い調子で矢代は言った。すると夏目は、意外に真面目な口調で答えた。

「いえ、いいんです。私は鳴海主任のお世話をするのが好きなので」

「そうだったっけ？」

「切れ者だけどちょっと抜けてる人って、いるじゃないですか。専門分野のことにはすごく詳しいのに、身の回りのことが全然できないとか。そういうギャップ、いいですよね」

なぜだか夏目は嬉《うれ》しそうな顔をしている。脳内で妙なフィルターをかけて、物事を二次元的に見ているのかもしれない。

「前から聞きたかったんだが、夏目は鳴海主任のことをどう思ってるんだ？」

「どう思うって……」彼女は急に身じろぎをした。「や……矢代先輩、私に何を言わせたいんですか」

「また変なことを想像してるだろう」矢代は首を横に振った。「違うよ、そういう意味じゃない。夏目と鳴海主任は性格がまったく違うよな。だから、何かあれば俺が間に立とうと思ってさ。いや、問題なければいいんだけど」

「もちろん何の問題もありません」夏目は資料をラックに置いた。「まあ、この部署に来たばかりのころは戸惑いました。ですが、今ではこれもいい経験だと思っています。仕事ですから、好きなことだけやれるわけじゃないですし」

「やっぱり仕事への不満はあるのか」

「……というか、『仕事の評価』に対する不満があります」

「自分が鳴海主任に正しく評価されていない、と？」

「いえ、そういう意味じゃなくてですね」夏目は考えながら答えた。「文書解読班が成果を出しているのに、なかなか認めようとしない幹部がいるじゃないですか。私たちは──というか、鳴海主任はもっと評価されるべきだと思うんです」

それを聞いて矢代はまばたきをした。いつの間にか、夏目は理沙の応援団のようになっていたらしい。

「まあ、部署の結束が固いというのは、いいことだ」

そうですね、と夏目は応じる。だがそのあと、彼女は表情を曇らせた。

「先輩、今回の件、どう思います？　岩下管理官は明らかに、無理難題を押しつけてきましたよね。もしかして、ろくな手がかりも与えないまま捜査させて、『文書解読班は富野を発見できなかった』という結果だけ、上に報告するつもりでしょうか。だとしたら、これは罠《わな》なのでは……」

「岩下管理官がそこまでやるかな」

「あの人なら、やりかねません。そういう顔をしてますよ」

顔で判断されては岩下も気の毒だが、夏目の言うことも理解できる。岩下も子供ではないのだから、あんな表情であんな態度をとれば、周りがどう思うかわかりそうなものだ。

――いや、わかっていて、あんなふうに振る舞うんだろうか。

岩下のほうが優位だと相手に悟らせるため、険しい顔をするのかもしれない。

「ところで、鳴海主任はまだなのか？」

「あ、はい。私の机に書き置きがあって、今日は寄るところがあるから、少し遅れて出勤するそうです。ゆうべ、何か思いついたんでしょうか」

昨日、矢代と夏目は午後十一時ごろまで、錦糸町で聞き込みをしていた。電話で理沙に状況報告をしたところ、そのまま直帰せよとの指示だったので引き揚げたのだ。岩下管理官には、理沙から報告を上げてもらうことになっていた。ビルの屋上にあった血痕《けっこん》も、鑑識課に調べてもらっているはずだ。

いつもの捜査と違って、朝晩の会議がないから、その点は行動が楽だと言える。だがその一方で、やりにくい面もあった。四十人、五十人と集まった特捜本部なら、組織力でさまざまな捜査ができる。上層部の力を借りれば、いろいろと融通も利く。だが今、矢代たちはたった三人で捜査をしなければならず、何かと制約を受けている。

矢代と夏目が聞き込みの情報をまとめていると、執務室のドアが開いた。

「遅れてすみません」

言いながら理沙が入ってきた。慌てていたのか、机のそばで雑誌の山を崩してしまった。

「大丈夫ですか？」

夏目が椅子から腰を浮かす。だが理沙は右手を前に突き出して、それを制した。

「すぐに打ち合わせを始めましょう」

有無を言わせぬ真剣さだ。これは大事な話だと悟って、矢代と夏目は表情を引き締めた。

ショルダーバッグを下ろすと、理沙はあいていた席に腰掛けた。

「まず、昨日からの継続事項ですが……」彼女はバッグからメモ帳を取り出した。「錦糸町で防犯カメラのデータが持ち去られた件です。警視庁捜査一課には証拠品収集係という部署はありませんし、桑島という捜査員もいませんでした」

「じゃあ、やっぱり一般の人間が警察官だと偽って……」

矢代がそう言いかけると、理沙は即座に首を振った。

「ところが、妙なことがわかりました。昨日、時計店で見せてもらった預かり票は、警視庁で使われている書式だったんです」

思わず矢代は眉をひそめた。その意味するところは容易に想像できる。

「じゃあ、警視庁の人間がデータを持っていったんですか？　いや、でも架空の部署を名乗るのはおかしいですよね。きちんとした捜査であれば、堂々と部署や名前を書けばいいのに」

「もしかして、一般市民が書式だけ真似たんじゃありませんか」と夏目。

たしかに、その線も考えられる。預かり票を見たことのある市民なら、文書の偽造はそう難しいことではないだろう。

「ただね、夏目さん」理沙は慎重な見方をしているようだった。「書式は真似できたとしても、桑島という男の行動は素人離れしていますよね。堂々とした態度だったので、時計屋さんもそのほかのお店も、彼が警察官だという話を疑わなかった。……私は、本物の警察官だった可能性が高いと思っています」

「でも、そうだとしたら、なぜ所属を偽ったんでしょうか」

不可解だという顔で、夏目は首をかしげている。

とにかく、と理沙は言った。

「私たちはその男に先を越されました。動きのタイミングから考えて、桑島と名乗る男は、前日夜の錦糸町の一件に関わっていた可能性があります。もしかしたら桑島は、逃走した富野を追っていたのかもしれません」

あるいは、と矢代は思った。その男は、富野を追っていたグループの一員だったのかもしれない。

「岩下管理官には昨日、何度か経過報告を行いました」理沙は続けた。「二十五日の夜に錦糸町のビルなどで騒ぎがあったこと、逃走者と追跡者がいたらしいこと、しかし正体はどちらもわからないことなどを伝えました。防犯カメラの件は話していません」

「そうですね。まだ岩下管理官の考えが読めないし……」

「ええ。あの人が一枚嚙《か》んでいる、ということも考えておかないと」

そのとおりだった。今回の捜査には不審な点が多すぎる。岩下の目論見《もくろみ》がわからないのだから、慎重に動く必要がある。

「あの……出張に行った財津係長には？」と夏目が尋ねた。

「仕事の都合上、なかなか電話に出られないようで、まだ話はできていません。仕方ないので、メールで報告を入れてあります」

まったく運の悪いことだ、と矢代は思った。財津は九州まで何をしに行ったのだろう。早く戻ってきて、岩下と文書解読班の間に立ってくれないものだろうか。

さて、と理沙はあらたまった口調で言った。

「ここからが大事な話です。富野が手帳に書いていた月、寺、百貫の意味がつかめたような気がするんです」

「本当ですか！」驚いて、矢代は声を上げた。「どうやって調べたんです？」

「いえ、まだこれが正解かどうかはわからないんですよ。でも考える糸口として、使えそうな情報を見つけました。まずは矢代さんと夏目さんに聞いてほしいんです」

理沙はコピー用紙を一枚、机の上に置いた。

「月、寺、百貫という言葉が何か別のものを指すのではないか、というのは普通に考えられることですよね。ある業界とか仲間の間だけで通じる、符牒《ふちょう》や隠語というものがあります。たとえば月といえば『鏡』や『金銭』を指すことがあるそうです」

「月が鏡を指すのは、わかる気がしますね」矢代は同意した。「金銭はぴんとこないけど」

「そういう符牒をまとめた辞典を見つけて、項目を調べてみたんです。そうすると、ちょっと意外なものが見つかりました。月という言葉は、鰻《うなぎ》屋や魚屋で『4』という数を表していたそうです。茶商では『8』だとも書いてありました。同じ言葉でも、業界によって示すものが違うわけですね」

矢代は低く唸《うな》って、ひとり腕組みをした。

「そうか。別の物事を言い換えるだけじゃなく、数だった可能性もあるわけだ」

「推測でしかありませんが、これが数の符牒だと仮定します。すると、残りふたつはどうなるか。寺が何かの数を示している可能性があるか、調べてみました。寺という漢字に限定せずカタカナの『テラ』も含めると、『5』あるいは『55』を表す、という記述があったんです。55のほうは古物商で使われているようですね。ほかにも面白い言葉があって『センマイ』は『125』を、『ジュッカンメ』は『165』を表しているそうです」

「あとひとつ、百貫はどうでした？」

夏目が身を乗り出して、尋ねてきた。理沙はここで初めて、口元に微笑を浮かべた。

「ありましたよ。やはり古物商の符牒で、百貫は『35』のことらしいんです」

理沙はコピー用紙にこう書いた。

月（ツキ）…………4、8
寺（テラ）…………5、55
百貫（ヒャッカン）……35

「ここまでわかったんですが、どう思います？」

理沙は、矢代と夏目の顔を交互に見た。

辞典に載っていたのなら、根拠はあると言える。理沙が調べたこれらの内容は、信じていいことだろう。

「そういえば……」矢代は昨日の出来事を思い出した。「バーの経営者が言ってましたよね。昔、富野のお祖父《じい》さんが魚屋をやっていたって。それから富野自身は時代小説が好きだったらしいから、古い物事に興味を持っていたんじゃないでしょうか。だとすると、彼が面白がって、そういう符牒を使っていた可能性もありますね」

「鳴海主任が前に話していた、『並列する項目』という件にも合っています」夏目が言った。「三つがそれぞれ、何かの情報となる数字を示していたわけですよね」

理沙は少し自信を得たという表情になった。

「ゆうべ手がかりを見つけて、今朝、専門の辞典に当たってみて、ここまではいいんじゃないかと自分でも思いました。……でも、これらの数がどんな意味を持っているのかわからないんですよ。並べると意味が出てくるのか、あるいは足し算や掛け算をして何かの数字に変えるのか」

「ここから先が、また難しいわけか」

矢代がつぶやくのを聞いて、夏目が考えを口にした。

「数字を並べていくうち、語呂合《ごろあ》わせができたりして……」

「なるほど。それもあり得ますね」

またひとつ、理沙の頭の中で可能性が増えたようだ。

富野に会ったことはないが、凝り性だという可能性はある、と矢代も思った。月、寺、百貫という言葉が偶然頭に浮かんだわけではないだろう。富野がクイズやパズルを意識していたことは充分考えられる。

「誰かに解かせるためのクイズかもしれないし、自分用のメモかもしれませんね」矢代は椅子に背をもたせかけた。「遊び心で書いたのか。いや、待てよ。もしかして他人に知られたくないことだから、暗号で書いたのかな」

「そうですね。凝った人なら、やるかもしれません」

つぶやきながら、理沙はコピー用紙にまたメモ書きをした。

◆月、寺、百貫（4か8、5か55、35）

　4、5、35

　4、55、35

　8、5、35

　8、55、35

月には4か8の可能性があり、寺には5か55の可能性がある。だから組み合わせとしてはこういう形になる。

「ここから先はわからないなあ……」ペンを置いたあと、理沙は頬杖《ほおづえ》を突いた。「私、もともと数字はあまり好きじゃないもので」

「数字だって字の一種でしょう？」

矢代が尋ねると、理沙は顔をしかめてこちらを見た。

「私が好きなのは文字とか文章とか、意味の読み解けるものなんですよね。数字をただ並べたり、計算したりするのはちょっと……」

「でも、この謎が解けたらきっと金星《きんぼし》ですよ。あの岩下管理官の鼻を明かしてやりましょうよ」

「仕方ないですね。これを解かないと私たちは前に進めない。……考えましょう」

再び理沙はコピー用紙のメモを見つめた。矢代や夏目も、一緒にそのメモを覗《のぞ》き込む。

語呂合わせをしてみたが、これといった答えは出てこなかった。和暦の年号に読み替えて、出来事などに意味がないかと考えたが、それもしっくりこない。

「そもそも年号だとしたら、1とか2とか小さい数字が入っていないと、かなり限定されてしまうのでは……」

夏目が言うのを聞いて、矢代と理沙は「たしかに」とうなずいた。

どうやら行き詰まってしまったようだ。理沙は椅子から立ち上がり、ぶつぶつ言いながら室内を歩き始めた。

「もし数字自体に意味がないのなら、単なる記号だと考えるべき？　数、数字、ナンバー。学校の数学は評価しやすい教科だった。答えはひとつであり、採点は間違えにくい」

「国語なんかは文章で答えさせるから、評価が難しいですよね」と矢代。

理沙はひとり、うろうろ歩き続ける。

「グレーゾーンはない。はっきりした対象物。みんなが間違えないように決める。指定された時刻。指定された電車。指定された場所……」

ここで理沙は動きを止めた。空中に何か文字を書くような仕草をする。

「……いや、ちょっと待ってくださいよ」

「どうしました？」

夏目が尋ねたが、理沙は答えない。独り言が続いた。

「指定された場所。座標。空間上の。地図上の……地図？　ああ、そうか！」理沙は大きな声を出した。「来た！　文字の神様、ありがとう」

彼女は踵《きびす》を返し、矢代たちの前に戻ってきた。椅子に腰掛け、コピー用紙に数字を書きつける。

「こういうのはどうです？」

4―5―35
4―55―35
8―5―35
8―55―35

不思議に思いながら、矢代は彼女に尋ねた。

「何ですか、これは」

「住居表示ですよ」

矢代と夏目は同時に「あ！」と声を上げた。ふたりの理解が追いついたところで、理沙は説明を続けた。

「手帳にメモされた順番で三つの数字をつなぐと、この四パターンが考えられます。最初のものは『4丁目5番35号』です。四つを見比べて『55番』というのは、日本ではちょっと考えにくいので除外していいでしょう。そうすると『4丁目5番35号』と『8丁目5番35号』である可能性が高い。この住所が実在するか、確認してみませんか」

だが、戸惑うような顔で夏目が右手を挙げた。

「質問よろしいでしょうか。主任、いったいどこの町を調べれば……」

「これもまた推測になりますが、錦糸町駅の近くだと思います。富野は錦糸町によく現れていた、ということですから」

「手帳にこの暗号を書いた理由は何です？」

「他人に知られたくなかった、ということだと思います。場所はもちろん覚えていたでしょうが、何かの折に住所情報が必要になる、と考えたのかもしれません。……どうですか、矢代さん。こんな、おぼつかない理由ではまずいでしょうか」

とんでもない、と矢代は答えた。

「もともと文書解読班は、言いがかり……じゃなかった、当てずっぽうで動く部署ですよね。俺は鳴海主任の考えに乗りますよ」

矢代は夏目に、ネット検索をするよう指示した。錦糸町駅の周辺に限定し、理沙が書いた住所を調べさせる。すると——。

「ありました！」夏目が興奮した口調で報告した。「墨田区菊川《きくかわ》四丁目五番三十五号。錦糸町駅の南側です。どうやら民家のようですね」

「行ってみましょう」理沙は言った。「推測に推測を重ねた情報ですが、文書解読班らしいやり方です」

そうですね、と答えて矢代は椅子から立ち上がる。

とにかく、その場所に行って状況を確認する必要があった

3

矢代たちはタクシーを飛ばして菊川に移動した。

領収証をもらって車を降りる。夏目が携帯を見ながら道案内をしてくれた。平日の午後一時過ぎ、住宅街にはあまり人通りもなく、散歩をする老人がちらほら見えるぐらいだ。風が吹いて、民家の洗濯物がかすかに揺れている。

やがて夏目が足を止め、こちらを振り返った。

「ここです」
　矢代と理沙はその建物を見上げた。クリーム色の二階家で、築三、四十年といった外観だ。壁のあちこちに汚れが見えるし、一階の雨戸は閉まったままだった。表札は出ていない。
「廃屋……なのか？」
「見たところ、そういう感じですね」矢代にうなずきかけたあと、夏目は理沙の顔を見
た。「主任、どうします？」
「まず、近隣で話を聞いてみましょう」
　理沙は近くの家のチャイムを鳴らした。だがインターホンから女性の声が聞こえると、
すぐに矢代の袖《そで》を引っ張った。女性恐怖症というべきか、彼女のトラウマはなかなか克
服できそうにない。
　出てきた主婦に、矢代はできるだけ愛想よく質問した。
「ちょっとうかがいますが、その先のお宅には誰も住んでいないんですかね」
「ああ、玉崎《たまさき》さんのおうちですか？　あそこは三年ぐらい前からずっと空き家なんです
よ。男の方がひとりで住んでいたんですが、どこかへ引っ越しちゃってね。その後、親《しん》
戚《せき》の方が来たみたいだけど、処分もせず放ったらかしなんですって」
　相続やら何やら複雑な問題があるのかもしれない、と矢代は推測した。最近はこうし
た空き家が増えたと聞いている。

「このところ、あの家で何か変わったことはなかったでしょうか」

「さあ、特に気にしたことはないけど」

「誰かが出入りしているような気配はありませんか」

「え……。いやだわ、変なこと言わないでくださいよ」

主婦の答えを聞く限り、不審者が侵入したなどの噂はないようだ。

しかし、だからといって安心はできない。矢代はあらためてその廃屋に目をやった。東隣は駐車場、西隣は企業の資材置き場になっていて、もともと人目に触れる機会は少なそうだ。

――こういう場所は、隠れるのにもってこいだな。

両隣に住居がないことは、侵入者にとって好条件となる。多少音がしても聞かれる心配はないし、出入りするところも目撃されにくい。

異状はないかと、矢代たちはその廃屋を外から観察した。ここに何かがあると決まったわけではない。だがもし気になることがあれば、すぐに行動方針を決める必要があった。

高い身長を活《い》かして夏目は敷地内を覗き込んでいたが、やがて何かに気づいたようだ。

「先輩、あそこを見てください。ほら、あそこ」

彼女は建物の東側にある、狭い庭を指差していた。住人がいなくなって、庭は荒れ放題だ。雑草が風に吹かれて、揺れているのが見えた。

「どこだ？」

「ブロックがいくつか置いてあるでしょう。その一番左、見えますか」

コンクリートブロックが四つ放置されていた。言われたとおり、左端のブロックに目を凝らしてみる。すると、表面が赤茶色になっているのがわかった。

「あれはいったい……」

「何だと思います？　気になりますよね」

「たしかに気になるな」矢代はうしろを振り返った。「鳴海主任、ちょっといいですか」

西側の庭を覗《のぞ》いていた理沙が、足早にこちらへやってきた。夏目から説明を聞いて、彼女もブロックに目を凝らす。

「血痕《けっこん》……のように見えますね」理沙は矢代たちのほうを向いた。「そう思う人は？」

矢代と夏目は、揃って右手を小さく挙げた。それで決まりだった。

「何らかの事件が起こった可能性があります。誰かが傷つけられ、拉致《らち》されているかもしれません。私たちは市民の安全確認のため、この建物に立ち入ります」

そう宣言して、理沙は両手に白手袋を嵌《は》めた。矢代と夏目も同じように準備する。

「俺が先頭に立ちます」

矢代は錆《さ》びついた門扉を開けた。ぎー、ぎ、ぎ、と嫌な音がした。素早く敷地内に入って、東側の庭に回る。あとから理沙と夏目もついてきた。

さくさくと足下で枯れ葉の音がする。ほかに物音はしないかと、矢代は神経を集中させた。今のところ何の音も聞こえてこない。

先ほど見えたブロックのそばで、矢代は立ち止まった。白っぽいブロックの表面に、黒ずんだ赤茶色が見える。成分まで調べることはできないが、おそらく人の血液だろう。よく見ると近くの雑草も何ヵ所か、同じような色で汚れていた。移動している人間の体から血液が垂れたのではないだろうか。

矢代たちはさらに庭を進んだ。建物に沿って角を曲がると、北側に勝手口があった。ドアの前に立って、矢代はノブに目を近づける。その間に夏目が走っていって、西側の庭を確認した。問題なし、と彼女はハンドサインをこちらに見せた。

「中を調べてきます。主任たちはここにいてください」

理沙にそうささやいてから、矢代はドアノブをひねった。施錠はされていなかったらしく、何の抵抗もなくドアは開いた。雨戸が閉まっているせいで、中はかなり暗い。

ポケットからミニライトを取り出し、スイッチを入れる。理沙に目で合図してから、矢代はするりと屋内に入った。

ミニライトで足下を確認しながら慎重に進んでいく。ときどき床板が不快な音を立てた。この音はどこまで届いているのだろう。奥に誰かがいるとしたら、矢代が侵入したことに気づいてしまっただろうか。

台所、居間、応接間などを順番に確認していった。あちこちに段ボール箱や紙ごみが散らかっていたが、どれも埃《ほこり》をかぶった状態だ。

寝室らしい部屋に入ったとき、矢代ははっとした。明らかにそれまでとは違ったにおいが感じられる。食べ物のにおい、消毒液などのにおい、そしてこれは——もしかしたら血のにおいではないか？

ミニライトの先から光の束が走って、部屋の中を照らした。そこは六畳の寝室だった。だが少し様子がおかしい。埃だらけの床の上に、畳んだ段ボールが何枚か敷いてあった。その上に毛布が二枚広げてある。この古い部屋には似合わず、毛布は新しいもののように見えた。

——誰かの寝床だな。

その寝床の横にはポリタンクが四つあった。においを嗅《か》いでみたが、中身はおそらく水だろう。

ポリタンクの周囲に衣類が何枚か落ちていた。そのそばにはスーパーなどのレジ袋が複数ある。矢代は腰を屈《かが》めて、袋の中をちらりと見た。食品や衣類、ごみなどが入っているのがわかった。

かさばっている衣類を取り出してみて、矢代は思わず息を呑《の》んだ。ジーンズと靴下、ハンカチが入っていたが、どれも血だらけだったのだ。特にジーンズはひどい。よく見ると、寝床の段ボールや毛布にもところどころ血が付いていた。

間違いない。脚を負傷した誰かが、ここで寝ていたのだ。傷を癒《いや》すためか、あるいは身を隠すためか。

そのとき、背後で何かの音がした。驚いて矢代は振り返る。

明かりがこちらを向いていた。目を細くして相手の姿を確認すると、それは理沙だった。矢代がなかなか出てこないので、中に入ってきたのだろう。

「矢代さん、どうですか？」彼女は小声で尋ねた。

「誰か寝ていたようです」矢代は寝床を指差した。「怪我をしていたらしい」

怪訝《けげん》そうな顔で、理沙は近くにやってきた。血の付いたジーンズなどを見て、彼女は眉《まゆ》をひそめる。

「ほかの部屋を見てきます。それから二階も」

そう言い置いて、矢代は寝室を出た。廊下を急ぎながら、まずかったな、とひとり反省した。寝床や血の付いた品物に気をとられてしまったが、まだ誰かが屋内に留《とど》まっている可能性がある。その人物に逃走されたら、あるいは、いきなり襲いかかられたら、警察官としては大きな失態だ。

浴室や納戸を覗いたが問題はなかった。トイレは思ったよりきれいな状態だ。

矢代は階段を上がった。二階にあるのは六畳間ふたつだけらしい。

一階も二階も、押し入れまで調べたが、不審な点は見つからなかった。現在、この家にはほかに誰もいない。

先ほどの寝室に戻ると、明かりがふたつ動いていた。理沙のあと、夏目も屋内に入ってきたのだ。

「誰もいませんでした」

矢代が報告すると、床にしゃがんでいた理沙はこちらを向いた。

「怪我人はどこへ消えたんでしょう」

「わかりません。いつここに来て、いつ出ていったのか……」

理沙は寝室の中を観察していたが、じきにまた口を開いた。

「あらかじめ、いろいろなものを運び込んでいたようですね。かなり用意周到な人物だと言えます」

「水を流して、トイレをきれいにしていたようでした。たぶんポリタンクの水を使ったんでしょう」

あの、と夏目が話しかけてきた。

「仲間がいたという可能性はありませんか」

「どうでしょうね」理沙は考えながら答えた。「私は、怪我人だけだったんじゃないかと思います。もし仲間がいたのなら、負傷者をこんな場所に寝かせておかないでしょうから」

「あ、それはたしかに……」

夏目は深刻な表情で、血の付着したジーンズを見つめた。負傷者はここでジーンズを脱ぎ、何か別のものを穿《は》いたのだろう。

「矢代さん、夏目さん、少し作業をしましょう」立ち上がりながら理沙は言った。「ここにある遺留品を、私たちで分析するんです」

「え？　でも、そういうことは鑑識課が……」

そこまで言って、矢代は気がついた。今回の捜査はいつもとは違う。自分たちは特捜本部に所属しているわけではないのだ。いや、言ってみれば文書解読班のこの三人が、ごく小さな特捜本部だと言える。

とはいえ、不審な現場を勝手にいじってしまっていいのだろうか。

矢代の不安を察したのか、理沙が口元を緩めた。

「私たちはここで不審な寝床や衣類を見つけました。事件性があるかどうか、見ているだけではわかりませんよね。のんびり応援を待っている間に、何か大変な事件が進行してしまうかもしれない。だから、今すぐここを調べなくちゃいけないんです」

「それはそうかもしれませんが……」

理沙が言うこともわかる。だが自分たちは組織に属する身だ。ルールを軽視するようなことは、あってはならないはずだった。

矢代がためらっていると、理沙はしびれを切らしたという顔で夏目を見た。

「夏目さんはどうです？　このまま鑑識課を待つべきだと思いますか？」

「いいえ、私は鳴海主任に賛成です。岩下管理官の言いなりというのは納得できません」

「うん、いいですね」理沙はうなずいて、再び矢代のほうを向いた。「二対一です。矢代さん、私に従ってもらえますか？　それともここを離れて、岩下管理官にこっそり告げ口しますか？」

「そんなこと、しませんよ」矢代は渋い表情を見せながら言った。「わかりました。遺留品を調べましょう。でも、できるだけ現状を変えないように注意しないとね」

「では、始めます」

理沙は腰を屈めて、遺留品のレジ袋を手に取った。

矢代は鞄《かばん》の中からデジカメを取り出し、夏目に手渡した。これから確認する遺留品を撮影しておくよう命じる。

白手袋を嵌《は》めた手で、矢代と理沙はレジ袋の中をチェックしていった。あまり中身が入っていない袋もあれば、ぱんぱんに膨らんでいる袋もある。レジ袋は全部で六つあった。

①水、お茶などのペットボトルが十本ほど入った袋。
②保存食や菓子、ビタミン剤などが収めてある袋。
③文房具や電池、救急用品などが入っている袋。
④下着やタオル、着替えなどが収めてある袋。
⑤使用済みらしい衣類が押し込められた袋。
⑥食品のごみなど不要品を集めてある袋。

広げた新聞紙の上にこれらの品物を並べて、矢代は腕組みをした。

「やはり事前に準備していたみたいですね。タオルや着替えまであります。しばらくここで過ごせるように、という考えだったんでしょう」

「きれいに分類されていますね。ここに潜んでいた人物はかなり細かい性格だったんでしょうか」

夏目の問いに、「そうだな」と矢代は答えた。

「そして奴は慎重だった。いろいろなものを運び込んで、何かのときに備えていたんだ」

遺留品を熱心に観察していた理沙が、顔を上げた。

「一番気になるのはこれです」彼女は血で汚れたジーンズを指差す。「細かく見ていきましょう。左脚の膝の下、ふくらはぎの部分が切り裂かれています。血痕《けっこん》は生地の外側より、内側のほうに多く付着していました。ジーンズを穿いた状態で外から強い衝撃を受け、生地が切れた。そして、ふくらはぎに傷ができて出血したんです」

「ハンカチには皺《しわ》がありますね。血も付いている」

「ええ。そのハンカチで脚を縛っていたのかもしれません。庭にも血が垂れていましたから、けっこうな出血量だったはずです。……それから、これはごみの袋に入っていたものですが、血の付いた脱脂綿と包帯。そして何かの商品の外装セロファンもありました。消毒液の容器の形状と一致します。セロファンを剝《は》がして、消毒液を傷口に噴霧したんでしょう」

理沙はさらに、別の遺留品に目を向けた。

「レシートも一枚見つかりました。残された食品や、食べ終わったごみの内容と一致しますね。買ったのは二週間前。場所は錦糸町のお店です」

「コンビニですか？」と矢代。

理沙はレシートに印字された店舗名と住所を、携帯でネット検索した。どうやらそこは、小さな個人商店らしい。

「となると、防犯カメラはなさそうですね」矢代は肩を落とした。「本当に用心深い奴だな」

ふと見ると、暗がりの中で夏目がごそごそやっている。前の住人が放置していった書棚があるのだが、その陰を覗《のぞ》き込んでいるようだ。

「どうした？」

矢代が声をかけると、夏目は小さめのレジ袋を手にして、こちらにやってきた。

「書棚の陰にこんなものが落ちていました」

「前の住人が残したごみかな」

「でも、見てください。空になった保存食のパッケージが入っているんですよ。そっちの袋にあったのと、同じ種類の商品だと思います」

夏目の言うとおりだ。おそらく、まとめて買ったものだろう。

矢代はミニライトをかざして、そのレジ袋をさらに確認してみた。

「これは名刺だな。『バー　真理花』……」聞き覚えのある店名だった。「そうだ。ネイルサロンでこのバーの経営者に会いましたよね。トモノという男がときどき飲みに通っていた店です」

矢代の手から名刺を受け取って、理沙はうなずいた。

「こうなると、もう断定してもよさそうですね。一昨日の夜、富野泰彦は錦糸町のビルで左脚に怪我をした。ここまで逃げてきて、しばらく潜んでいたんでしょう」

そのレジ袋にはまだ何か入っていた。四つに破られた写真だ。

「この写真……いや、これは画像データをプリントしたものですね」

どこかの部屋で撮影されたものらしく、飾り棚の前に三人の男性が立っている。いずれも二十代後半だろうか。左にいるのは長髪の男性で、髪に隠れて目の辺りが見えにくいが、口元は笑っている。中央に立っているのは顔の細長い男だ。わざとなのか、カメラのほうを見ずに視線を逸《そ》らしていた。そして右側にいるのは背の低い男だ。はっきりしないが、もしかしたら身長百五十五センチぐらいかもしれない。彼はチェックのカーディガンを着て、いくぶん緊張したような表情を浮かべていた。

写真の下のほうに、パソコンで入力したと思われる文字が読み取れた。

《暗数》

おそらくもとになる画像があって、それをデータとして取り込んだのだろう。そのあとパソコンで漢字二文字を貼り込んだのだと思われる。もとになった写真は少し古いものではないだろうか。三人の着ている服のデザインは、最近のものではなかった。

写真に貼り込まれた二文字を見て、理沙は眉《まゆ》をひそめた。

「あんすう……。矢代さん、この意味はわかりますよね。前に昇任試験の勉強をしていたんですから」

「もちろんです。暗数というのは、犯罪統計なんかに使われる言葉ですよね。警察が認知している犯罪件数と、実際に発生している件数との差を表します」

百件の事件が起きているとしても、そのすべてを警察が把握しているわけではない。中には、発生しているのに誰も気づかない犯罪もあるだろう。

「暗数という文字が入った写真……」首をかしげながら、夏目が言った。「そのまま考えるなら、この三人が世間に知られていない犯罪に関わっている、ということでしょうか」

理沙は即答を避けて、しばらく思案する様子だ。ややあって、彼女は夏目に答えた。

「断定はできませんが、可能性はありますね。富野は誰かから逃げているらしい。その富野が暗数という文字を入れたのなら、この写真は何かを告発するものかもしれません。ただ、彼は写真を四つに破っていますよね」

「証拠隠滅を図ったのでは？」と夏目。

「だったら、町なかのごみ箱にでも捨てればいいような気がしますが」

「そうしようと思ったけれど、怪我をしていて余裕がなかったのかもしれません」夏目は続けた。「傷の痛みのせいか、それとも熱が出たか……。これだけ出血もしているし、普通の判断ができなかったんじゃないでしょうか」

「なるほど。たしかにそれは考えられますね」理沙もうなずいた。「すきま風で、このレジ袋が部屋の隅に飛んでしまった。あとできちんと始末しようとしたけれど、そのままになってしまった、とか……」

詳しい経緯は不明だが、とにかくこの写真は手がかりになりそうだ。矢代は証拠品保管袋を取り出し、四つに裂かれた写真をしまって、理沙に手渡した。

理沙は袋に目を近づけ、中の写真を真剣に見つめる。

「あれ？　ちょっと待ってください。飾り棚の左のほうにある、これ……。ミニカレンダーじゃありませんか？」

彼女はバッグからルーペを取り出した。しばらく写真を観察していたが、じきに顔を上げた。

「今から二十年前のカレンダーです。十月ですね」

「え……。そんなに古いんですか？」

矢代は驚いてまばたきをした。もしそうだとすると、オリジナルの写真が撮影された当時、デジタルカメラはまだあまり普及していなかったはずだ。たぶん最初は、フィルムカメラで撮影した写真だけがあったのだろう。それを富野はスキャナーで取り込み、あらためてプリントしたのではないか。

　じっと考え込みながら、理沙はなおも写真を観察していた。


　一時間ほど遺留品を調べたあと、矢代たちは建物の外に出た。

　今まで暗い中で作業をしていたから、陽光がまぶしく感じられた。腕時計を見ると、午後二時二十分になるところだ。

　理沙は建物の庭で、岩下管理官に電話をかけた。

「……あ、あの、岩下管理官でしょうか。お忙しいところすみません」

　電話越しであっても、やはり緊張するものらしい。理沙は早口になりながら、状況を説明した。

「……というわけで、今私たちは菊川の廃屋にいます。手帳に書かれていた暗号はこの住所を示していました。おそらく、富野はここに潜伏していたのだと思います。血痕や遺留品がありますから、ぜひ鑑識課に調べてもらいたいと……。はい、よろしくお願いします」

　通話を終えて、ふう、と理沙は息をついた。

「どうでした？　ねぎらいの言葉はありましたか」

　矢代が尋ねると、理沙は不満そうな顔で首を振った。

「いえ、何もありません。岩下管理官はこのあとすぐ、ここに来るそうです」

「管理官自身がこんなところへ？」

矢代は意外な思いにとらわれた。殺人事件などの初動捜査ならわかるが、この状況で管理官が現場に来るとは珍しい。

「まあ、ちょうどいいですね。岩下管理官には訊《き》きたいことがあります」

理沙はそう言って唇を引き結んだ。さすがに、今回の事件に関して、いろいろと問いただしたい気持ちがあるのだろう。

雑草のはびこる庭に立ったまま、矢代たちは応援の到着を待った。理沙と夏目は、裏に隣接する民家の庭を覗き込んでいる。ちょうど住人の高齢女性が出てきたので、塀越しに話しかけたようだ。しかしその女性は耳が遠いため、不審な物音などは聞いていないということだった。

矢代は廃屋の周辺を見回した。東隣には駐車場があり、数台の車の向こうに公道が見える。

そのとき、ふと気がついた。三十メートルほど離れた場所に、誰かが立っている。こちらを観察しているように思えた。

矢代は急いで玄関のほうに向かった。門扉を抜けて道に出る。先ほど人影が見えた辺りに目をやると、黒っぽいスーツの背中が見えた。この場から立ち去ろうとしているようだ。

――まさか、あいつは……。

矢代は走りだした。スーツの人物は身長百八十センチほどで、体格からして男だと思われる。小走りになったその人物は、交差点を右に曲がってしまった。

少し遅れて矢代も交差点を右折した。だがそのときにはもう、不審者の姿は見えなくなっていた。

付近をしばらく歩いてみたが、どの方向に逃げたのかはわからない。あきらめて矢代が廃屋に戻ると、理沙が戸惑うような顔をしていた。

「何かあったんですか？」

「不審な男を見かけました。追いかけたんですが、逃げられてしまって……。身長は百八十センチぐらい。黒っぽいスーツを着ていました」

「富野ではないですね。彼は百六十五センチということだったし、怪我をしているなら走るのは無理でしょう」

「もしかして、錦糸町で富野を追っていた男でしょうか。あるいは防犯カメラのデータを持っていった、桑島と名乗る男なのか……」

もちろん、そのふたりが同一人物だという可能性もある。

三人であれこれ話しているうち、車のドアの音が聞こえた。通りを見ると覆面パトカーが何台か停まっていて、刑事たちが降りてくるところだった。

彼らは周りに目を配ったあと、こちらに向かって歩きだした。先頭にいるのは、パンツスーツ姿の岩下管理官だ。すらりとした体で、背筋を伸ばしたまま足を運んでいる。まるでファッションモデルがランウェイを進むときのような、美しい動きだった。

矢代たちは門扉の外に移動して、岩下管理官を出迎えた。

「お疲れさまです、管理官」理沙は深く頭を下げる。「いただいた手がかりをもとに、この家を発見しました」

「あらそう」岩下は無表情のまま理沙に尋ねた。「で、この家が富野のアジトだという証拠はあるのかしら」

いきなりジャブが飛んできた。だが組織が動く以上、曖昧《あいまい》な情報をもとにするわけにはいかない。咳払《せきばら》いをしてから、理沙は早口で説明した。

「手帳に書かれていた暗号を解読した結果、私たちはここにたどり着きました。富野が通っていたバーの名刺も見つかっています。ここがアジトだと見て間違いないと思います」

「確実な証拠はなかったの?」

「それを調べていただくために、管理官をお呼びしたんです。このアジトからは、指紋という絶対的な証拠が出るはずですから」

緊張しているものの、理沙は淀《よど》みなく説明した。岩下は冷たい目をしていたが、やがてこう言った。

「あとは私たちで処理します。文書解読班は引き揚げていいわ」

岩下はそのまま庭に入っていこうとする。理沙は慌てて彼女に声をかけた。

「管理官、ちょっとよろしいですか」

「なに？　私は忙しいのだけど」

足を止めて、岩下はこちらを振り返る。深呼吸をしてから理沙は言った。

「富野泰彦にはどんな容疑があるんでしょうか。四係が殺人事件を調べているそうですが、富野が入沢さんを殺害したんですか？」

「あなたが知る必要はありません」

「いただいた手帳のコピーは、大部分が黒塗りになっていました。もしかして、そこには重要な事実が書かれていたんじゃありませんか？　そのヒントがあれば、もっと早くここを見つけられたかもしれません。なぜ管理官は情報を隠そうとなさるんですか」

やりとりを聞いて、矢代は驚きを感じた。同性を苦手とする理沙が、ここまではっきり質問するとは思わなかったのだ。

驚いたのは岩下も同じだったらしい。彼女の顔に、かすかだが感情が表れた。それはおそらく嫌悪とか憎悪とか、そういう種類のものだろう。

「なぜあなたは勝手な推測をするの？」岩下は厳しい口調で言った。「だから文書解読班は駄目なのよ。憶測や言いがかりで他人を振り回して……。周りの迷惑も考えなさい」

「非礼はお詫《わ》びします。ですが管理官、質問にお答えください。なぜ今回、これほど情報を隠そうとなさるんですか？　あの手帳には何かまずいことが書かれていたんでしょうか」

「答える必要はありません」

「では、これだけ教えてください」理沙は食い下がった。「昨日、錦糸町で防犯カメラのデータを持ち去ったのは誰なんです？　ひょっとして、あの桑島という人物は……」

「鳴海主任、それ以上喋《しゃべ》ると、あなたのためにならないわよ」

岩下は理沙を睨《にら》みつけた。強いプレッシャーを受けて理沙は黙り込む。もはや何を言っても通じないだろう、という雰囲気があった。

「失礼しました」理沙は姿勢を正した。「文書解読班は現場から引き揚げます」

「そうしてちょうだい。……ああ、そうだ、鳴海主任。現場の遺留品には手をつけていないでしょうね？」

はっとして矢代は岩下を見つめた。夏目も緊張した表情で、成り行きを見守っている。

だが理沙は事も無げに答えた。

「事件性の確認をするため少し触りました。ですが、最低限に留《とど》めてあります」

「触ったの？」岩下はぴくりと右の眉《まゆ》を動かした。「まあいいわ。早く行きなさい」

岩下の前で理沙は深く頭を下げた。矢代と夏目も、慌ててそれにならう。

硬い表情のまま、理沙は踵《きびす》を返して歩きだした。

4

理沙の判断に従って、文書解読班は桜田門の警視庁本部に戻った。

六階に上がり、自分たちの執務室に入っていく。明かりを点《つ》けると、いつもと同じ大量の捜査資料が矢代たちの前にあった。スチールラックに並べられた段ボール箱。まだラックに収められていない、未整理の資料の山。

いつ見てもここは「作業中」といった雰囲気だ。それもそのはず、過去の捜査資料は膨大な数にのぼる上、日々新しい資料が作成されている。それらの資料が一定期間おきに、ここへ運び込まれるのだ。整理の仕事はいつになっても終わることがない。

やれやれ、といった調子で矢代は自分の席に腰掛けた。

「あのアジトを見つけたのは、俺たちの手柄だっていうのに」

そうぼやく矢代に向かって、夏目が言った。

「もともと岩下管理官にはいい印象がなかったんですけど、今回の一連の出来事はちょっと納得できませんよね」

「でも、組織にはああいう人も必要なんだろうな」

「え？　矢代先輩は管理官の肩を持つんですか？」

「個人的な感情は別として、組織のことを考えればね……。俺たちはその組織の中で働いているんだから」

「先輩がそんな人だったとは」

　などと言って夏目は口を尖《とが》らせている。彼女のように、正義感が強すぎるというのも考えものだ。

　理沙は自分の机でパソコンをいじっていた。何かを調べているようだが、うまくいかないのか難しい顔をしている。

「鳴海主任、コーヒーでも飲みませんか」

　そう声をかけてみたが、聞こえているのかいないのか、理沙は画面を睨んだままだ。放っておこうか、と矢代が考えていると、急に彼女はこちらを向いた。

「矢代さん、ある画像をネットで調べたいんですけど、何かいい方法はないですか」

「いつも使っているネット検索で、画像も調べられますよね？」

「私もそう思ったんですが、精度が低くて駄目みたいで……」

　いったい、どういうことだろう。矢代は彼女のそばに行った。机の向こうに回り込んで、横からパソコンの画面を覗《のぞ》かせてもらう。

「あれ？　その写真はさっきの……」

　そこには三人の男を写した写真があった。彼女は備品のスキャナーでデータを取り込んだらしい。四つに裂かれていた写真が正しい形に戻り、画像データとしてパソコンの画面に表示されているのだった。

「その写真、持ってきちゃったんですか？」

「ええ、この三人の正体が知りたかったもので」

「まずいですよ。さっき岩下管理官が言ってたじゃないですか。『遺留品には手をつけていないでしょうね』って」

「『少し触りました』って、私は正直に言ったでしょう」

「『最低限に留めてあります』とも言いましたよね」

「でも『何も持ち出していません』とは言いませんでした」

「そんな詭弁《きべん》みたいなことを……」

矢代は顔をしかめた。直属の部下ではないが、今回矢代たちは岩下の命令を受けて捜査を始めたのだ。対象者のアジトらしき場所を見つけて、そこから遺留品を持ち出すなど、非難されるべきことだろう。

「岩下管理官にばれたら、何を言われるかわかりませんよ」

「でも矢代さん、うまくいってもいかなくても、結局、私たちは嫌みを言われますよね？」

理沙は矢代の顔を見つめながら、そう尋ねた。

「まあ、それはたしかに……」

「そもそも、最初に情報を隠していたのは管理官なんです。だったらこちらも、それなりの対応をさせてもらおうと思って」

表情は普段とそれほど変わらないが、言っていることはかなり厳しい。理沙にしては珍しく、強い不快感を抱いているようだ。

「私ひとりならいいんです。でも岩下管理官は、文書解読班全員を目のかたきにしていますからね。財津係長がいない今、私がリーダーとして動かないと」

どうやら、財津が不在ですぐに相談できないというこの状況が、理沙を奮い立たせているらしい。それで、この写真をネットで検索したいなどと言い出したのだろう。

「そうだ。俺に考えがあります」

矢代はポケットから携帯電話を出して、登録リストからある番号を呼び出した。相手はなかなか出てくれない。駄目だろうかと思ったが、それでも何度かリダイヤルを続けるうち、うまく電話がつながった。

「はい、財津です」

矢代たちの上司、科学捜査係の財津喜延係長だ。

「お疲れさまです、矢代です。お忙しいところ、すみません」

「いや、こっちこそ悪かったな。急に九州出張なんてことになってしまって」

「仕事のほうはどうです？　うまくいっているんですか」

「まだしばらくかかりそうだ。……鳴海からメールをもらっているけど、そっちも大変なんだって？」

矢代は手短に現在の状況を説明した。ただし、写真をこっそり持ってきたことだけは伏せておく。

　すぐそばで理沙が聞き耳を立てていた。夏目も席を立ってこちらにやってきた。

「それで、係長にお願いがあるんですが……」あらたまった調子で矢代は言った。

「え？　でも俺、九州なんだけどな」

「科学捜査係の谷崎《たにざき》を貸してもらえませんか。画像検索のことで、彼が必要なんです」

「ああ、谷崎か」財津は何か考えていたようだが、じきに了承してくれた。「わかった。今やっている仕事は、あいつがいなくても大丈夫だと思うし……」

　軽い調子で財津は言うが、矢代は谷崎のことが気になった。今の発言を聞く限り、あまり大事にされていないような印象を受ける。本人が聞いたらかなりショックを受けそうだ。

「すぐ行かせたほうがいいよな。このあと電話しておくから」

「ありがとうございます。俺のほうからは以上ですが、そちらから何かありますか？」

「特にないな。頑張ってくれってことで……」

「鳴海主任に代わりましょうか？」矢代は財津に尋ねた。「ものすごく話したそうな顔をしてますけど」

「ああ……いや、いいよ。よろしく伝えておいてくれ」

　そう言うと財津は電話を切ってしまった。これは予想外のことだった。矢代はそっと理沙の表情をうかがう。

「どういうことです？」理沙はまばたきをしていた。「係長は電話を切ってしまったんですか？」

まあ、当然、理沙はそういう反応を示すだろうな、と矢代は思った。慰めるような調子で、彼女に話しかける。

「財津係長は忙しいんですよ。それに、鳴海主任の仕事を邪魔しちゃいけないと思ったのかも」

「そうですかねえ……」

理沙は腕組みをして、半信半疑だという顔をしている。

財津には岩下の件を報告してあるから、文書解読班が難しい状況だということは理解してくれているはずだった。

それにしても係長はいつ戻ってくるのだろう、などとみなで話していると、ノックの音が聞こえた。執務室のドアが開かれる。

「失礼します。科学捜査係から来ました、谷崎ですが……」

「お、早いな」

矢代は椅子から立ち上がった。

ラックの脇を通ってやってきたのは、身長百六十センチほどで、形の古い黒縁眼鏡をかけた男性だ。

谷崎廉太郎《れんたろう》巡査だった。現在二十五歳、ソフトウエア開発会社を辞めて警視庁に入ったという経歴の人物だ。九月に起こった独居老人の殺害事件で、彼は財津係長に命じられ、文書解読班をサポートしてくれた。IT関係の知識を持っているから、パソコンに強くない矢代たちにはありがたい助《すけ》っ人《と》だった。

ただ、少し理屈っぽいところが難点と言えば難点だ。また、彼にとって文書解読班での仕事がベストだったかというと、そうでもないように思われる。

「谷崎くん、久しぶり!」

なつかしそうな声で夏目が言った。先の事件のとき、夏目は彼とコンビを組んで、パソコンのデータ解析などを担当したのだ。

夏目は谷崎のそばに行って、ばんばんと背中を叩《たた》いた。彼女は身長百七十九・八センチだから、谷崎との差は二十センチほどもある。しかも夏目は剣道をやっていて上下関係に厳しいタイプ、一方の谷崎は体力より知力というタイプだから、性格的にはまったく合いそうにない。

実際、谷崎は仕事のやり方に不満を持っていたようなのだが、それを夏目が強引に押さえ込んだ。どうやら彼女は、社会人としてのあり方を一から叩き込んだらしい。その結果、谷崎が彼女を恐れるようになり、文句を言わなくなったのだ。

そんなわけで、今でも谷崎は夏目に苦手意識があるのだろう。

「ご……ご無沙汰《ぶさた》してます、夏目さん」緊張した表情で、谷崎は言った。

「どうだった?　科学捜査係で元気にやってたの?」

　今まで自分が一番年下だったが、そこに谷崎が来たものだから、夏目は急に張り切りだしたようだ。

「おい夏目、旧交を温めるのはあとでいいだろう」矢代は谷崎のほうを向いた。「忙しいところ、よく来てくれたな。谷崎には期待しているから、よろしく頼むよ」

「あの、僕は何をすればいいんでしょうか」眼鏡のフレームを押し上げながら、谷崎は尋ねた。「財津係長は『行けばわかる』としか言ってくれなくて……」

「谷崎さん、説明しますから、こちらへ」

　自分の机から理沙が手招きをした。はい、と答えて谷崎は素早く彼女のそばへ行く。矢代と夏目も、うしろからパソコンの画面を覗《のぞ》き込んだ。

「この写真に三人の男性が写っているでしょう」理沙は説明を始めた。「この人たちが誰なのか知りたいんです。安直な考えかもしれませんが、顔写真がネット上に存在しないかと思って画像検索を試してみました。でも検索の精度が低いようで見つからないんです。まあ、ネット上に写真が存在しない可能性もあるわけですが……」

「ああ、そういうことですか。なるほどなるほど」と谷崎。

　夏目を気にしていたときとは、だいぶ雰囲気が変わっている。自分の専門分野を相談されたから、得意になっているのだろう。谷崎にはそういうところがある。

「検索エンジンの画像検索では限界があります。無料のサービスですから、どうしても性能に制約があるわけで」

「有料でもいいんだけど、何かいいシステムがあるかしら」

理沙が尋ねると谷崎は、ふふん、と鼻で笑った。完全にいつもの調子に戻ったようだった。

「もちろんあります。検索技術はもともとキーワードをいかに早く見つけ出すかの競争だったんですが、それが充分達成されましたから、次は画像検索をやろうという会社が注目されてきました。その画像検索ですが、画像全体が一致するものを探すのは比較的簡単で、それが鳴海主任の使った方法だと思います。でもそれだけじゃ駄目だというのはわかりますよね？」

「ええ、わかります」理沙はうなずいた。「もちろん、三人が写ったこの写真が見つかれば、それは大事な手がかりになります。でもユーザーの要望としては、完全に一致するものでなくてもいいんです。誰かひとりでも写っていればＯＫ。そういう画像を探すのは難しい、ということでしょう？」

「そのとおりです。この写真と部分的に一致するものでいいから見つけたい、ということですよね。従来の方法だと、画像をブロック単位で取り込んで特徴点を比較し、グループ化したデータベースを生成する形になると思います。たとえばこの左側にいる男の顔をクエリとして……」

「谷崎、途中で悪いけど……」

矢代は相手を押しとどめるような仕草をした。谷崎はまばたきをしている。

「結論から言うとどうなるのかな。有料のサービスに登録すればいいのか、何かのソフトを買えばいいのか、誰かに検索を頼めばいいのか」

矢代や理沙の表情を見て、あまり時間がないのだと気づいたらしい。谷崎は咳払《せきばら》いをしてから、こう続けた。

「ええとですね、じつは科学捜査係で『類似・近似画像検索システム』というのを開発中なんですよ。そのプロジェクトに僕も関わっていまして」

「すばらしいじゃないですか！　そのシステム、使えるんですか？」

勢い込んで理沙が尋ねた。谷崎は気圧《けお》された様子だったが、こくりとうなずいた。

「テスト用のベータ版ですけど、動かすことはできます。まず警察内部の顔写真データを調べて、そのあとインターネット上のデータを検索しましょうか。まだ高速化が実現できていないので、時間がかかると思いますが……」

「かまいません。今からでも取りかかれますか？」

谷崎はパソコンの時計表示に目をやった。ちょっと待ってください、と断ってから彼は携帯電話を取り出す。

「……お疲れさまです、科学捜査係の谷崎です。例の画像検索システム、今からテスト可能でしょうか。……ええ、実データで。……ああ、そうですよね」

一旦《いったん》、携帯を耳から離して、谷崎は理沙に尋ねた。

「テスト段階ですから、これを正式な捜査資料として使うことはできないんですが、その点は大丈夫ですか？」

「問題ありません。仮にネットで似た画像が見つかった場合、そのあとサイトの管理者に当たって必ず裏を取ります。開発中のシステムのことは一切口外しません」

わかりました、と答えて谷崎は再び通話に戻った。専門用語を使って話していたが、三十秒ほどで彼は電話を切った。

「検索の元ネタとなる画像を持ってきてもらえますか」

「ここに保存してあります」理沙はデータ記録メディアを手に取る。

「じゃあ移動しましょう。すぐに検索できます」

「さすが谷崎さん。頼りになりますね」

理沙がそう言うと谷崎は、いえいえ、と首を横に振った。廊下に向かう彼の表情は、どこか誇らしげに見えた。

5

同じ警視庁本部の六階に、科学捜査係の執務室がある。

矢代たちの文書解読班も科学捜査係に所属しているのだが、この部屋にはあまり入ったことがない。別に気兼ねする必要はないと思っている。しかし文書解読班のしていることは「科学捜査」とは言えないのではないか、という負い目が矢代にはあった。普段、倉庫番などと揶揄《やゆ》されているせいもあって、もしかしたら少し卑屈になっているのかもしれない。

谷崎に案内されて、矢代、理沙、夏目の三人は部屋の奥へ進んでいった。

壁際のパソコンデスクに向かっていたのは、縦縞《たてじま》柄のスーツを着た二十代後半と見える男性だ。

「杉山《すぎやま》さん」

谷崎が声をかけると、その男性はこちらを振り返った。短めの髪を整髪料で逆立てていて、お洒落《しゃれ》な雰囲気がある。

「あ、早いですね。さっきの件ですか」

杉山と呼ばれた男性は、椅子から立ち上がってこちらに会釈をした。

「クイックワンシステムの杉山と申します」

彼は名刺を差し出した。肩書きはシステムエンジニアとなっている。代表して理沙がそれを受け取り、自己紹介をした。

「文書解読班の鳴海と申します。今日は急なお願いですみません。お仕事の予定もあったでしょうに……」

「いえ、これもまた運用テストになりますから。今はいろいろな条件で検索して、スピードや検索精度の確認をしているところなんです」

「運用テストは、システムをいじめないと意味がないですからね」谷崎は杉山に話しかけた。「バグが出たらすぐ直してもらいますよ。杉山さん、どうかそのつもりで」

「まいりましたね」杉山は戸惑うような表情を見せた。「まだ高速化が済んでいませんから、あまりいい結果を期待されても……」

「できるだけ実験数値を集めたほうがいいんでしょう？　杉山さん、ここは頑張るところじゃないですか」

　そう言って谷崎は、杉山の肩をぽんと叩《たた》いた。それから矢代たちのほうを向いた。

「昔は僕も、こういう立場でシステム開発をしていたんです。お客さんのところに行って、性能が低いじゃないかと責められたこともありました」

　谷崎は以前、日永《にちえい》テクノスという会社に勤めていた。今の話では、ユーザーと直接やりとりすることもあったようだ。谷崎はプライドの高い性格だから、クレームを受けるのは不本意だったのではないだろうか。

「でも今、僕はユーザーの立場にあります。不具合を見つけるのが仕事ですからね。あとで不具合が出るより、ここで出てくれたほうがいいでしょう？　ねえ、杉山さん」

「あ、はい、おっしゃるとおりです」杉山は苦笑いを浮かべる。

「じゃあ、操作をお願いします」

　わかりました、と答えて杉山はパソコンの前に腰掛けた。近くの机には資料ファイルが何冊も置いてある。開発の現場にいるという感じが伝わってくる。

　谷崎に促され、理沙はデータ記録メディアを渡した。杉山はそれをパソコンに接続し、保存されていたデータを表示させる。

「これがもとの画像ですね」杉山は画面を指差した。「三人の男性が写っていますが、ツギハギしたような跡があります。もしかして、もとの写真は破れていましたか？」

「ええ。ずれないように貼り合わせたんですが、まずかったでしょうか」と理沙。

「いいえ、大丈夫です。幸い、顔の部分は切れていなかったようですし」

検索ソフトを操作しながら、杉山は説明を始めた。

「従来の画像検索では、この写真とそっくり同じものしか探せませんでした。でもみなさんは、三人の男性それぞれの情報を知りたいわけですよね。そこで、もとになるこの写真から、検索対象となる要素を抽出します。仮に、三人の男性を左から一郎、二郎、三郎と呼ぶことにします。まず一郎を探しましょう」

杉山はもとの写真画像の上で、マウスポインターを動かした。左側の男が四角で囲まれた。

「これで一郎が指定されました。でも、この状態で検索しようとしてもヒットする確率は非常に低いんです。なぜかというと、この角度から、この照明で、この表情をした一郎の写真しか検索できないからです。実際には斜め上を見ていたり、少し部屋が暗かったり、怒った顔をしていたりするかもしれません。そういう画像もヒットするようでなければ、使えるシステムとは言えないわけです」

「でも、もとのデータとしては、この写真しかないんですけど」

矢代が言うと、杉山はこちらを向いてうなずいた。

「そういうケースのほうが多いと思います。そこで、この新しいシステムが役に立ちます。もとの写真を取り込んだあと自動的に3Dモデルを作成して、それを検索するんです」

杉山が画面上のボタンをクリックすると《処理中》という文字が十秒ほど表示された。続いて、四角で囲まれた平面的な顔の横に、立体的な顔が表れた。マウスの操作に合わせて顔の向きが変わる。右に向けたり左に向けたり、さらに上を向かせて、あおりアングルにすることもできた。

「これはすごい！」

矢代と理沙は同時に声を上げた。

「ね、たいしたものでしょう」

眼鏡の位置を直しながら谷崎が言った。まるで、自分の手柄だというような顔だ。

「写真では見えない部分もあるので、百パーセント正確とは言えません」杉山は続けた。「ですが、骨格などを参照して予想値を得ていますから、かなり精度の高い3Dモデルになっています。こういう立体像を構築して検索すれば、斜め上を見ている写真でも、目をつぶっている写真でも、抽出することができるんです」

「驚いたな……」矢代は谷崎に問いかけた。「完成したら、いろんな場面で役に立つんじゃないか？」

「そういうことです。空港警備などで人の顔を識別するシステムが作られていますけど、暗かったり顔の一部が隠れていたりすると、チェックが難しくなるんですよ。僕らのシステムに比べたら、まだまだじゃないですかね。ふふん」

谷崎は自慢げに言った。こういう仕事を任せると、彼は力を発揮するらしい。

杉山は三人の男性の顔を立体化し、検索元の３Ｄデータを作成した。それを使って、まず警察内のデータを調べたが、あいにく一件もヒットしなかった。

「次はネット検索です。これは、ちょっと時間がかかりますよね？」

谷崎は杉山に問いかける。そうですねえ、と杉山は難しい顔で答えた。

「３Ｄモデルから特徴点を抜き出して検索するんですが、どうしても処理の負荷が大きいので……。現在の課題は、３Ｄモデル構築の高速化とデータ検索の高速化です。そのふたつが実現できれば、警視庁さんにとって非常に便利なツールになるはずです」

「早速、検索をお願いできますか」と理沙。

わかりました、とうなずいて杉山はシステムを動かした。《検索中》という表示が画面上で点滅し始める。矢代たちは息を詰めてその様子を見ていたが、三分ほどたってもまったく変化がなかった。

「これ、どれぐらいかかるのかな。さっきの警察内のデータは速かったけど」

矢代が小声でそう訊《き》くと、谷崎は首をかしげた。

「昨日のテストでは、ひとり分の処理が終わるまで一時間ぐらいでしたかね」

「そんなにかかるのか！」

「しかも、抽出された画像データはどれも外れだったという……」

「それじゃ役に立たないじゃないか」

矢代に突っ込まれて、谷崎は身じろぎをした。

「いや、画像検索にはそもそも限界があるんです。類似・近似のデータを見つけるのが目的であって、最終的な判断は人間がしなくちゃいけません。あくまで補助的なツールとして考えるべきです。空港の顔認識だって、みんなそうですよ」

どうやら自分たちが期待したシステムとは少し違うようだ。矢代などは、ボタンひとつでぽんと答えが出るのだと思っていた。

「杉山さん、このままじゃ駄目ですね。もっとスピードアップしないと」

矢代が言うと、杉山は渋い表情になって頭を下げた。

「そうですね。鋭意努力します」

「あと、検索の精度も上げていただかないとね」

「ほら、矢代さんもこう言ってます」谷崎が杉山のほうを向いた。「まだまだ改善の余地がありそうですね」

「……はい、上司に報告しておきます」

神妙な顔をして、杉山はメモをとり始めた。

矢代たち三人は、一度執務室に戻って聞き込みの結果をまとめることにした。

谷崎は杉山のところに残って、検索状況を見守るという。技術的な課題について、杉山との打ち合わせもあるらしい。

文書解読班の三人は執務室で情報を整理し、意見交換を行った。

そのあと、菊川のアジトの捜索はどうなったかと、理沙が岩下に電話をかけた。しかしまだ分析中だという返事しかなかったそうだ。途中経過だけでも教えてくれればいいのに、と矢代は思う。やはり岩下は、情報を隠そうとしているような気がする。

一時間半ほど作業を続けると肩が凝ってきた。大きく背伸びをして、矢代は立ち上がった。

「鳴海主任、コーヒーでも淹《い》れましょうか」

「あ、だったら私が」

夏目が席を立とうとするのを、矢代は手を振って制した。

「いいよ。気分転換したいんだ。夏目も飲むだろう?」

「すみません、いただきます」

申し訳ないという顔で夏目は頭を下げる。

少し頭を休めて、レギュラーコーヒーを淹れた。ここ数日、事件の捜査で忙しかったから、たまにこういう時間が取れるのはありがたい。

盆を持って事務机のほうに戻っていく。理沙も夏目も、礼を言ってコーヒーを飲み始めた。いい香りが部屋の中に広がった。

矢代は椅子に腰掛け、四つに裂かれていた写真を思い浮かべた。

「二十年前に撮影された写真か。当時はみんな銀塩カメラだったからなあ」

「銀塩カメラ……フィルムカメラのことですね」夏目が尋ねてきた。「現像が必要なカメラでしたよね。DTPってやつでしょう？」

「いや、それはデザイナーや印刷屋さんが使うシステムだ。夏目が言いたいのはDPEだろう」

「そう、それです」夏目はうなずく。「子供のころ、商店街で見たことがありました。でも私自身はフィルムカメラなんて持っていなかったので……」

「まあ、そうだろうな」

矢代は自分の鞄《かばん》から古いカメラを取り出した。ハンカチを使って、ボディーを丁寧に拭《ふ》いていく。

それを見て、理沙ははっとした表情になった。以前矢代が話したことを思い出したのだろう。どうしようかとためらう様子だったが、やがて彼女は口を開いた。

「矢代さん、まだそれを持ち歩いているんですね」

「もちろんです。こいつの調査はライフワークですから」

夏目も思い出したようだ。矢代は理沙だけでなく、夏目にも過去のことを打ち明けている。

「前に見せてもらいましたよね」しんみりした口調で夏目は言った。「そのカメラには、矢代先輩のつらい思い出が……」

驚いたことに、彼女は泣きそうになっている。まだ二十代だというのに、かなり涙腺《るいせん》が緩いらしい。

「つらい思い出なのはたしかだが、いつまでも囚《とら》われているわけじゃない」矢代は左手でカメラを持ち、右手で絞りを調節した。「どちらかというと、刑事としての意地で聞き込みを続けているって感じかな」

矢代の幼なじみだった水原弘子《みずはらひろこ》という女性が、今から六年前、何者かに殺害されたのだ。目撃者はわずかで、誰も犯人の顔を覚えていないという。唯一得られた証言は、その男がフィルムカメラを持っていた、ということだった。

六年前の時点で、すでに銀塩カメラの利用者はかなり減っていたはずだ。それは大きな手がかりになるだろう、と矢代は考えた。それで同じタイプのカメラを買い求め、持ち歩くようになったのだ。

自分はその事件の特捜本部には所属していなかった。だから、本来なら聞き込みをする資格はない。それでも、特捜本部が縮小され、名ばかりの専従捜査員を残すだけになったとき、ひとりでも情報収集を続けようと思ったのだった。

矢代はカメラ店を見つけると、このカメラを持った人間がやってこなかったかと尋ねるようになった。そんな質問をすると、たいていの店員は怪訝《けげん》そうな顔をする。実際、矢代にも、雲をつかむような話だという気持ちはあった。だが聞き込みを続ければ、いつかヒントが見つかるのではないか、という期待は捨てられなかった。

「そうだ、矢代先輩」夏目が急にこちらを向いた。「そのカメラを、さっきのシステムで検索してみたらどうです？　同じカメラを持っている人の中に、犯人がいるかもしれませんよ」

「あ！　たしかにそうだな」

矢代は夏目の顔を見つめる。あのシステムにそんな使い道があるとは思わなかった。

「仮に犯人はいなかったとしても、同じカメラを持つ人なら、犯人と接したことがあるかもしれません。趣味のコミュニティーとかサークルとか、たくさんあるじゃないですか」

「夏目、すごいな。よく思いついてくれたよ」

「いえいえ、たいしたことじゃありません」

そう言いながらも、矢代に褒められて夏目は嬉《うれ》しそうだ。

ふたりのやりとりを聞いていた理沙が、遠慮がちに声をかけてきた。

「あの、矢代さん。お友達の……水原さんでしたよね、その方の写真はあるんですか？」

「もちろんありますよ。でも、どうしてです？　まさか、見せろというんじゃないでしょうね」

「そうじゃないんですが……」

どうしたのだろう。理沙にしては、いつもと違って歯切れが悪い。

「何かあるのなら、遠慮しないで言ってください」

「私もちょっと思いついたんですが、亡くなる前の写真があるのなら、それもあのシステムで検索したらどうかと思って」

「え？　なぜですか」

「もし水原さんの写真がネット上にアップされていたら、それもまた手がかりになるような気がするんです。偶然撮られた一枚だったとしても、そこに水原さんがいたという証拠になりますよね。一緒に食事をした人がいたとか、仕事で同じ場所を訪れた人がいたとか、そういうことも情報としては大事です。もっと言えば……」

「何です？」

「元交際相手がストーカーになって水原さんを襲った、ということは考えられませんか」

矢代は口をつぐんだ。たしかにそういう可能性も排除はできない。しかし自分としてはあまり想像したくないことだ。

黙り込んでしまった矢代を見て、理沙は戸惑っているようだった。いや、戸惑うというより、今の発言を後悔しているのかもしれない。

「すみません、よけいなことを言ってしまって……」

「いいえ、いいんです。鳴海主任、アドバイスをありがとうございました。夏目にも感謝するよ」

矢代はふたりに向かって頭を下げた。

いずれあのシステムが高速化され、データを素早く検索できるようになったら――。

そのときは水原のことを調べてみる価値があるかもしれない、と矢代は思った。

三人分だから三倍の時間がかかるかと思ったが、わずか一時間ほどで検索結果が出た。

連絡を受けて、矢代たち三人は科学捜査係の部屋を再訪した。気配に気づいて、杉山と谷崎がパソコンの画面から顔を上げた。

「三人とも見つかりましたか?」

理沙が尋ねると、谷崎は椅子から立ち上がって、

「はい。一郎、二郎、三郎について、それぞれ似た画像が抽出されました。確認をお願いします」

彼は理沙に椅子を勧めた。礼を言って彼女は杉山の隣に腰掛け、パソコンの画面を見つめる。

「抽出した画像は三つのフォルダーに保存しました」杉山が説明してくれた。「それから一郎、二郎、三郎の画像がアップされていたウェブサイトやSNSを調べてあります」

「ありがとうございます。助かります」

理沙はマウスを借りて一郎、二郎と画像をチェックしていった。しかしどれも別人のようだ。3Dモデルを使って検索しているというが、まだ捜査に使えるほどには精度が高くないのかもしれない。

うしろから画面を見ていて、矢代と夏目も失望を隠せずにいた。だがそのうち、理沙が「あ！」と声を上げた。

「三人目のこの画像、本人のように見えませんか？」

彼女はマウスを使って画像を拡大した。

その男性にはバイクの趣味があるらしく、自宅のガレージかどこかで、オートバイとともに写真に写っていた。身長が低めだから、バイクは中型クラスのようだ。元ネタの写真でもチェックのカーディガンを着ていたが、この写真でもチェック柄のジャンパーを着ている。

「もとの写真は二十年前のものだから、ちょっと印象は違いますね。……でも鼻の辺りがよく似ています」

矢代にも、これは本人だと思えた。隣で夏目もうなずいている。

「このバイクの写真が載っていたのは、どこのウェブサイトですか？」矢代は尋ねた。

「ええと、ここです。鳴海さん、ちょっといいですか」

理沙からマウスを借りて、杉山はブラウザーを最大化した。表示されたのは、個人が開設したと思われるブログだ。タイトルは《ニッシーのバイク日誌》となっていた。

「ニッシー……。西川《にしかわ》とか西山《にしやま》とか、そういう名前でしょうか」と夏目。

さらに杉山がマウスを操作し、画面はプロフィールページに変わった。

「駄目ですね……」理沙は落胆した表情になった。「住所も名前も書いてありません。まあ、当たり前といえば当たり前ですけど」

「過去のブログ記事を見てみましょう」

また画面が変わって、今度は写真の多いブログページになった。ひとりでツーリングに出かけたときの様子が何枚も掲載されている。バイクショップの店内や、旅先での食堂なども写されていた。杉山は少しずつページを過去に遡《さかのぼ》っていく。

「あ、これはさっき抽出された写真ですね」

検索システムで発見された、ガレージ内の写真があった。このブログの持ち主が写真右側の男性であることは、ほぼ間違いなさそうだ。

「杉山さん、何か手がかりはないでしょうか。この人自身や、この家のことがわかる情報が載っていませんか」

「そうですね。あいにく表札は写っていませんし……」

今の時代、個人情報の漏洩《ろうえい》にはみな気をつけている。身元がわかるようなものを、うっかりブログにアップすることは少ないだろう。

そのうち、バイクが大きく写った写真が見つかった。今までよりも、バイク本体に近づいて撮影したものらしい。

「ナンバーは見えませんか？」

矢代はその点に期待した。ナンバーさえわかれば、警察のデータベースで持ち主を割り出すことができるのだ。

だが、あいにくナンバープレート部分にはモザイクがかかっていた。たぶんこの男性が、アップする前に画像処理ソフトを使ったのだろう。

「やはり駄目ですか……」

理沙は眉根《まゆね》を寄せてため息をついた。そんな顔をすると、せっかくの整った容姿が台無しなのだが、本人はまるで気にしていないようだ。どうやって目の前の問題を解決するか、そのことだけを真剣に考えているのだろう。

「いや、待ってください」谷崎が横から口を挟んだ。「もしかしたら、モザイクを外せるかもしれません」

「本当ですか？」

理沙は立ち上がって、谷崎に椅子を譲った。

バイクが大きく写った写真を、谷崎はパソコンに保存した。別のソフトを起動して今の画像を開き、複雑な操作を始める。

いくつかの工程を経て、ぼやけていたナンバープレートが少しずつ鮮明になってきた。

矢代たちはその部分に目を凝らす。数分後、驚いたことにナンバーが識別できるまでになった。

「読めますよ！」矢代は身を乗り出した。「すごい技術だ」

　理沙や夏目もかなり驚いている。文書解読班の喜びようを見て、谷崎と杉山は満足そうな表情になっていた。

「どうです？　科学捜査係を見直してもらえましたか」と谷崎。

「すごいよ、まるで魔法だな。普段、谷崎は何をしているのかと思ったら、こんなものを作っていたのか」

「みなさんのお役に立てて嬉《うれ》しいですよ」そこまで言ってから、谷崎は口元を緩めて笑った。「まあ、僕が作ったシステムじゃないんですけどね」

「谷崎さん、ありがとうございました。杉山さんも、お忙しいところすみません」

「いえ、とんでもない」逆立てた髪を整えながら、杉山は言った。「お世話になっているのは、私ども業者のほうですから……。今後とも、どうぞよろしくお願いします」

　理沙はバイクのナンバーをメモして、慌ただしく廊下のほうへ歩きだした。

　矢代と夏目は彼女のあとを追った。

6

　すでに日は暮れていたが、今日できることはやっておきたかった。

午後五時四十分。文書解読班の三人は、タクシーに乗って足立《あだち》区綾瀬《あやせ》三丁目にやってきた。車を降りてすぐ、携帯を見ながら夏目が歩きだす。矢代たちは彼女に案内を任せて、住宅街を進んでいった。

この時刻だとまだ人通りが多く、ときどき車もやってくる。飲食店の明かりも煌々《こうこう》と灯《とも》っていて、寂しい雰囲気はほとんどなかった。コンビニの駐車場には塾帰りの子供たちが集まって、何か冗談を言い合っていた。

矢代たちが警視庁本部を出たのは、今から三十分ほど前のことだった。

バイクのナンバーを読み取った矢代たちは、早速その番号を照会した。バイクの持ち主は足立区綾瀬三丁目在住の西松二三也《にしまつふみや》、五十三歳だとわかった。バイクでの事故歴なし、犯罪の前歴なし。類似・近似画像検索システムのベータ版でうまくヒットしたのは、彼がブログに多くの写真を掲載していたからだろう。個人ブログで顔写真を載せることにはリスクがあるものだが、趣味や仕事を誇らしく思っている人なら、顔をさらしてしまうケースもある。本名さえ書かなければ問題ないはずだ、と西松は考えていたのかもしれない。

街灯の下を歩きながら、矢代は理沙に問いかけた。

「この件、岩下管理官には？」

「いえ、話していません。話せませんからね」

「……そうか、当然そうですよね」

西松の家を特定できたのは、菊川の廃屋で写真を発見したからだ。理沙はまだ、あの写真のことを岩下に報告していない。そうであれば、そこに写っていた西松を探しに行くことなど、岩下に話せるはずはなかった。

本来、あの写真の件は報告しなければならないことだった。だが今回の仕事はいわくつきだ。岩下の目的がわからない以上、こちらも切り札を用意しておきたい、というのが理沙の考えなのだろう。

路地を進んでいくと、やがて古いブロック塀に囲まれた家が見えてきた。夏目がこちらを振り返って目配せをした。

玄関は、ガラスが嵌《は》められた古風な引き戸だ。建物は平屋で、できてからかなりの年数がたっているようだった。五十年か六十年、あるいはそれ以上か。どの窓にも明かりは点《つ》いていない。

建物の隣に、国産乗用車が一台入るぐらいのガレージがあった。正面のドアが閉まっているので中は見えない。だが、ここにお気に入りのバイクが停めてあることは間違いなさそうだ。

玄関の脇に《西松》という表札が出ていたが、これは比較的新しいものだった。ちらりと見える庭も、かなり手入れが行き届いている。建物が古いだけで、住人は意外ときれい好きなのかもしれない。

矢代たちは周辺で聞き込みをすることにした。まずは西松という男性の評判を聞いてみよう、というわけだ。

右隣の家は明かりが消えていて留守だった。

左側の家を訪ねると、七十代ぐらいの男性が出てきた。どこかぶっきらぼうな印象の人物だ。矢代は相手に向かって警察手帳を呈示する。

「警視庁の者です。隣の西松さんについてお尋ねしたいんですが」

「え……。西松さんがどうかしたのかい」

トレーナーを着たその男性は、門灯の白っぽい明かりの中、怪訝《けげん》そうにこちらを見た。彼の質問には答えず、矢代はこう訊《き》いた。

「旦那《だんな》さん、西松さんとおつきあいはありますか？」

「おつきあい、というほどの関係じゃないけどね。まあ、会えば立ち話ぐらいはするよ」

「西松さんはひとり暮らしでしょうか」

「うん、そうみたいだね」

「バイクに乗る趣味があるようですが……」

「ツーリングっていうの？　ときどきひとりで行くらしいね。だけどあれさ、すぐ出かけてくれればいいのに、車庫の中でエンジンかけたままにすることがあってね。うるさいんだよ、本当に」

「車庫でバイクの調整でもしていたんですかね」

「知らないよ、そんなこと」

男性は突き放すように言った。こういうタイプは厄介だな、と矢代は思った。だが、話を聞き出す方法はある。

「西松さんのバイクのこと、我々が注意しておきましょうか」

矢代がそう提案すると、男性の表情が変わった。何度かまばたきをしているのは、損得を考えているせいかもしれない。警察官が騒音の注意をしてくれるのなら、近隣住民の彼にとってメリットは大きいはずだ。

「でも……俺の名前は出さないでほしいんだけど」

「わかりました。誰からとは言わずに、周辺から騒音の苦情が出ている、ということにしましょう」

「本当に？　ああ、それは助かるなあ」

思いがけず事態が好転しそうだとわかって、気分がよくなったようだ。今まで険のあった彼の表情が、少しやわらいでいた。

「それでね、旦那さん」矢代は親しみを感じさせるように、笑顔を見せる。「西松さんのことなんですが、何か知っていたら教えていただけませんか」

そこから先はうまく誘導して、その男性から話を聞くことができた。

彼がここに越してきたのは五年前だそうだ。一方、西松は父親の代から長く住んでいる。だから男性は転居してすぐ、西松宅に挨拶《あいさつ》に行ったという。

西松はずっと独身で食品スーパーに勤めているらしい。平日は朝八時ごろ自宅を出て、夜は十一時過ぎに戻ってくることが多い。人当たりは悪くなかったし、町内会のことなども親切に教えてくれた。ただ一点、バイクの音だけが迷惑だったという。

「西松さんって、あんまり背が高くないだろう。それなのに、あんなバイクに乗ってさあ……」

男性は顔をしかめて言った。まるで、バイクに乗る人間はすべて悪人だとでも言いたそうだ。

「背が低いからこそバイクに乗っていたのかもしれませんよ」そう言ったのは夏目だった。「男性は小さいころから乗り物が好きですよね。身長にコンプレックスがあったのなら、よけいバイクのような乗り物にあこがれるんじゃないでしょうか」

「まあ、そうかもしれないけどね」

男性は軽くうなずく。その様子を見て、理沙が口を開いた。

「それは性ホルモンと関係があると言われています。男性ホルモンによって男の子は幼児のころから大きなものや、動くものに興味を持つそうですよ」

「まあ、それはともかく」矢代は話を元に戻した。「普段、西松さんを見ていて何か気になることはありませんでしたか」

「いや、普通の勤め人という感じだったよ。知り合いを連れてきて騒ぐこともなかったし。だからよけいに、バイクのことが気になってさ」

男性に富野や入沢の写真を見せてみたが、どちらも知らないということだった。西松の勤務先は四谷《よつや》だというから、富野が潜伏していた菊川とも縁がなさそうだ。

聞き込みをしている横で、夏目はミニライトを取り出し、西松宅の敷地を覗《のぞ》き込んでいた。何か調べている様子だったが、そのうち彼女ははっとした顔で理沙に耳打ちをした。

ふたりは門扉に近づき、身を乗り出すようにして西松の家を見つめる。

ちょっとすみません、と男性に断って、矢代は理沙たちのそばに行った。

「どうかしたんですか？」

「また夏目さんのお手柄かもしれません」

そう言いながらも、理沙の表情は曇っていた。彼女の顔には不安と緊張の色がある。

「玄関にガラスの引き戸がありますよね。少し開いているでしょう」

矢代は理沙の指差すほうへ目をやった。二メートルほど先に玄関があり、たしかに十五センチばかり引き戸が開いている。西松が出入りした際、閉め忘れてしまったのだろうか。

「その隙間から、中の三和土《たたき》が覗けますよね」

不思議に思いながら、矢代は目を凝らした。夏目がライトでその部分を照らしてくれている。ガラス戸の向こうにはタイル張りの土間があった。

まばたきをして見つめるうち、矢代は眉《まゆ》をひそめた。三和土に何かの破片が散らばっているようだ。花瓶か、あるいは飾り皿などだろうか。その上、何足かの靴が蹴《け》散《ち》らされているのがわかった。

——何かあったのか？

矢代は理沙の表情をうかがった。うん、と彼女は深くうなずく。夏目も真顔になって、こちらを見ていた。

まずいな、という気持ちが矢代の中で膨らんだ。この家で、何かとんでもないことが起きたのではないか。近隣の人たちは、まだ誰も気づいていないのではないだろうか。

「旦那さん、今日西松さんは仕事に出かけましたか？」

真剣な表情で矢代が訊くと、男性は西松宅を見上げて首をかしげた。

「いや、どうかなあ。普段、そこまでは見ていないから……」

矢代はもう一度、理沙のほうを向く。どうしますか、と目で尋ねた。

数秒考えていたが、やがて理沙は男性に話しかけた。

「西松さんの家の玄関が開いているんです。何かが落ちて割れているのがわかりますか？　あそこです」

予想外の言葉だったのだろう。少し慌てた様子で、男性は玄関に目をやった。

「……たしかに何か見えるね。どういうこと？」

「ゆうべから今まで、西松さんの家で何か物音はしませんでしたか。あるいは、不審な人や車を見かけたことは？」

「いや、うちはあまり遅くまで起きていないからね」

理沙はバッグの中を探って白手袋を取り出した。それを素早く両手に嵌めると、顔を上げて男性に言った。

「私たちはこの家に立ち入ります。西松さんの安否を確認するためです」

「安否？　安否っていったい……」

「あなたは立会人になっていただけますか？　中に入るのは私たちだけですから、ここにいてくだされればけっこうです」

男性にそう依頼すると、理沙はあらためて矢代と夏目のほうを向いた。

「ふたりとも、油断のないよう注意してください」

「了解です」

矢代たちもそれぞれ手袋をつける。理沙が門の横にあるチャイムを鳴らした。家の中で電子音が鳴り響くのが、この場所にいても聞こえた。

何度かチャイムの音が続いたが、中からの反応はない。

「応答なしです。立ち入りましょう」

動揺している隣家の男性を残して、矢代は門扉を開けた。ミニライトを点灯させ、大股《おおまた》で敷地の中に入っていく。

少しだけ開いていたガラス戸に手をかけ、右へ動かした。からからと音を立てて、戸は大きく開かれた。足下を照らしてみる。三和土で割れていたのは花瓶だった。誰かが蹴飛《けと》ばして踏みつけたのだろう、サンダル二足と革靴が散らばっていた。

「西松さん、こんばんは。警察です。何かありましたか?」

呼びかけてみたが、返事はない。矢代たちは靴を脱ぎ、家に上がって照明のスイッチを押した。青白い電灯が、廊下を明るく照らし出した。

ゆっくりと奥へ進んでいく。古めかしい家の中で、床板が軋《きし》んだ音を立てる。

「警視庁の者です。西松さん、いませんか?」

声をかけつつ、慎重に足を運んでいった。誰かが飛び出してこないかと、矢代は辺りへ気を配った。すぐうしろには理沙が続いている。最後尾には夏目がいる。

右手に襖《ふすま》があった。矢代は理沙の顔を確認したあと、ゆっくりそれを開いた。手探りで電灯のスイッチを押す。室内が明るくなった。

そこは六畳の寝室だった。壁際に書棚や箪笥《たんす》が置かれ、部屋の中央には布団が敷いてある。乱れた掛け布団の中に人はいない。夏目が押し入れを開けたが、誰も隠れてはいなかった。

一旦《いったん》廊下に出て、矢代たちは再び奥へ進んだ。隣室のスイッチを押して明かりを点《つ》ける。そこは八畳の居間だった。窓際にペット用のケージがある。形状からすると、おそらく犬のために用意したものだろう。

ケージには縦に格子が並んでいたが、中を覗くことはできそうだ。犬がいるのだろうか。そう思いながら、矢代は近づいていった。

そのケージまであと三メートルというところで、矢代は足を止めた。急に心臓の鼓動が速くなった。頭に血が上って、首のうしろが熱くなった。

犬はいない。だがその代わり、ケージの中に何か大きなものがいる。

押し込められていたのは、パジャマ姿の男性だった。

「くそ、なんてことだ！」

矢代はケージに近づいてしゃがみ込んだ。扉を開け、中に両手を突っ込む。

その男性は胎児か何かのように、体を丸めていた。脇の下に両手を差し込み、矢代は思い切り引っ張った。

「先輩！」

夏目がそばに来て、手を貸してくれた。ふたりがかりで、ようやく狭いところから男性の体を引き出すことができた。

理沙が男性の顔を覗き込む。

「ブログに載っていた人です。西松さんに間違いありません」

彼を床に横たえて、矢代は状態を確認した。総頸動脈《けいどうみゃく》、呼吸、瞳孔《どうこう》、体温――。西松の体はすでに冷たくなり始めていた。これではもう、心臓マッサージをしても効果はないだろう。

「……駄目です。亡くなっています」絞り出すように、矢代は言った。

西松の目は大きく見開かれていた。口からは歯が覗いていて、今にも呪詛《じゅそ》の言葉を吐きそうだ。だが彼はもう動かない。彼が何かを証言してくれることはない。

理沙は険しい表情を浮かべていた。夏目も唇を震わせ、西松の姿をじっと見下ろしている。

「せっかく見つけたのに……」夏目は悔しそうだった。「なぜこのタイミングで、こんなことになったんです？」

「矢代さん」理沙は遺体を指差した。「死因の見当は？」

「ああ、そうですね。確認します」

あらためて矢代は遺体を観察した。後頭部に打撲痕《こん》、喉《のど》に索条痕がある。頭を殴られたあとロープなどで首を絞められたのだろう。

報告を聞いて、理沙は唸《うな》った。

「でも、どうしてこんな狭いところに……」彼女はペット用のケージを見つめる。

「最近ペットは飼っていなかったと思うんです」考えながら、矢代は言った。「ブログ好きな彼なら、ペットがいればきっと写真を載せたでしょうから」

「つまり、昔使っていたケージが残っていた。犯人はたまたまそれを見つけて、遺体を押し込んだ、と。……いったいなぜ？」

「わかりません」矢代はゆっくりと首を左右に振った。「面白半分にやったのか、それとも……」

室内を調べていた夏目が「先輩」と矢代を呼んだ。

「部屋の隅にこんなものが落ちていました」

彼女は遺留品らしい革手袋を持ってきた。革製の手袋といえば黒いものが一般的だが、これは鮮やかな青色だ。

矢代はその手袋を受け取って、よく確認してみた。左手用で、血痕などは付着していない。

「もしかして、犯人が落としていったんだろうか」

「可能性はありますね」

そうつぶやいてから、理沙は思案する表情になった。やがて何かを決意したらしく、バッグから携帯電話を取り出した。

「こうなってしまった以上、私たちだけで捜査を進めるわけにはいきません。岩下管理官に報告しましょう」

理沙は携帯を操作して岩下に架電する。三コールほどで相手が出たようだ。

「……岩下管理官でしょうか。鳴海です。今、綾瀬三丁目の民家にいるんですが、男性の遺体を発見しました」はっきりした口調で、彼女は報告した。「男性は何者かに殺害されたようです」

さすがの岩下も、その報告には驚いたのだろう。いつもよりトーンの高い声が、携帯から漏れてくるのがわかった。

理沙は矢代の手にある革手袋を見ながら、話を続けた。

「遺体はペット用のケージに押し込められていました。その現場で不審な手袋が見つかっています。青い革手袋で、左手用です。……岩下管理官、事態がここまで進んだ以上、今までのような形で捜査を続けるのは困難だと思います。もしかしたら管理官は、こうなることを予想していたんじゃありませんか？　直感ですが、入沢さんが殺された事件と、西松さんのこの事件は、何か関係があるのでは？」

　岩下は強い調子で何か話している。いつもの理沙ならここで萎縮《いしゅく》してしまうところだろう。だが今は違っていた。

「管理官、事情があることはわかります。ですが、私たちの目の前にご遺体があるんです。あらたな事件が起きてしまったんですよ」

　岩下と理沙の話は三分ほど続いた。理沙はずっと落ち着いた様子で話していたが、最後に少し苛立《いらだ》つような口調になった。

「そこまで情報を隠そうとするのはなぜです？　岩下管理官はもっと冷静で、優秀な方だと思っていました」

　この言葉は、思いのほか効果が強かったらしい。岩下は話を切り上げ、電話を切ってしまったようだ。

　眉《まゆ》をひそめながら、理沙は携帯をバッグに戻した。

「どうです？」夏目がそっと尋ねる。

「駄目ですね。ここまで頑《かたく》なだということは、おそらく岩下管理官だけでは判断できないんでしょう。もっと上のレベルで決められたことだと思います」

「というと……小野塚理事官ですか？」

矢代が問いかけると、理沙はこくりとうなずいた。

「ええ、おそらく」

「いったい何を隠しているんでしょうね、あの人たちは」

夏目が忌々《いまいま》しげに言った。彼女は岩下たちに対して不信感を抱いているのだ。もちろん、矢代もそうだった。

「もうじき岩下管理官がここに来ます」室内を見回しながら理沙は言った。「その前に、家の中を調べてしまいましょう」

「しかし……いいんですか？」と矢代。

理沙は遺体に目をやったあと、夏目を見て、それから矢代を見た。

「今ここにいるのは私たちだけです。初動捜査はすみやかに行わなくてはなりません。そうですよね？」

なるほど、と矢代は思った。リーダーの理沙がそう考えるのであれば、自分はそれに従うまでだ。

「俺は二階を調べる。夏目は一階を頼む。鳴海主任、それでいいですか？」

「私も一階を調べます。早速、始めましょう」

バッグを肩に掛けると、理沙は足早に廊下へ向かった。

第三章　機密文書

1

薬が効いたらしく、脚の痛みはだいぶ引いている。

富野は包帯が巻かれた左脚を撫《な》でたあと、思い切って立ち上がった。一瞬、鈍痛が走ったが、脚を伸ばしてしまえば楽だ。壁伝いにそのまま五、六歩進んでみる。これならいける、と思った。走るのは無理でも、普通に歩くことならできる。

――あのじいさんも、よくやってくれた。

富野は昨日の出来事を思い出していた。

できるだけ目立たないよう、個人で経営している外科クリニックを探して富野は受診した。出てきたのは年老いた院長で、はたして腕は大丈夫だろうかと少し心配になった。

だがその院長は思ったより丁寧に、そして素早く傷口の処置をしてくれた。保険証がないと申し出た富野に対して、特に事情を訊《き》くこともなく、きわめて事務的に会計をしてくれた。

全額自己負担だから金額は高かったが、そうせざるを得ない事情があった。本名で受診すれば、そこから身元がばれるかもしれない。また、健康保険を使った場合、足取りをたどられる危険もあった。とにかく今、自分はできるだけ痕跡《こんせき》を残さずに行動しなければならない。防犯カメラを避け、人目につかないよう注意し、気配を消して動く必要がある。

そんな状況だったから、あの院長には感謝しなければ、と富野は思った。

診察をして事件性のものが感じられた場合、医師は警察に通報することになっているのだ。保険証を呈示しない者なら、なおさら犯罪に関わっている可能性がある。だから富野のような患者は怪しまれるのが普通だった。だがあの院長は、そういうことを一切口にしなかった。そればかりか、会計のあと、最後にこんなことを言ったのだ。

「具合が悪ければ、また来なさい」

「ああ、はい……」

「あなたね、そんな、人を疑うような顔をしなさんな。私は医者、あなたは患者だ。できる限りのことをしてあげるのが私の役目だよ」

「……ありがとうございます」

「いろいろ事情があるんだろうが、気が向いたら相談に来なさい。あなたみたいなタイプは、ひとりじゃ生きていけないよ。力になってあげるから。……まあ、金を貸してくれと迫られたら困るけどね」

そんなことを言って、老院長は笑った。

彼の言葉はありがたかったが、やはりもう二度とあそこには行けない、という気持ちが強かった。親切そうに見えても油断はできない。のこのこ出かけていったら、あれこれ事情を訊かれ、最終的には警察に通報されるおそれがある。

とにかく注意しなければ、と思った。できるだけ気配を消して、人々の注意を引かないように行動しなければならない。次に何かあれば、自分はどうなってしまうかわからなかった。

クリニックから菊川の廃屋に戻ってくると、富野はいつものようにアジトの周りを確認した。少し離れた場所から家を観察し、周囲に不審者がいないかチェックした。治療を終えたばかりでまだ脚の痛みがあったから、早くアジトに入りたいと思っていた。

だがそんな気持ちを抑えて監視を行ううち、スーツ姿の男を発見したのだ。

あれは錦糸町で自分を追ってきた連中のひとりではないか？　富野を雑居ビルの屋上まで追い詰め、結果的にこの傷を負わせた奴ではないだろうか。

なぜこのアジトが特定されたのか、富野は考えてみた。それから、ある推測に行き着いた。自分は手帳をなくしている。あれを入手した人物が、符牒《ふちよう》を読み解いたのかもしれない。
冷静に考える余裕があれば、事前にそのことを予測できたかもしれなかった。だがこ
こ数日、富野は追跡者から逃れることに神経をすり減らしていた。それに加えて、左脚
にこの怪我を負ったのだ。痛みに苦しめられ、アジトを変えることなどまったく思いつ
かなかった。
スーツの男がいる前で、あのアジトに戻ることはできなかった。あそこにはいろいろ
なものを運び込んであるが、もう捨てていくしかない。
そう考えて、富野は菊川のアジトを離れたのだった。

江戸川《えどがわ》区平井《ひらい》にある新しいアジトに着いたのは、昨日の午後のことだった。
ここにも、ある程度の生活物資は揃っている。食料もある。軽く食事をしてから痛み
止めの薬をのみ、富野は粗末な布団で眠った。ここは高架線路のそばだから、ときどき
通過する電車の音で目が覚めた。
それでも一晩横になって、だいぶ体力が戻ってきた。無理をしなければ普通に歩ける
ぐらいまで、左脚も回復している。
富野は窓際に行ってカーテンを開け、外の様子を観察した。ガラス窓の向こうには、
いくつかの民家とＪＲの高架が見える。しばらく様子をうかがっているうち、また電車
がやってきて、走行音が響き渡った。住環境としてはあまり満足できるものではない。

だが身を隠そうとしている富野にとって、この廃屋は最適な隠れ家だった。

都内にいくつかアジトを用意しておいて本当によかった。今、富野は心からそう思っている。空き家を見つけて水や食料を運び込むには、かなりの手間がかかった。しかしそれを済ませておいたからこそ、自分はここに潜むことができたのだ。

テーブルに近づいてレジ袋を手に取り、菓子パンを半分ほど食べた。ペットボトルのお茶を飲み終わると、自然に大きなため息が出た。これから自分はどうなってしまうのだろう。胸の中に不安が膨らんでくる。

腕時計に目をやった。十一月二十八日、午前九時七分。

勤め人であればオフィスに着いて、仕事を始めているころだ。だが現実の社会から逸脱してしまった自分に、もうそんな日は訪れないだろう。

さて、どうするか、と富野は考えた。今日これからの行動を決めなくてはならない。

菊川のアジトに比べれば、ここは見つかりにくいはずだ。だが、いつまでも安全だとは限らなかった。もしかしたら近隣住民が、ひそかに侵入した富野に気づいて通報するかもしれない。あるいは、あの追っ手たちが何らかの方法で富野を見つけ出すかもしれない。考えられることはいくつもあるが、そのほとんどが自分にとって好ましくないものだった。

行動するためには情報が必要だ。その情報を得るために、別の行動をとらなければならないという、一見矛盾するような状況だった。今、追跡者たちはどこにいるのだろう。

この家を見つけ出すため、血眼になって町を走っているのか。それとも知人などに当たって、富野が行きそうな場所を訪ねているのか。

いや、もしかしたら、と富野は思った。

——奴らは俺に連絡をとろうとするんじゃないか？

その可能性は、昨晩からずっと考えていた。富野はポケットに左手を入れてみた。そこには黒い携帯電話がある。今は場所を知られないよう電源をオフにしているが、電源を入れたら、すぐメールが飛んでくるのではないだろうか。

元どおりカーテンを閉めて、富野は身支度を整えた。金属製のバックパックを背負って、廃屋の玄関に向かう。

ドアを開け、そっと様子をうかがった。通りに誰もいないことを確認してから、家の外に出た。

この廃屋の門には、誰も立ち入らないようにロープが張ってある。それをまたぐとき、左脚に少し痛みが走った。顔をしかめてから、富野は道路を歩きだした。

周囲に目を配り、注意しながら進んでいく。スーツを着た男はみな怪しく見えてしまう。だが彼らの雰囲気を観察すれば、敵かどうかは見当がついた。今のところ不審な人物は見当たらない。

通勤・通学ラッシュは終わっていたが、平井駅の駅前広場には人が多かった。これだけ多ければ、自分が目立つこともないだろう。それでも念のため、改札口の見える場所に行って、人待ち顔の男女の中に紛れ込んだ。旅行パンフレットの棚のそばにいるから、一見して富野だとはわからないはずだ。

ポケットから黒い携帯を取り出し、電源を入れてみた。しばらく待つと、いつもの画面が表示された。通信中のアイコンが点滅し、メールの受信が始まる。一通、二通……全部で十三通のメールが届いた。

受信が終わると富野はメールの画面を開き、タイトルを確認した。電源を切っていた一昨日《おととい》から今朝にかけて、メールは数時間おきに送信されていた。自分の知らない、ある人物から送られたものだ。向こうは富野のことを知っているようだが、こちらは名前すら知らない。

文面を読むうち、不快感が強まった。あるメールでは、相手は富野を脅すようなことを書いていた。そうかと思うと、別のメールではやけにフレンドリーな調子だった。そしてまた高圧的な文章。おそらく、ゆさぶりをかけているのだろう。

これらのメールに返事をする気はなかった。ただ、自分に対してどんなアクションがとられたのか、富野はそれが知りたかったのだ。

メールの文面を見る限り、奴らはすぐに命を奪うつもりはないようだった。賢明だな、と富野は思う。奴らの目的は別にある。単に捕らえて始末すればいい、というわけではないのだ。そのことは富野自身も察していた。その条件がある以上、こちらにも勝機はあると信じたかった。

一通りメールを確認し終わると、富野は携帯の電源を切った。こうしておけば、位置を探られることもないはずだ。

このあとはインターネットカフェで情報を集めるつもりだった。富野は黒い携帯を元のポケットにしまい込む。

と、そこで不穏なものを感じた。視野の隅にダークスーツがちらりと見えたのだ。人陰に隠れて、富野はその方向に目を向けた。やはりそうだ。黒っぽいスーツを着た、不審な男がいた。駅前で付近を見回している。誰かを探していることは明らかだった。

——もう、ここまで来たのか！

これには驚かされた。まったく予想外のことだ。

奴らは富野が携帯の電源を入れたあと、この駅のそばにいることを把握したのだろう。そして急行したというわけだ。

しかし電源を入れてから、まだ十分ほどしかたっていなかった。あまりに対応が早すぎる。もしかしたら連中は、あらかじめこの近くに富野がいると見当をつけて、待機していたのかもしれない。

やがてスーツの男は駅前広場のほうへ去っていった。だが、まだ歩きながら周辺に目を配っている。ときどきこちらを振り返る。

富野は人混みに紛れて、その男とは反対側の駅出口に向かった。

しばらく歩き、尾行されていないことを確認してから、インターネットカフェのドアを開けた。そして数分後、富野は邪魔の入らない個室に落ち着くことができた。

パソコンの電源を入れ、ネットニュースなどを検索する。

錦糸町の騒ぎは、特に報道されてはいなかった。ニュースにするほどの価値もなかったのだろう。だがSNSを見ると、現場にいた人間の投稿が何件か見つかった。錦糸町の歓楽街で何かの騒ぎがあった。警察官が来て捜査をしていた。噂だが、誰かが飛び降りたとかどうとか……。

最後の投稿を見て、富野ははっとした。自分は見られていたのか。

だがその前後の書き込みを探しても、具体的なことは何も書かれていなかった。富野の姿を見た者はいたらしいが、詳しいことはネットにアップされていない。写真も撮られなかったようだから、ひとまず安心してよさそうだ。

ネットで情報収集をしたあと、富野は今後のことを考えた。自分はいつまで、奴らから逃げ回れるだろう。もしかしたらあの二番目のアジトも、いずれ見つかってしまうのではないか。そうなる前に都心を離れて地方に行くとか、何か行動を起こしたほうがいいのではないだろうか。

しかし、今の段階ではそこまで決断できなかった。まだ状況が変わる可能性は残されているはずだ。

富野はポケットを探って、携帯電話を取り出した。駅で使ったものとは別の、シルバーの携帯だ。これはいつも電源が入っている。奴らに知られていない第二の携帯だから、位置を特定されるおそれはない。

携帯の液晶画面を確認して、富野は小さくため息をついた。メールが届かないかと期待しているのだが、あいにく着信は一件もない。黒い携帯のほうには、あれほど多くのメールが来ていたというのに——。

どうするか、と富野は自問した。これまでは逃走を続けながら、チャンスが訪れるのを待っていた。だが、あまり時間は残されていない。

こちらから行動を起こすべきではないだろうか。富野はその方法について考え始めた。

2

矢代と理沙、夏目の三人は、険しい表情で警視庁本部の廊下を歩いていた。

十一月二十八日、午前九時二十八分。矢代たちが不明瞭《めいりょう》な捜査指示を受けてから三日目になる。その間、文書解読班は富野泰彦という男を捜すため、活動を続けてきた。だが昨日、矢代たちは綾瀬の民家で西松二三也の遺体を発見した。

あのあと岩下管理官らが来るまでの間、屋内を調べてみたのだが、これといった情報は得られなかった。何か手がかりが出てくれたら、と矢代は期待したのだが、さすがにそううまくはいかなかった。

殺人事件まで起こってしまった以上、今のままの状況で捜査を続けるのは難しい。情報を隠されていたのでは効率面で問題があるし、人間関係を考えれば、岩下管理官への不信感がさらに膨らむことになる。とにかく、わかっている事実はすべて開示してもらいたい、というのが文書解読班の総意だった。

昨日の時点でそれを申し入れたのだが、岩下ははっきりした返事をよこさなかった。それで今朝、矢代たち三人はあらためて岩下管理官を訪ねようとしているのだ。

昨日協力してくれた谷崎は今、科学捜査係の執務室にいる。類似・近似画像検索システムを調整し、例の写真の残りふたりをネット検索しているはずだ。

「私が管理官と話しますから、矢代さんたちは援護射撃をお願いします」廊下を歩きながら、理沙は言った。「ここは強気でいきましょう」

「そうですね。動きにくい状況下、俺たちはあれだけ情報を集めたわけですから」

「いくら上からの命令だといっても、このままじゃ結果は出せませんよね」

一番若い夏目も、かなり鼻息を荒くしている。これまでの経緯から相当不満を抱えているらしい。

理沙は女性恐怖症と闘いながら、岩下と話す覚悟を決めていた。矢代も応援するつもりでいた。ところが三人は肩すかしを食らうことになった。

岩下管理官の部屋を訪ねたところ、外出中だったのだ。朝の打ち合わせなどが終わるタイミングを狙ったのだが、一足遅かったようだった。

「今朝は桜田門にいるというから、時間をくださいと言っておいたんですけどね」理沙は悔しそうな顔をした。「まあ、岩下管理官が忙しい身だというのはわかりますが……」

「このあと、どうします？」矢代は腕組みをした。「今日は岩下管理官から情報をもらって、我々も荒川事件のことを調べようと思っていたのに」

そうですね、とつぶやいたあと、理沙は何か決意したという表情になった。

「岩下管理官がつかまらないのなら、仕方ありません。あの人に会いましょう」

理沙は今来た廊下を引き返していった。文書解読班の執務室に戻って、彼女は外出の準備を始める。

「矢代さん、夏目さん、出かけますよ。さあ、急いで」

理沙はバッグをつかんで廊下に向かった。

「ちょっと主任、待ってくださいよ」

事情がわからないまま、矢代たちは理沙のあとを追いかけた。

タクシーを使って、三人は荒川警察署に移動した。

呼ばれているわけでもないのに、理沙は堂々と中に入っていく。エレベーターで上のフロアに行き、彼女は講堂を覗《のぞ》き込んだ。入り口には《荒川一丁目会社員殺害・死体損壊事件特別捜査本部》と書かれている。ここは「荒川事件」の特捜本部なのだ。

セミナー会場のように長机が並んだ講堂は、がらんとしていた。朝の捜査会議はもう終わり、ほとんどの刑事たちは捜査に出かけているのだろう。

前方のホワイトボードの近くで、ふたりの男性が話をしていた。いずれも矢代たちがよく知っている人物だ。

ひとりは四十代半ば、白髪交じりの頭に、無表情な顔が特徴の古賀清成《きよなり》係長だった。その隣にいるのは四十代前半、がっちりした体を持つ川奈部孝史主任だ。ふたりは捜査一課四係の所属で、今、荒川事件の捜査を担当している。

理沙たち三人が入ってきたのを見て、古賀たちは驚いたようだった。

「おはようございます」はっきりした声で理沙は言った。「古賀係長、少しお時間よろしいでしょうか」

「なんだ、文書解読班。呼んでいないぞ」

古賀は無表情な顔のまま、理沙をじっと見つめた。いったい何をしに来たのかと、不思議に思っているに違いない。

「どうしたんだよ、矢代」川奈部が尋ねてきた。「倉庫番に飽きて、散歩にきたのか？サボってちゃまずいだろう」

川奈部は頼りになる先輩だが、口の悪いのが玉に瑕《きず》だ。矢代のことを倉庫番などと呼ぶようになったのは、この人が最初だった。

「真面目な話をしに来ました」矢代は言った。「四係のみなさんとも関係のあることです」

古賀と川奈部は顔を見合わせた。理沙だけでなく、矢代も夏目も真剣な表情だったので、何かあると察したらしい。

「ＯＫ、いいだろう。話してみろ」

古賀はホワイトボードの前で、指示棒を伸ばした。会議のとき、彼はこれを使って議事を進めることが多い。どうやら真面目に聞いてくれる気になったようだ。

「今日、岩下管理官はいらっしゃいませんよね？」理沙は尋ねた。

「岩下管理官は桜田門から、別の特捜本部に向かったはずだ。管理官に用なのか？　だったらいきなり訪ねてこないで、電話でもかけてくれれば……」

「いえ、管理官に用ではないんです」

「だったら何だ？」

「今、四係は岩下管理官の指揮下で、荒川事件を調べていますよね」

「そのとおりだ」

「荒川事件では、現場に何か特徴があったと聞きました。その状況を教えていただけませんか」

それを聞いて、古賀は首を二十度ほど右に傾けた。警戒していることがよくわかる。

「なぜ君たちに話さなければならないんだ？　文書解読班は、この捜査とは関係ないだろう」

「それが関係あるんです。昨日、綾瀬の民家で、西松二三也という男性の遺体が見つかりました。その遺体の状況が異様だったんです。もしかしたら、入沢さんの現場と何か共通点があったんじゃないかと思って……」

ちょっと待て、と古賀は言った。眉《まゆ》をひそめ、何か考える様子を見せながら彼は尋ねた。

「西松の家には岩下管理官が行ったんだ。昨日の夜、鑑識を連れてな。我々はあとからその話を聞いたんだが……」

「西松さんの遺体を見つけたのは私たちです。でもそれを報告したところ、岩下管理官が現場に来て、ここは鑑識課が調べるから、と言われました」

昨日、岩下は鑑識課だけ連れてやってきた。あとは作業しておくと言って、彼女は矢代たちを西松宅から追い出した。菊川のアジトのときと同じことが繰り返されたのだ。

「たしかに妙な話だな」古賀はつぶやいた。「捜一も所轄もいない中、鑑識課だけ連れていくというのはおかしい。何かまずいことでもあったんだろうか」

「西松さんの件、古賀係長は詳しくご存じですか？」

横から矢代は尋ねてみた。古賀はこちらに視線を向けて答える。

「ああ。昨日の夜の会議で、岩下管理官から説明を受けた」

「だったら、入沢さんと西松さんの事件現場、両方についてご存じなんですよね？」

「そうだ。だから岩下管理官は連続殺人事件と判断して、我々四係に『綾瀬事件』の捜査も命じたんだ。しかし鳴海たちが西松の遺体を見つけたことは、聞かされていなかった。岩下管理官はなぜ、そのへんの経緯を我々に話さなかったんだろう」

　無表情だった古賀の顔に、怪訝《けげん》そうな色が浮かんだ。

「古賀係長。こいつは何か変ですよ」川奈部も真顔になっていた。「そもそも荒川事件の捜査も、普段とは勝手が違っていました。岩下管理官が、情報を小出しにしていたような気がしませんか」

「たしかに、俺も違和感は抱いていた」

　これは意外だった。古賀でさえ、岩下の行動に違和感があったというのだ。

「私たちは岩下管理官に、別の捜査を命じられていたんです」理沙は言った。「荒川事件に関わっていると思われる富野泰彦という男性が、行方不明になりました。その彼を見つけるようにと指示されたんです。でも、手がかりは富野の手帳に書かれていたメモなど、ごくわずかな情報だけでした」

「富野泰彦……。知らないな」

　古賀は首を横に振る。その隣で、川奈部も不可解だという顔をしていた。

　理沙はこれまでの経緯を古賀たちに説明した。昨日、岩下に同じ内容を報告しているから、もはや隠しておく必要はないと考えたようだ。

　ホワイトボードにメモをとりながら古賀は聞いていたが、やがてまた首をかしげた。

「どうしてそんな厄介なことになっているんだ。今の話を聞くと、鳴海たちは岩下管理官と敵対しているようじゃないか」

「それには事情があるんです。岩下管理官は文書解読班をつぶしたいと思っているらしくて……」

理沙の説明を聞いて、古賀はじっと考え込んだ。彼としても少し戸惑いがあるのだろう。

「まあ、だいたいの事情はわかった。しかし俺は、そういう組織内の政治みたいな話には関わりたくない」

「古賀係長は岩下管理官の指揮下にありますよね。自分で望まなくても、巻き込まれる可能性は高いと思います。いえ、すでに巻き込まれているかもしれません」

「だとしても、俺は自分の捜査にしか興味がない。俺が目指しているのは、目の前の事件を一日も早く解決することだ」

「荒川事件を解決するために、私たちは協力すべきだと思いませんか？」

理沙は声を低めて言った。古賀はしばらく黙り込む。損と得とを、頭の中で秤《はかり》に掛けているのかもしれない。

やがて古賀は、指示棒を縮めながら答えた。

「俺は組織の中で仕事をしている。組織には組織の論理があって、上からの命令は絶対だ。それに逆らうようなことをすれば、いずれ自分が報いを受けることになる」

「でも岩下管理官のしていることは、組織の人間として間違っているのでは？」

「それを決めるのは我々ではない。もし岩下管理官の行動に問題があるのなら、それを正せるのは上の者だけだ。我々には、何かを言う権利も資格もない」

　理沙は唇を引き結んで、古賀の目を見つめた。いや、見つめるというより、怒りをもって睨《にら》んでいるようだ。理沙がそんな顔をするのは初めてだった。

「古賀係長、それでいいんですか？」

「いいとか悪いとか、そういうことではない。組織では、下は上に従わなければならないんだ。当然のことだろう？」

「私はあなたに幻滅しました」

「なんだと？」

　古賀の頬がぴくりと動いた。明らかに不快だという表情で、彼は理沙を凝視している。理沙もそれを正面から受け止めていた。これはまずい、と思って矢代は間に入った。

「鳴海主任、それぐらいにしてください。……古賀係長、すみません。うちの主任は少し疲れているんです」

「私は疲れてなんかいません。それより、問題はこの歪《ゆが》んだ状況をどうするかということであって……」

　やめましょう、と矢代は理沙を諌《いさ》めた。それから夏目のほうを向いて、声をかけた。

「ほら、引き揚げるぞ」

　すると何を思ったか、突然、夏目が右手を挙げた。

「意見具申！」

「は？」

古賀と川奈部が、不思議そうな顔で夏目を見る。

ちょっと待ってくれ、と矢代は思った。ここで騒ぎを起こしたら、文書解読班はますます不利になる。

「おい夏目、おかしなことをするなよ。もう帰ろう」

「おかしなこと？　そんなことはしません。ですが、この夏目、今ここでひとつ意見を述べさせていただきたく……」

「いや、そういうのはいいから」

矢代は必死になって宥《なだ》めようとする。理沙ひとりでも扱いかねているのに、この上、夏目は何を言うつもりなのか。もし古賀を怒らせたら、岩下管理官にどう報告されるかわからない。古賀は政争には関わりたくないと言うのだから、少なくともここで敵に回す必要はないはずだ。

だが、その古賀自身が意外なことを口にした。

「言ってみろ、夏目。聞いてやろう」

「では発言させていただきます」夏目は咳払《せきばら》いをした。「上意下達は警察組織の基本です。それを守らなくては組織が成り立たないことは、私もよく承知しています。でも、それを守ることによって組織自体が危険にさらされるとしたら、私たちはどうすべきでしょうか。私たちが忠誠を誓うべき相手は組織ですか、それとも人ですか」

ふん、と古賀は鼻を鳴らした。彼はすぐにこう答えた。

「俺たちが従うべき相手は人だ。人の集まりが組織になるんだからな」

「係長、私の意見は違います。私たちは組織を守るべきだと思います。なぜなら、人は間違うことがあるからです」

「だからといって、その間違いを下の者が裁くことはできない」

「そうです。だから、しかるべき立場の人に正しく判断してもらえるよう、私たちは情報を上げるべきじゃないでしょうか。誤りだとわかっていながらそれを見逃すのは、人を駄目にするだけでなく、将来的に組織も腐敗させる行為だと思います」

「……ずいぶん偉そうなことを言うものだな」

古賀の顔が険しくなっていた。普段ほとんど表情のない人だから、これはよほどのことだと言える。もう限界だろうと考え、矢代は前に出て古賀に頭を下げた。

「係長、申し訳ありません。こいつにはよく言っておきますから」

「矢代さん、口を挟まないで」

厳しい声を出したのは理沙だった。面食らって、矢代は身じろぎをした。

「いや、しかしこの状況はちょっと……」

「意見を聞くと言ったのは古賀係長です。最後まで聞いてもらいましょう」

「そうかもしれませんけど、鳴海主任も、もうやめてください」

矢代は女性ふたりをどうにか抑えようとする。だが理沙も夏目も、不満そうな顔で古賀に視線を注いでいる。

「まったく、文書解読班というやつは……」古賀は舌打ちをした。「財津さんも、どうしてこんな部署にこだわっているんだろうな」

「財津係長は関係ありません」理沙は姿勢を正して言った。「古賀係長、思い出してください。あなたは何のために警察官になったんです？　正しいことを通すためじゃないんですか？　組織が蝕《むしば》まれるのを、ただ黙って見ているつもりですか」

「そんなオーバーな話ではないだろう。せいぜい岩下管理官かその上あたりが、何か画策しているだけだ。組織がどうのという話にはならない」

「ああもう……。私は幻滅した上に、失望しました」と理沙。

「私もです。今まで古賀係長を信じていたのに」と夏目。

古賀が何か言おうとした。しかしそれを遮るようにして、矢代は声を上げた。

「すみませんでした！　では、我々はこれで」

さあ行きますよ、と矢代は理沙の背中を押した。同時に夏目の手を引っ張って、古賀たちから離れる。

講堂を出るとき、矢代はもう一度古賀に向かって頭を下げた。

「大変失礼しました」

古賀は黙ったまま、腕組みをしてこちらを見ていた。その隣で、川奈部が困ったような表情を浮かべていた。

荒川署の玄関を出たところで、矢代は理沙たちを軽く睨んだ。

「ふたりとも何をしてるんですか。あんなことを言ったって、古賀係長がへそを曲げるだけでしょう。ただ不満をぶつけただけですか？　それで何が変わるっていうんです？本来、関係のない古賀係長まで敵に回してどうするんですか」

「すみません、ちょっと興奮してしまって」

理沙がそう言うそばで、夏目はまだ膨れっ面をしている。矢代は彼女に問いかけた。

「夏目は上下関係に厳しいはずだろう。それなのに、なんで係長に楯突《たてつ》いたんだ」

「古賀係長のあんな姿は見たくなかったんです」

「……え？」

「もともと古賀係長のことは好きじゃありませんけど、刑事として、リーダーとしてすごく優秀な方だと思っていたんです。その人が、事なかれ主義のようなことを口にしたのが信じられなくて、つい……」

そんなふうに古賀のことを見ていたとは知らなかった。夏目は夏目なりの判断で、周りの人物を評価していたらしい。

「わかったから、これからはやめてくれよ。文書解読班の心証が悪くなると、俺の評価も下がるんだ」

「それはどういう意味です？」夏目は意外そうな顔をする。

「いや……とにかく、サッカンをやっている以上、ぐっと我慢しなくちゃいけないこともある。それぐらいは理解できるよな」

矢代に説教されて、夏目も次第に落ち着いてきたようだ。急に表情を曇らせて、彼女は詫《わ》びてきた。

「申し訳ありません、よけいなことを言いました。以後、注意します」

「鳴海主任もですよ」矢代は理沙のほうを向いた。「目上の人にあまり逆らわないこと。何でも思いどおりになるのは夢の中だけです。わかりますよね？　それとも、起きたまま夢を見ているんですか？」

「ひどい言われようですね」理沙は顔をしかめた。

理沙はずっと不機嫌なままだった。先ほどの古賀とのやりとりをまだ引きずっているのだろう。彼女がここまで気にするのも珍しい、と矢代は思った。たぶん理沙も夏目と同様、古賀が理解を示してくれることを期待していたに違いない。

どうやって気分を変えてもらおうかと矢代が考えていると、うしろから男性の声が聞こえた。

「おい、倉庫番。ちょっと待て」

驚いて矢代たちは振り返った。三人を追いかけてきたのは、四係の川奈部だ。

いつもは軽い調子で話しかけてくる彼が、今は神妙な顔をしている。それを見て、理沙がよそよそしく声をかけた。

「何かご用ですか、四係の方」

他人行儀な言い方をされて、川奈部は困ったという表情を浮かべた。こういうときの癖で、彼は自分の喉仏《のどぼとけ》を何度か撫《な》でた。

「鳴海さん。入沢の遺体の件だが、ここに資料がある」

川奈部は四つに畳んだ紙を差し出した。理沙は怪訝《けげん》そうに相手を見つめたあと、それを受け取る。彼女が開いたその紙を、横から矢代も覗《のぞ》き込んだ。

捜査資料の抜粋がコピーされていた。状況説明のほか、現場の写真も載っている。矢代ははっと息を呑《の》んだ。

水の抜かれた浴槽の中に男がいた。手足を曲げられ、無理やり押し込まれたという形だ。浴槽の上には、蓋《ふた》の代わりに柵《さく》のようなものが置かれている。

「この柵みたいなものは何ですか」矢代は写真を指差した。

「日曜大工用の目隠しフェンスらしい。軽いものだから持ち運びは簡単だ。犯人が持ってきて、現場に残したものと思われる」

「なんでそんなことを……」

「それは俺が知りたいよ」

首を振ってみせたあと、川奈部は資料の別の箇所を指し示した。

「それから、もうひとつ現場に遺留品があった。青い革手袋だ。右手用だった」

理沙は顔を上げて、川奈部を正面から見つめた。

「西松さんの事件では、左手用の青い革手袋が見つかっています」

「昨日、鑑識がふたつを比較して同一の製品だとわかった。犯人が故意に残していった可能性が高いな。指紋を調べているが、前歴者にはヒットしていない」

「遺体が置かれていた場所も気になりますね。西松さんはペット用のケージに押し込められていました。入沢さんのときは浴槽だということですが、狭いところに遺体を入れた点は共通しているように思います」

「ああ。そしてケージには格子がある。浴槽に置かれた目隠しフェンスも、似ているといえば似ている」

「情報をいただいたおかげで、はっきりしました」理沙は表情を引き締めた。「荒川事件と綾瀬事件の犯人は、おそらく同一人物です。これは連続殺人ですよ」

矢代と夏目も、同時に深くうなずいた。みな、同じことを考えていたのだ。

「こうなると話は複雑ですよね」矢代はこめかみを掻《か》いた。「同一人物の犯行だとすると、犯人は入沢さんと西松さん、ふたりと知り合いだった可能性があります。恨みを持っていたのか、口封じなのか、あるいはもっと別の理由があったのか……。いずれにせよ、犯人は被害者ふたりと何らかの接点があったはずです」

そうですね、と言って理沙はもう一度資料に目を落とす。それから、ふと気づいたという様子で川奈部に尋ねた。

「この資料を私たちに渡してしまっていいんですか？」

情報をもらえるのはありがたい。しかし川奈部の立場が悪くなったりしたら申し訳ない、という気持ちがあるのだろう。

「じつはな、これを渡すように言ったのは古賀さんなんだ」

「古賀係長が？」理沙はまばたきをした。

「でも……」夏目が不思議そうな顔をする。「さっき係長はずいぶん怒っていましたけど」

「立場上、古賀さんは岩下管理官に従わざるを得ない。表立って鳴海さんたちに手を貸すことはできないんだ。だから、こんな形になった」

「別に、あの場で渡してくれてもよかったのに……」と矢代。

「そこは察してくれ。古賀さんはそういう人なんだよ」

言いながら川奈部は苦笑いを浮かべた。不器用な古賀のサポートをすることも、川奈部の役目だというわけだ。

「さて、俺から渡せる情報はこれだけだ。鳴海さん、何かの役に立ちそうか？」

「ありがとうございます。もしかしたら、これで捜査が進むかもしれません」

「それなら、よかった」

じゃあ、と右手を挙げて川奈部は立ち去ろうとする。理沙は慌てて、彼を呼び止めた。

「あの……古賀係長によろしくお伝えください」

「俺なんかより、鳴海さんが直接言ったほうがいいんじゃないか？　そのほうが古賀さんも喜ぶだろう」

「え？　古賀係長が喜ぶでしょうか。いつも難しい顔をしているのに……」

「だったら俺が通訳するよ。俺ぐらいになると、古賀さんの機嫌がいいかどうか、直感でわかるんだ」

冗談交じりにそんなことを言って、川奈部は去っていった。

3

矢代たちは桜田門の警視庁本部に戻った。

これまでの捜査状況をまとめて、何か手がかりはないかと思案する。菊川のアジトを出て、富野はどこに行ってしまったのか。入沢と西松の関係はどうだったのか。

三人で意見交換しつつ事件の真相に迫ろうとしたが、思うような筋読みは出てこない。まだ情報が足りていないことは明らかだった。

理沙は自分の机でパソコンを操作していたが、やがて「あれ？」と小さくつぶやいた。

「どうしてこの文面がここに……」

「何かあったんですか？」

矢代と夏目は椅子から立って、理沙の机に近づいていく。

「今、まったく知らない人からメールが来たんです。警視庁の私宛てに届いたんですよ」

「ということは、個人的な知り合いではないですよね」

「ええ。そのメールの本文がこれです」

何の挨拶《あいさつ》もなく、そこにはこう記されていた。

《青い鳥》

《折れた剣》

《ラルフ124C41＋　100—13—2—1—1—6》

矢代は思わずまばたきをした。隣で夏目も目を見張っている。

「これ、鳴海主任の本に挟まっていたメモと同じですか？」

「そうなんです。あのメモを残した人物が、メールを送ってきたんじゃないでしょうか」

「警察のメールアドレスを知っているということは、過去、事件の捜査で関わった人ですよね。あるいは、警視庁に所属する人物かな……」

矢代は声をひそめて尋ねた。理沙は怪訝そうな顔をしている。

「発信元はフリーのメールアドレスですね。身元を隠しているのは明らかです」理沙は眉《まゆ》をひそめた。「この三行は何かのメッセージかもしれません。私がなかなか読み解かないものだから、催促のためにメールを送ってきた可能性がありますね」

「催促……ですか」と夏目。

机の下にある山を崩して、理沙は三冊の本を選び出した。『青い鳥』と『ブラウン神父の童心』、そして『ラルフ124C41+』だ。

「あのあと、時間を見てこの三冊を買ってきました。『ラルフ』は古本でしか手に入らなかったんですけど」

「いったい、いつの間に……」

「ざっと目を通してみたんですが、やはり『ラルフ』に特別な意味が隠されているとは思えません。『青い鳥』や『折れた剣』と並んでいたので、灯台下暗し、的なことが書いてあるかと思ったんですが」

そう言いながら、理沙は読みかけの本から紙片を取り出した。メールとまったく同じことが記されたメモだ。

「もう一度よく考える必要がありそうですね」理沙は机の上にそのメモを置いた。「矢代さん、何か思いつくことはありませんか。どんな些細《ささい》なことでもかまいません」

そう言われても、急にアイデアは出てこない。そのメモを見ながら矢代は言った。

「ええと……気になるのは三行目ですよね。『ラルフ124C41+』のあとに計算式がありますけど、もしかしたらこのふたつはセットで考えるべきなのかも……」

単なる思いつきだったのだが、理沙は何かに気づいたという表情で矢代を見た。

「なるほど。もともと『ラルフ』や計算式は、『木の葉を隠すなら森の中』という話には関係ないのかもしれません。まとめて書かれてはいますが、一行目と二行目は関係が近く、三行目は遠いという可能性がありますね」

「ちょっと思ったんですが……」夏目が口を開いた。「三行目には、ひらがなや漢字がないですよね。ここにあるのはカタカナ、アルファベット、数字、記号です」

ああ、そうか、と矢代はうなずいた。

「だから、ぱっと見たとき違和感があったのか。三行目だけ暗号っぽいというか、何かのパスワードのようにも見える」

「いい着想です」理沙はメモを指先でつついた。「三行目はパスワードとかキーワードとか、そういうものかもしれません」

「もしそうだったとして、一、二行目との関係はどうなりますかね」

その質問には答えず、理沙は右手の人差し指で、空中に文字を書くような仕草をした。同時に、ひとり芝居のようなことを始めた。

「俺は富野泰彦、三十三歳。さあ、手帳に秘密の情報をメモするぞ。これは自分のためのメモだから、自分にだけわかればいいんだよな。とはいうものの、ヒントがないと、あとで見たとき間違えるかもしれない。よし、コメント代わりに書いておこう。『青い鳥』に『折れた剣』と。これで、このあとに書くことが秘密のキーワードだとわかる」

矢代と夏目は、黙ったまま理沙のマイムを見つめている。

「さて、次はいよいよキーワードだ。数字が入るから、間違えないように書かなくちゃいけないな。『ラルフ124C41+』と。これは途中に数字以外のものが入っているんだ。『124C』と『41+』に分かれているってことだな」

「そうですね。それは考えられる……」

矢代にも納得のいく話だった。夏目もその説明を理解したようだ。

「最後はこれ」理沙はマイムを続けた。「今度は『100―13―2―1―1―6』、これで完成なんだけど、さてここで問題だ。俺はなぜ『ラルフ』と計算式を少し離して書いたのか」

理沙は自分で質問して、自分で首をかしげている。ややあって、また喋《しゃべ》りだした。

「三行目がすべてキーワードやパスワードだとすれば、これは二階層に分かれているのかもしれない。『ラルフ124C41+』で表されるものと、その次の計算式で表されるものは、連続した情報ではない。たとえばパスワードが二段階になっていて、『ラルフ』のあと100、13、2、1、1、6と入力しなければいけないとか、あるいはその逆だとか……」

そこでまた理沙は考え込んでしまった。大道芸人のようなことを続ける上司に向かって、矢代は尋ねた。

「貸金庫の暗証番号とか、そういうものでしょうか。だとすると『ラルフ124C41+』のほうが暗証番号とかパスワードですよね。『100』から始まるほうは、入力するにはちょっと長すぎる」

「計算結果の『77』を入力するのでは？」

「それは簡単すぎるでしょう。たぶん引き算をするんじゃなくて、この数字の羅列に意味があるんですよ」

「たしかに、引き算でないとすれば数字の羅列と見えますね。では矢代さん、その羅列は何を意味するんです？」

「……そうだなあ。たとえば、金庫のある場所を示しているとか」

「場所、ですか」

しばらくメモを睨《にら》んでいたが、そのうち理沙は大きく首をかしげた。額に指先を当てて、固く目を閉じる。

「何だろう。私、この数字をどこかで見たような気が……」

「この数字を知ってるんですか？」

「100の次が13、そのあと2、1、1……」

そこまで言ってから、彼女は大きく目を見開いた。慌てた様子でメモを確認し、椅子から立ち上がった。

「そうだ！　これ、警視庁本部庁舎の所在地ですよ」理沙は机の引き出しから資料を取り出した。「ほら、郵便番号100の0013、東京都千代田《ちよだ》区霞《かすみ》が関《せき》2の1の1、間違いありません。この建物の所在地です」

「じゃあ、そのあとの6というのは……もしかして六階のことですか？」

「ええ、おそらく」

理沙は机の周りをうろうろと歩きだした。

「『探し物はすぐそばにあった』、そして『木の葉を隠すなら森の中』です。次に警視庁の六階？　そこに『ラルフ124C41＋』と来れば……。ああっ！」

矢代と夏目はびくりとして、理沙を見つめた。

「どうしたんですか」と矢代。

「ちょ……ちょっと待った」

理沙は小走りになってスチールラックのほうに向かった。ラックには段ボール箱を整理するための分類番号が貼ってある。彼女はそれらの番号を指でなぞりながら、狭い通路を往復し始めた。

「違う。……これも違う。……でも可能性はある」

番号をひとつずつ確認しているようだ。やがて理沙は、コピー機の近くのラックを見て足を止めた。

「あった！　ありました」彼女は手を叩《たた》いた。「『124の41』、まさに灯台下暗しです」

矢代と夏目は、慌てて理沙に駆け寄った。彼女が指差している整理番号を見て、矢代ははっとした。そこには《124―41》と記されていたのだ。

「あれ、これは……」理沙は整理番号のラベルに目を近づけた。「やっぱりそうです。正しいラベルの上に、誰かが偽のラベルを貼ったんですよ。『ラルフ』のタイトルに合う番号のラベルを」

「え？　なんでそんな面倒なことを」

「木の葉を隠すなら森の中、文書を隠すなら文書倉庫ですよ」

理沙は興奮した口調で言うと、白手袋を両手に嵌《は》めた。その番号が記された棚から、段ボール箱を取り出す。箱をどすんと床に置いて、中を調べ始めた。

「まさか、誰かがこの箱を開けたんですか？」

「私の本にメモを挟めるのなら、段ボール箱を開けることも簡単でしょう」

「そういえば……」夏目が言った。「先週私が整理したのに、コピー機のそばのこのラックだけ、箱が乱れていたんですよね」

信じられないという思いがあった。だが、理沙が箱から取り出した事務用封筒を見て、矢代は目を見張った。

「それはいったい……」

手袋を嵌めたまま、理沙は封筒の中身を取り出す。折りたたまれたコピー用紙だ。

理沙が机の上にメモを広げ、矢代たちは手書きの文章に目を走らせた。

《文書解読班の方へ。私は富野泰彦といいます。今、私の身に危険が迫っています。以下はすべて真実ですが、訳あって私は押さえ込まれそうになっています。この警視庁の中でも比較的自由な活動を許されているあなた方なら、現状を打開してくれるかもしれない。そう思って、私はこのメモを残しました。

今から七ヵ月ほど前の四月、警視庁刑事部捜査第一課に捜査情報係――通称・捜情という部署が設立されました。私は所轄から警視庁本部に異動となり、この捜情に配属されました。メンバーは十名です。私たちは捜査一課で行われる捜査の情報を取りまとめたり、記録したりしていましたが、その裏には別の顔がありました。実際は内偵班のようなものだったのです。

私たちは捜一に所属していながら、捜一の刑事たちを監視していました。上の命令に従い、特定の刑事の身辺を調べて追い込んでいくのです。幹部の命令に背くとか、捜査協力費を使い込むとか、違法な捜査で点数を稼ぐとか、そういったルール違反を行う刑事を排除するために、捜情は設立されたのでした。私はそのチームに配属されたことに誇りを感じていました。私には自分の信じる警察官像というものがあって、悪徳警官だの不良警官だのは裁かれるべきだと考えていたからです。

ですがこのチームのあり方は、正しいものとは言えませんでした。それは幹部の意思ひとつで、いくらでも個人を陥れることができる危険なシステムだったのです。

十一月上旬、私は上司である係長の指示を受け、ある機密文書を探し始めました。このころ私はすでに、捜情の仕事に疑問を感じつつありました。しかしこれも警察組織を健全なものにするためだと自分に言い聞かせ、作業に取り組みました。ところが、ある筋から入手した機密文書を見て、私は衝撃を受けたのです。そこには、とんでもない不祥事が記されていました。こんなことが隠蔽《いんぺい》されていて、いいのだろうか？　その文書の内容はすみやかに公にされるべきだと、私は思いました。そうしなければ私の所属するこの警察組織は、平気で不正を許すような薄汚いものになっていく、と思われたからです。

義憤を感じた私は、係長にその機密文書を見せ、警視庁の上層部に報告すべきだと進言しました。ところがあの係長は、文書をなかったことにしようとしたのです。それが彼の個人的な判断だったのか、上からの命令だったのかはわかりません。そのとき私に理解できたのは「機密文書を公にすべきだと主張し続けた場合、私の処遇がどうなるかわからない」ということでした。それは不当ではないかと私が抗議すると、係長はプレッシャーをかけてきました。「そんなことをして、報復人事が怖くないのか」と脅されたのです。

その日から、私は身の回りに異状を感じるようになりました。仕事をしていても、家に戻っても、誰かに監視されているような気がします。休みの日に地方へ出かけたときも、誰かがつけているような感じがありました。やがてその理由がわかりました。驚いたことに、私の自宅には盗聴器が仕掛けられていたのです！　それは私が捜査で使うのと同じ種類の盗聴器でした。つまり私は仲間によって監視されていたわけです。外出時には尾行もされていたようでした。

盗聴器を見つけた私は、しかしそれを取り外すことはせず、気がつかないふりをしていました。そして家では誰かと電話をしないようにしました。そうすれば盗聴され、予定を知られることもないと思ったからです。ところが係長はそれを見抜いたようでした。ある晩、私は車に撥《は》ねられそうになりました。その二日後には駅の階段から突き落とされそうになりました。警察の仕事をしていたにもかかわらず、私は捜情の仲間から襲われるようになったのです。

このままでは自分の命が危ない、と思いました。幸い私は独身ですから、すぐに身を隠す覚悟を決めました。警察という組織は、私の知っているものとはすっかり変わってしまった。正しいことを口にする者を痛めつけ、排除するような組織になっていたのです。まったく、情けないことでした。

私が発見したこの文書は二十年前の、ある事件に関するものです。ある人物が不正を行った事実が書かれています。その人物は自分を告発するような文書があると知って、証拠隠滅を図る可能性があります。確証はありませんが、私にはそう思えるのです。

私は詳しい事情を知らされていなかったので機密文書を探しましたが、もし証拠隠滅のためだとしたら、もう係長の命令には従えません。幹部の命令にも従いたくない。過去の話ですが、私の同期は組織の事情によって退職を強要されました。そういうことを知っているから、上の人間の不正が許せないのです。

私はこの機密文書を持って行方をくらますつもりです。ですがこの文書をどう使ったらよいか、あるいは使わないほうがいいのか、私には判断がつきません。それで思い出したのが、あなた方、文書解読班のことでした。あなた方は捜査一課の中でも特別なポジションにいるメンバーでしょう。財津係長というユニークな上司がいるため、幹部たちの言いなりにはならない部署だと聞きました。あなた方なら私の考えに賛同してくれるかもしれない。それに、あなた方こそ、この機密文書を扱うのにふさわしい人たちだと思っています。

組織を裏切る私は、警察官として許されない存在なのだと思います。ですが、不正を握りつぶすために、自分が利用されることは我慢できません。スパイのような汚い仕事をさせられることにも嫌気が差しました。私はこんなことをするために警察官になったわけではないのです。桜田門にそびえる警視庁本部は、私にとって正義のシンボルでした。ところが今、正義のしるしだったその塔はひどく腐食し、斜めに傾いてしまっている。そして、黒いカビのような影に覆われてしまっています。

私が望んでいるのは、それほど大それたことではありません。警察という組織の中で、悪いことは悪いのだと主張できるようにしたい。そういう当たり前のことを期待しているだけです。文書解読班のみなさん、どうか私に力を貸してください。

この考えに賛同していただけるのなら、私にメールを送ってください。直接会って、機密文書をお見せしたいと思います。事前にあなた方に相談する機会がなかったことは残念ですが、こうしてメモを残すことができただけでも、よかったと思っています。

以下に、私の個人用携帯電話のメールアドレスを書いておきます。監視されているおそれがあるので、あなた方も警視庁のものではなく、個人用のメールアドレスを使って連絡をください。くれぐれも気をつけて行動してくださるようお願いします》

メモの最後には、携帯のメールアドレスが記入されていた。

長い文章を読み終わって、矢代は唸《うな》った。理沙も夏目も複雑な表情を浮かべている。この文章の信憑性《しんぴょうせい》について、考えを巡らしているようだ。

「どうなんでしょう。ここに書かれたことは事実なんですかね」矢代は首をかしげた。

理沙は自分のパソコンを操作し始めた。そのあと、机の上にあった資料ファイルを開いた。

「捜査情報係という部署はたしかに存在しますが、こんな活動をしているとは知りませんでした。ただ、名簿を見ても、その部署に富野泰彦という人物は見当たりません」

「じゃあ、これはガセネタということに？」

確認してみましょう、と言って理沙は内線電話の受話器を取った。一分ほど誰かと話していたが、浮かない顔で彼女は通話を終えた。続いて別のところに架電したが、やはり情報は得られなかったようだ。

「捜情はかなりガードが堅いですね。富野という人物がいるかどうかも、聞き出せませんでした。もしかしたら、公安部並みの情報統制が行われているのかもしれません」

「このメモを読むと、監察のような役目をしているみたいですけど……」

監察官もひそかに内偵を進める役割だと、矢代は聞いている。

「監察はすべての警察官を対象としますが、捜情は捜査一課の中だけで活動するんでしょうね。自浄のためのチームとも思えますが、その半面、捜一内部の問題を外に漏らさないという役目もありそうです。実際、このメモに書かれているのはそういうことですよね」

「ええ、たしかに……」戸惑う様子で、夏目がつぶやいた。

これはまた、きな臭いことになってきた。富野泰彦は組織の都合により、敵として認定されてしまったらしい。

「この文章をそのまま信じていいのか、という問題はあります」理沙は続けた。「ですがメモの文字を見ると、あちこちにためらった跡が残っています。筆記者はこれを書きながら、相当迷っていたんでしょう。このメモがまったくのでたらめだという可能性は低いと思います」

「追い詰められて文書解読班に注目したわけか。しかし、俺たちは幹部の言いなりにならない部署、というわけじゃありませんけど……」

「最近、庁内で私たちの評価が上がっていましたからね」

そういえば、と矢代は思った。文書解読班について、こんな噂があるそうだ。「もしかしたら文書解読班には後ろ盾がいるんじゃないか」とか「だから文書解読班は優遇されているんだろう」とか、そういう話だった。富野はそれを真に受けたのだ。

それにしても、手間のかかる細工だった。富野がこれだけのことをしたのは、捜情の追跡を恐れたからだろう。メモを隠し、連絡手段を用意するまでは、仲間に気づかれるわけにはいかなかった。それらの準備を整えた上で、行方をくらましたのだと思われる。

そう考えれば、菊川のアジトに多くのものが用意されていたことも納得できる。

「岩下管理官が俺たちに見つけさせようとしたのは、その機密文書なんですね」矢代は腕組みをしながら言った。「しかし管理官も回りくどいやり方をしたもんだな。最初から事情を教えてくれていれば、話は簡単だったのに」

「その機密文書が、相当厄介なものだったんでしょうね」

おそらく理沙の言うとおりだろう。正義感の強かった富野が、警察を裏切るほどの義憤を感じたのだ。よほど衝撃的なものだったに違いない。

さて、と言って、理沙は矢代たちの顔を見た。

「私たちに残された方法は三つです。富野にメールを送るか、無視するか、岩下管理官にこのことを報告するか……」

「もちろん、メールを送りますよね?」夏目が身を乗り出して言った。「富野泰彦は正しいことをしようとしているんですから」

「あのメモがすべて事実だと決まったわけじゃないが……」

矢代が口を挟むと、夏目は強く首を振った。

「それを確認するためにも、彼から話を聞くべきだと思います」

「たしかに富野本人から情報を引き出さないと、何が正しいのかわかりません」

理沙は個人で使っている携帯電話を取り出し、富野に宛ててメールを書いた。矢代たちはその画面を見せてもらった。

《富野泰彦様。私は文書解読班の鳴海理沙です。あなたの残したメモを読ませていただきました。この内容が事実かどうか確認したいと思います。直接会って話を聞かせていただけないでしょうか》

理沙はそのメールを、富野のアドレスに送信した。

「これで、向こうがどう反応するかですよね」と矢代。

すぐに返事が来るかどうかわからなかったので、矢代たちはしばらく、入沢が殺害された荒川事件の資料を読むことにした。現在、古賀係長や川奈部ら四係が捜査している事案だ。

十分ほどたったころ、理沙が声を上げた。

「来ました！　富野からの返信です」

矢代たちは急いで席を立ち、彼女の机に駆け寄る。携帯の画面には、受信されたメールが表示されていた。

《富野です。あなたが鳴海さんだという証拠を見せてください》

理沙は何か考える様子だったが、やがて警察手帳を取り出した。携帯を矢代に手渡して、彼女は言った。

「私を撮影してもらえますか？」

「なるほど、手帳と一緒にですね」

理沙は自分の顔の横に、警察手帳を掲げ持っている。顔と手帳がフレームに入るよう、矢代は写真を撮った。

撮影した画像データを添付して、理沙は富野にこう返信した。

《写真を送りますので確認してください。折り返し、富野さんの写真も送っていただけますか？》

そのまま待つこと五分。富野からメールが届いた。添付された画像を開くと、理沙と同じように警察手帳を持った男性が写っていた。細長い顔、やや長めの髪、口の右側が左側より少し上がっている。矢代たちが追っていた富野泰彦に間違いなかった。画像を拡大して警察手帳も確認したが、偽造品ではなさそうだ。

手帳に貼られた富野の顔写真は、やる気と活気の感じられるものだった。ところがそれを掲げ持つ本人の顔は、ひどくやつれている。連日の逃走劇でかなり体力を消耗したのだと思われた。

矢代はメールの本文に目を走らせた。

《これでお互いの本人確認はＯＫだと思います。鳴海さん、私のメモを読んでくれてありがとう。もしあなたが私の味方になってくれるのなら、機密文書をお見せします》

理沙は難しい顔で唸った。右手の指先で、とんとんと机を叩《たた》いている。

「おそらく富野は、私たちが味方になるという確約をとってから、文書を見せるつもりでしょう。でもこちらとしては、文書を見てからでなければ態度が決められません」

「そうですね。もしかしたら、富野の持っているのはガセネタかもしれないし」

矢代がつぶやくのを聞いて、夏目は不満げな表情になった。

「富野泰彦は仲間を裏切るような真似をして、その文書を持ち出したんですよね？　そうまでして文書解読班に助けを求めてきたんですから、応《こた》えてあげないと」

「なんでそこまで富野を信用できるんだ？」

「岩下管理官が富野を追いかけているからです」夏目は鼻を膨らませて言った。「管理官の敵だとすれば、富野は私たちの側の人間ですよね」

敵の敵は味方だということか。しかしその考え方は危ういな、と矢代は思う。物事はそう簡単に割り切れるものではない。

最終的にはこの部署のリーダーに決めてもらうしかなかった。矢代は理沙のほうを向く。

「どうします、主任」

「とにかく一度会ってみたいですね。向こうとしても、私たちの手を借りたいでしょうから、歩み寄ることはできるはずです」

携帯電話を操作して、理沙はまたメールを作成した。

《良いものは良い、悪いものは悪いと言える組織であってほしい、という気持ちは私たちも同じです。あなたとは同じ価値観を共有できるのではないかと思っています。ですが、念のため、先に文書を見せていただけないでしょうか。その上で、今後の動きを判断したいのです。私には自分の部下を守る義務と責任があります。確信を持って行動を決めるためにも、その文書を見せてください。時刻、場所を指定していただけたら、すぐにそこへ向かいます。決してあなたを騙《だま》すようなことはしないと約束します》

このメールを見て相手はどう反応するだろう。そういうことなら文書は見せない、話はもう終わりだ、と憤るのか。それとも少し譲歩してくるのか。

三分ほどたって、富野からの返事が来た。

《わかりました。あなたたちと会って、機密文書をお見せします。そのあと判断してください。午後二時、江戸川区平井にある平井第二公園に来てください。来るときに現金を二十万円ほど用意してもらえませんか。くれというのではなく、貸してほしいのです。いつかお返ししますので、よろしくお願いします》

よし、いいぞ、と矢代は思った。向こうが譲歩してきた。

腕時計を見ると、まもなく十二時五十分になるところだ。

「矢代さん、夏目さん、すぐに出発しましょう」理沙は椅子から立ち上がった。「富野泰彦に会いに行きます。そうだ、谷崎さんにも同行してもらいましょう。向こうでパソコンを使うような場面があるかもしれません。私が連絡しておきます」

「わかりました。お願いします」矢代はうなずいた。

ついに富野と接触できる。そう考えると、緊張感が高まってきた。富野はいったいどんな文書を見つけたのか。今どこにいて、何をしようとしているのか。彼は文書解読班と手を組むことになるのか、それとも——。

油断せずに行動しなければ、と矢代は自分に言い聞かせた。

4

民家やアパートの建ち並ぶ住宅街の一角に、立木や植え込みの緑が見えた。

矢代が先頭に立って歩道を進んでいく。理沙と夏目がそのあとに続き、最後にリュックを背負った谷崎がついてきた。リュックの中にはノートパソコンなどが入っているという。

やがて四人は平井第二公園の入り口に到着した。

正面から中を見ると、思ったよりも広い場所だった。遊具はほとんどないが、芝生や植え込みの中に遊歩道があって、散歩をするにはよさそうだ。ベンチも数多く設置されているから、近隣住民の憩いの場となっているに違いない。

矢代たちは周囲に気を配りながら、公園に入っていった。この時刻、小学生たちの姿は見えない。乳幼児を連れた母親が何人かいて、ブランコのそばで立ち話をしている。ほかには、外出中の会社員らしい女性がいるだけだ。

「あと五分で午後二時……」腕時計を見て、理沙が言った。「富野はまだ来ていないようですね」

砂場の近くに立って、矢代たちは富野が現れるのを待った。公園への出入り口は一カ所だから、そこを監視していれば間違いはないはずだ。

「緊張しますね」谷崎が小声で話しかけてきた。「僕、こんなふうに現場で人を待つのは初めてです」

「ああ、そうか……。事件の捜査といっても、谷崎は特捜本部でデータ分析をすることが多いんだっけ」

「のんびりした昼間の公園なんて、僕にとっては異次元みたいなものですよ」

「今のうちにせいぜい太陽の光を浴びておくんだな」矢代は空を見上げた。「見ろよ。今日は本当にいい天気だ」

どこかで鳥が鳴いている。風が吹いてきて、植え込みの草花が少し揺れた。こうしていると、殺人だの死体遺棄だの、物騒な事件は遠い世界のことのように思える。少なくとも今、この公園の中は、きわめて平和だ。

そのとき、理沙が何かに反応した。バッグから携帯電話を取り出し、液晶画面を確認している。彼女はかすかに眉《まゆ》をひそめた。

「富野からのメールです。……移動するよう言っていますすね」

「え？　ここで会うんじゃないんですか」と夏目。

「そうか、なるほど」理沙はひとりうなずいている。「まだ、私たちを完全に信用したわけではない、ということですね」

　理沙は公園の出入り口に向かった。矢代たち三人は彼女のあとを追う。

　住宅街の道を歩き、一ブロック進んだところで理沙は足を止めた。しばらく携帯の画面を見ていたが、じきに新しいメールが届いたようだ。

「工務店のほうへ、と指示してきました。ああ、あそこです」

　交差点を左折して、理沙はまた歩きだす。

　まるで誘拐犯に指図されているようだ、と矢代は思った。身代金の受け渡しの際、犯人が電話をかけて運び役を翻弄《ほんろう》することがある。運び役を追って刑事たちが動いていることを予想し、誘拐犯はそういうことをするのだ。

　しかし今回は富野も矢代たちも、互いに警察官同士だった。それなのにここまで慎重な態度をとるのは、それだけ捜情の追跡を警戒しているからだろう。

　次の一ブロックを歩いていくと、徐々に雑居ビルが増えてきた。ラーメン店やクリーニング店、雑貨店などの看板が見える。そのうち理沙は前方を指差した。そこにはゲームセンターがあった。

「ここに入れと書かれています」

　本当にここだろうか。そう思いながら、矢代は理沙に続いて建物の中に入った。日中だから客の姿はほとんどない。大学生かフリーターか、何人かの男性がいて格闘ゲーム

など で遊んでいる。

そのほかに男性の姿は——と探すうち、矢代ははっとした。フロアの奥、自動販売機のそばのベンチに誰かが座っている。青いウインドブレーカーにスラックスという恰好《かっこう》で、眼鏡をかけていた。バックパックを持っているようだ。

理沙もその男性に気づいて、足早に近づいていった。矢代たちは自販機のそばで立ち止まり、ベンチに座った人物を見下ろす。眼鏡はおそらくカムフラージュ用だろう。よく観察すれば、先ほどメールで受け取った写真の人物だとわかった。

「座ってくれ」

富野泰彦は言った。店内にはさまざまなゲームのBGMが流れていて、話の内容が漏れる心配はなさそうだ。

矢代たちはそれぞれベンチに腰掛けた。あらためて富野を正面からじっと見つめる。顔色が悪く、具合がよくないことは明らかだった。自販機で買ったのだろう、彼はペットボトル入りのスポーツドリンクを手にしている。

「錦糸町の雑居ビルの屋上に、血痕《けっこん》が残っていました」理沙は口を開いた。「あなたは、あそこで怪我をしたんですよね？」

「隣のビルから飛び移ったんだ。いや、飛び降りたというべきか」

富野は口の右側を上げて笑った。だが脚が痛むのだろう、すぐに顔をしかめた。

「左脚を痛めてしまった。もう治療は受けたけどな」

「あの一帯の防犯カメラのデータを、桑島という人が持ち去ったようです。心当たりは？」

「捜情に久保島《くぼしま》という男がいる。そいつがよく使う偽名だ」

なるほど、とうなずいたあと、理沙はバッグから封筒を取り出した。

「これ、頼まれていたものです」

悪いな、と言って富野は現金を受け取り、ポケットにしまい込んだ。それからスポーツドリンクを一口飲んだ。

「単刀直入に質問します。あのメモの内容は事実ですか？」理沙は相手の表情をうかがいながら尋ねた。「あなたが機密文書を見つけて、捜情の仲間に追われているというのは……」

「事実だ。だから俺は平日の昼間から、仕事もしないでこんな場所にいる」

「あなたが知った事実を、別の形で上層部に報告しようとは思わなかったんですか」

「うまい方法を思いつかなかった。だから、文書解読班に助けを求めたんだ。君たちは庁内でも話題になっている。上層部とパイプがあるんじゃないか、という噂もあった」

「それは買いかぶりというものですよ」理沙は首を横に振った。「私たちはごく小さなチームです。何の力もありません」

「しかし財津係長はどの派閥にも入らない人だと聞いた。あの人が作った部署なら信用できる、と俺は思ったんだ。君たちが文書を管理しているというのも関係があった。俺が見つけたのは機密文書だからな」

理沙は軽く息をついてから、こう続けた。

「昼間、私たちの部屋は施錠されていません。富野さんが侵入することは可能だったわけですが、それにしても面倒なことを考えましたね。……私たちに直接相談したら、仲間に知られてしまうと思ったんですか？」

「そうだ。メールを送ろうかとも考えたが、警視庁内のアドレスを使ったのでは捜情に読まれるおそれがある。だからメモを隠すという原始的な方法を選んだんだ。機密文書自体を置いていくのはさすがに心配だったから、それは自分で持ち歩くようにしていた」

矢代は富野の持つバックパックに目をやった。ロックの付いた頑丈そうな品だ。

「まず私たちの出方を見て、信用できそうなら機密文書を見せようと思ったわけですね？」

理沙に訊《き》かれると、富野は記憶をたどる様子で説明を始めた。

「俺はあの部屋に忍び込んで、どこにメモを隠すか考えた。そのとき、整理番号の体系が数字三桁《けた》プラス二桁《ふたけた》だと気づいたんだ。もともと時代小説や古いSF小説が好きで、俺は『ラルフ124C41＋』を知っていた。それで、一旦《いったん》自分の執務室に戻って『124―41』というラベルを作ってから、もう一度あそこへ行って、ラベルを貼り替えたわけだ。あとはその棚の段ボール箱にメモを入れて、少し蓋《ふた》を開けておいた。君たちが気づきやすいようにという配慮だ。……しかし君たちはなかなかメモに気づいてくれなかった。仕方ないと思って、リスクはあったがメールを送ったんだよ」

「あなたの手帳には、菊川のアジトの手がかりが書いてありました。でも、私たちが訪れたとき、あなたはいなかった……」

理沙は富野を観察しながら言った。彼は渋い表情を浮かべた。

「捜情の同僚たちに気づかれてしまったんだ。脚の治療を受けてアジトに戻ろうとしたとき、あの家が見張られているのがわかった。だからあそこを放棄するしかなかった」

もとは同僚だった男たちに、富野は監視されていたのだ。治療に出かけるのがもう少し遅ければ、捕まっていた可能性もあっただろう。

だいたいの事情を聞いたあと、理沙はあらたまった口調で尋ねた。

「富野さんはこの先、どうするつもりですか？　機密文書を持って、どこまでも逃げますか。それとも、どこかで折り合いをつけて警察に戻るということも……」

「もう戻れないだろうな」富野は強く首を振る。「奴らに捕まったら、何をされるかわからない。最悪、事故を装って消されるかもしれない」

「さすがに、それはないと思います。だって我々は警察官ですよ？」

「消されないまでも、何かの罪をかぶせられて依願退職とかな」

自虐的な笑いを浮かべて、富野はそんなことを言った。

近くで、ゲームの効果音が大きく鳴り響いた。しばし会話が中断される。富野はまたスポーツドリンクを飲んだ。

　矢代は富野に同情する一方で、自分たちは何をすべきか、何ができるかを考えた。理沙も同じことを思っていたらしく、慎重に言葉を選ぶ様子で富野に問いかけた。

「私たちは岩下管理官から命令を受けて、あなたを捜していました。組織の一員として職務を全うするのなら、あなたの身柄を管理官に引き渡すべきでしょう。ただ、話はそう簡単ではありません。私たちは岩下管理官に不信感を抱いています」

「そうか、命令を下したのは岩下さんか。あの人なら、そうするだろうな」

「もし私たちがあなたに協力するとなれば、岩下管理官や財津係長に逆らうことになります。警察官としてそれは許されることではありません。ただ……」理沙は少しためらったあと、こう続けた。「あなたが手に入れた機密文書は、適切に処理されるべきだと考えています。どういう処理が正しいかはわかりませんが、少なくとも、何かの不祥事を揉《も》み消すために隠滅されるべきではないでしょう」

「いいね。その言葉が聞きたかった」

　左脚をさすりながら富野は言った。少し表情に余裕が出てきたように思える。

「では、問題の文書を見せていただけますか」

　理沙が促すと、富野は横に置いてあるバックパックに目をやった。それからゲームセンターの店内を見回した。

　いったいその文書にはどんな不祥事が書かれているのか。矢代たちは期待と緊張の中にいる。だが、富野はなかなかバックパックを開けようとしない。

「このベンチで読んでもらえるか？」と彼は言った。

「……ここで、ですか？」

「そうだ。休憩しながら読んでくれ」

富野は飲み物の自販機を指差し、自分のスポーツドリンクを掲げた。

「いいか、鳴海、物事には表と裏がある。表だけを見ていては駄目だ。裏を探って真相にたどり着け」

何か妙だ、と矢代は思った。富野の様子が変だ。

矢代たちが見ているうち、富野はベンチから立ってバックパックを背負った。そのまま奥の通路へ向かおうとする。壁には《事務所》というパネルが貼ってあった。通路の先に管理事務所があるのだろう。

「富野さん、どこへ行くんですか」

戸惑いながら矢代が声をかけると、富野は振り返って言った。

「信じているぞ」

左脚を少し引きずりながら、彼は通路に姿を消した。

「矢代さん、彼を止めてください」と理沙。

言われるまでもなく、矢代はベンチから立ち上がっていた。だがそのとき、表の出入り口から誰かが店内を覗《のぞ》き込むのが見えた。ダークスーツを着た、目つきの鋭い男だ。

――まさか、捜情か？

矢代と目が合うと、スーツの男はそのまま店の外に出てしまった。どういうことだろう。中に入るのではないのか？

と、そこへ誰かの呻《うめ》き声が聞こえた。奥の事務所のほうからだ。

矢代は通路へ駆け込んだ。管理事務所の隣に通用口があり、ドアが開け放たれている。床にスポーツドリンクのペットボトルが落ちていた。事務所の中に人の姿はない。

「富野さん！」

声を上げ、矢代は通用口を抜けた。建物の裏には空き缶を集めた袋や、段ボール箱が置かれている。塀に沿って矢代は走った。角を曲がり、表の道路に出る。

矢代の目に黒いワンボックスカーが映った。スーツ姿の男がふたり、富野を車に押し込んでいる。スライドドアが閉まると同時に、車はこちらへ動きだした。

「おい、待て！」

矢代は道の真ん中で両手を広げた。だが車はそのまま突っ込んでくる。危ういところで車をよけ、矢代はアスファルトの上に転がった。

「先輩、大丈夫ですか！」

塀際から夏目が飛び出してきて、矢代に駆け寄った。谷崎も一緒だ。

「くそ、やられた。富野が拉致《らち》された」

「矢代さん、怪我はありませんか」

慌てた様子で理沙もやってきた。矢代は舌打ちをして素早く立ち上がる。

「ちくしょう、ナンバーがよく見えなかった……」

「大丈夫です。僕が動画を撮りましたから」

そう言いながら谷崎は自分の携帯電話を見せてくれた。あの短い時間で、よくそこまでやってくれたものだ。矢代は彼の機転に感謝した。

「あいつら、捜情でしょうか」夏目は険しい顔で尋ねる。

「たぶんそうだ。奴らが来たことに気づいて、富野は逃げようとしたんだ」

「まずいですよ、先輩」眉《まゆ》をひそめて、夏目は矢代を見た。「機密文書も捜情の手に渡ってしまったわけでしょう？　もう、どうすることも……」

待ってください、と谷崎が言った。彼は周囲を見回してから、指先で眼鏡の位置を直した。

「気になることがあるんです。さっき富野の動きが変でしたよね」

「俺も気になった。あれはどういうことだ？」

「もしかしたら……」

そうつぶやくと、谷崎はもう一度ゲームセンターに入っていった。事務所には誰もいないし、店内の客は自分のゲームに熱中している。富野が拉致されたことに気づいたのは、矢代たちだけだった。

先ほどのベンチに戻って、谷崎は再び口を開いた。

「僕、アドベンチャーゲームが好きなので、あの会話にぴんときたんですよ」

「アドベンチャー？」何のことだかわからず、矢代は首をかしげる。

「対話型のゲームのことです」夏目が横から説明してくれた。「プレイヤーがコンピューターとやりとりしながら謎解きをしていくとか、そういうジャンルですね。パソコンや家庭用ゲーム機に多いソフトなんですけど」

「そういうゲームでは、登場人物の台詞《せりふ》にヒントが隠されていることがあるんです」谷崎は続けた。「さっきの富野の言葉が、まさにそんな感じでした。文書を見せてほしいと鳴海主任が頼んだとき、彼は『このベンチで読んでもらえるか？』と言いましたよね」

「ええ、そうでした」理沙はうなずく。

「次は『休憩しながら読んでくれ』だったと思います。そう言いながら、富野は自動販売機を指差して、スポーツドリンクを僕らに見せました。そして最後に言ったのは、こうです。『物事には表と裏がある』……ええと、あとは何でしたっけ」

「たしか『表だけを見ていては駄目だ』だったような……」

夏目がそう言うと、理沙がフォローした。

「そして『裏を探って真相にたどり着け』でした」

ありがとうございます、と谷崎は会釈をした。それから彼はみなを見回した。

「今の台詞から、何か推理できるんじゃないでしょうか」

「そうか！　文章心理学の応用と考えればいいんですね」理沙は谷崎を見つめた。「遠回しに話して、核心の部分を想像させる。これはプライミング効果に近いかもしれません。不審な男がゲームセンターの出入り口に見えたから、富野ははっきり言うのを避けた。……谷崎さんは、その答えに気づいているんですか？」

「ええ。裏を探せ、と富野は言いたかったんじゃないでしょうか」

「つまり、こういうことか」

矢代は白手袋を嵌《は》めて、自販機の裏に右手を差し込んだ。しばらく探っているうち、指先に触れたものがあった。テープで何か貼り付けられているようだ。矢代は慎重にそのテープを剝《は》がす。自販機の裏に貼ってあったのは封筒だった。

「ありましたよ！　あの頑丈そうなバックパックに入っていると思ったんですが、こんなところに隠してあったんだ」

「この場所を選んだ時点で、私たちに渡すことを決めていたんでしょうね」と理沙。

手袋をつけた理沙に、矢代は封筒を差し出した。理沙は真剣な表情で、畳まれた紙を封筒から取り出す。広げてみると、A4サイズの紙にパソコンで作成したらしい文章が印刷されていた。タイトル部分には《調査報告》とある。

《平成××年十月四日午前九時ごろ、東京都世田谷《せたがや》区駒沢《こまざわ》四丁目の民家で男性の遺体が発見され、同日、玉川《たまがわ》署に特別捜査本部が設置された。被害者は貸金業・大曽根《おおそね》健三《けんぞう》、六十七歳。頸部《けいぶ》をロープなどで絞められ、窒息死していた。大曾根宅の金庫は開錠され、現金およそ五千万円が奪われていた。

鑑取りを進めたところ、釘本洋介《くぎもとようすけ》、三十二歳が捜査線上に浮かんだ。事件現場の遺留品である手袋から、当人の指紋が検出されたため、特捜本部は釘本を逮捕し、取調べを実施した。釘本は大曾根の財産を狙って接近、親しく交際して信用を得たのち、犯行に及んだものと思われた。

釘本は玉川署にて連日取調べを受けていたが、七日目の早朝、留置場で意識を失っているのが見つかった。ただちに病院に運ばれたが、当日午後に死亡。死因はくも膜下出血と記録されている。

しかし今回、事件当時特捜本部入りしていた関係者に聞き取り調査を実施したところ、釘本の取調べに際し、違法行為が行われた可能性が浮かんだ。

釘本の死因はたしかにくも膜下出血だったが、遺体の頭部、腹部、大腿部《だいたいぶ》、上腕部など広範囲に打撲痕《こん》が認められたことが判明。取調べ中に暴行を受けた結果、くも膜下出血を発症した疑いが濃厚である。

また釘本は自分ひとりの犯行ではなく、共犯者がいたと供述していたが、そのことは記録に残されていない。取調官は釘本の供述を虚偽だと判断し、調書に記載しなかったものと思われる。だが釘本の死後、被疑者死亡のまま捜査を継続したところ、明らかに単独犯ではないと推測される証拠が発見された。にもかかわらず特捜本部はその件を隠匿し、釘本ひとりの犯行として捜査を終結させた。

　このとき捜査指揮を執ったのが、警視庁捜査一課九係の係長であった小野塚吾郎警部（現警視、捜査一課理事官）である。小野塚は当時優秀な係長だと評価されていたが、実際には取調べで被疑者に暴行を加えることが日常茶飯事であった。また事件解決を急ぐあまり、証拠を軽視し、自白を強要することも多かった。そのため小野塚の担当した事案は解決率こそ高かったものの、捜査の瑕疵《かし》・過誤がいくつも発生していたといわれている。

　釘本洋介も威圧的な取調べを受け、共犯者の件を取り合ってもらえなかったため、取調官に反抗的な態度をとったとされる。それに対して小野塚がみずから激しい暴行を加え、くも膜下出血で死亡させたと考えられる。これは重大な違反行為である。

　なお、本件について聞き取りを進めている間、小野塚サイドによる調査妨害が行われたことを付け加えておく。早急にこの違反行為についての処断が必要だと思われる》

　作成者の名前は《羽村善治《はむらぜんじ》》となっていて、上のほうには「カク秘」と呼ばれる印が押してあった。この印は「マル秘」より重要な書類に使われるものだ。

「羽村善治……聞いたことがあります」理沙はその名前を指先でなぞった。「捜査一課にいた五十代の刑事です。今年の春に病気で入院して、そのまま亡くなったと聞きました。役職には就いていませんでしたが、三十年以上捜査に従事してきたベテランです」

矢代は大きく眉をひそめた。

小野塚理事官の姿は一昨日《おととい》、警視庁本部で見かけている。角張った顔、不機嫌そうな表情で、押しの強そうな人物だった。

——あの人は、本当にこんなことをしたのか？

平成××年というのは、今から二十年前だ。その年、小野塚理事官はルールを逸脱するような、強引な取調べをしたのだろうか。

にわかには信じがたいという思いがあった。だが強面《こわもて》で高圧的な雰囲気を持つあの人なら、こんなことをする可能性もありそうだ。警察組織にはアクの強い人が多い。多少強引なことをしなければ、出世できないに違いない。

もうひとつ気になることがあった。今回、富野の捜索や文書の回収を命じたのは、岩下管理官だった。彼女は小野塚の派閥に属しているらしい。この文書を回収し廃棄するよう、小野塚が岩下に命じたのではないか。それを受けて岩下は、理沙や矢代に証拠隠滅を手伝わせようとしたのではなかったか。

「文書解読班ならきっと文書を見つけられる——。岩下管理官はそう思ったんでしょうか」

矢代は理沙に問いかけた。彼女は機密文書を指差しながら、小さな声で唸《うな》った。

「どうでしょう……。あの人は文書解読班をよく思っていませんよね。この文書の捜索を命じて、うまくいけばよし、失敗した場合は私たちを責める材料にするつもりだったのかもしれません」

組織内での人間関係は難しい。損得で割り切れればいいが、そこに好悪の感情が交じってくると泥沼のようになってしまう。

話を聞いていた谷崎が、不安そうな顔をして言った。

「なんで警察の中でこんなことが起こるんでしょうか。幹部になるような人は、人間性もしっかりしていると思ったのに……」

「現実には、そうもいかないんだろうな」と矢代。

「同じ組織の中で揉《も》めるなんて、本当に馬鹿馬鹿しいですよ。……まいったな。先輩、これから僕はどうなるんですか」

矢代は考え込んだ。捜査を手伝ってくれてはいるが、谷崎はもともと文書解読班ではない。こうした事案に巻き込まれたことを不本意に思っているのかもしれない。

その証拠に彼は「僕たちはどうなるんですか」ではなく、「僕はどうなるんですか」と言った。自分の将来が気になるのは誰でも同じことだろう。

突然、夏目が険しい顔をして尋ねた。

「谷崎くん、君はこんな仕事には関わりたくない、と思っているの？」

ぎくりとした様子で谷崎はまばたきをした。それから彼は、慌てて首を振った。

「そ……そういうわけじゃありません。ただ、その……組織的には、僕は鳴海主任たちのチームには所属していませんから、これから先どうなるのかな、と……」

「見損なったよ、谷崎くん」

夏目は谷崎を睨《にら》みつけた。彼女は谷崎の発言を「裏切り」だと感じたのだろう。

「いや、夏目さん。僕はそんなつもりで言ったんじゃなくて……」

「じゃあ、どんなつもりなの？」

「おい夏目、よせよ」

矢代は間に割って入った。谷崎はまだ何か言おうとしたが、その前に理沙が口を開いた。

「ここで揉めても仕方ありません。谷崎さんには一旦《いったん》、私たちのチームから離れてもらいましょう」

「鳴海主任、それはちょっと……」

夏目が抗議するような口調で言う。やめろ、と矢代は後輩を制した。

四人とも黙り込んでしまった。気がつけば、店内にもう客の姿はない。ゲームのBGMや効果音だけが、エンドレスで流れ続けている。

——俺たちはこんなところで、いったい何をやっているんだ。

そんな疑念を抱いて、矢代は思わず舌打ちをした。


ゲームセンターを出てから、理沙はバッグの中を探り始めた。

「とにかく、今の状況を報告しましょう」

彼女は仕事用の携帯電話を取り出した。驚いて、矢代は理沙に問いかける。

「まさか、岩下管理官に電話するんですか？」

岩下は小野塚サイドの人物だ。もし彼女に機密文書のことを報告したら、文書解読班は小野塚の側についたと見なされるのではないか。

賛成できません、と矢代が言おうとしたとき、理沙は大きく首を横に振った。

「立場的には、私たちは岩下管理官にこの件を報告すべきだと思います。でもその場合、隠蔽《いんぺい》に協力する形になってしまう。それは私の望むことではありません」理沙は携帯を操作した。「財津係長に連絡します。この件はもう、待ったなしの状態です。係長が電話に出てくれるまで、十回でも二十回でもかけ続けます。矢代さん、夏目さん、それでいいですね？」

矢代は夏目の表情をうかがった。神妙な顔をしていたが、やがて夏目は「わかりました」とうなずいた。

道端で足を止め、理沙は電話をかけた。何かの捜査をしているのか、あるいは会議に出席しているのか、財津係長はなかなか電話に出ない。

苛立《いらだ》ちを見せながら、理沙はリダイヤルを繰り返す。それでも出ないことがわかると、小さくため息をついた。

警視庁本部に戻ったのは午後三時半過ぎのことだった。谷崎が科学捜査係の部屋に向かうのを見届けたあと、矢代たちは文書解読班の執務室へと歩きだした。谷崎は途中で足を止め、こちらを振り返った。何か言いたそうな顔をしていたが、結局、彼は黙ったままだった。

自分の席に着き、パソコンの電源を入れてからも理沙は電話をかけ続けた。メールはすでに送っていたが、事が重大だから直接話がしたかったのだろう。

「なんで出ないのかしら。財津係長がこんなに無責任な人だとは思いませんでした」

理沙は不愉快そうに顔をしかめたあと、机に頰杖《ほおづえ》をつく。

重い空気の中、矢代たちはあの文書について意見交換を行った。正義感の強い夏目は今も納得いかない様子だ。

「どれほど地位の高い人だとしても罪は罪です。このまま隠蔽するわけにはいかないでしょう。そうですよね?」

「捜情は小野塚理事官と深い関係があるのかもしれません」矢代は言った。「自分の不正を暴いた文書があると知って、理事官はそれを回収するよう捜情に命じた。ところが富野は義憤にかられて、小野塚理事官に反発した、と」

「そんな目的のために捜情が使われるなんて……」理沙は表情を曇らせる。「富野のいうとおり、やっていることはスパイですよね」

彼女の言葉を聞いて、矢代はふと首をかしげた。

「そういえば、これまで俺たちを監視しているような気配がありました。あれは捜情の捜査員だったのかもしれません」

理沙はしばらく考え込んでいたが、やがて急に声を上げた。

「ちょっと待ってください。今日、ゲームセンターに男たちが現れたのは、私たちのせいじゃないでしょうか」

「え？」

「彼らは富野の居場所を知るため、私たちを尾行していた可能性があります。私たちは、彼らの道案内をしてしまったのでは……」

矢代は、公園からゲームセンターへ移動する過程を思い出した。いくら富野が慎重に姿を隠していても、矢代たちがあとをつけられていたのではまったく意味がない。

もしそうだとすると、富野が拉致《らち》されたのは文書解読班のせいだということになる。これには理沙も、責任を感じているようだった。

「どうしましょう」彼女は戸惑うような表情を浮かべた。「あの文書――『羽村文書』の件を捜査一課長に直訴しましょうか。それとも、監察に情報提供したほうがいいのか……」

しかし最新の情報によると、現在、捜査一課長は大規模な企業恐喝事件の指揮を執っているという。そんな事件があったのでは余裕がなく、話も聞いてもらえないだろう。監察にたれ込むというのも、この状況下では現実的ではないように思われた。なぜなら小野塚は理事官という高い地位にあり、策を講じて監察の手から逃れてしまう可能性があるからだ。

どうしたものか、と矢代は思った。夏目も口をへの字に曲げて、じっと考え込んでいる。

そのとき、理沙の携帯電話が鳴った。素早く液晶画面を確認して、彼女は顔を輝かせた。

「はい、鳴海です。……よかった、やっと連絡がつきましたね」

相手は財津係長のようだ。矢代は理沙のほうに顔を向け、聞き耳を立てた。

「……あ、メールを見ていただけましたか。……ええ、かなり厄介なことになっています。文書を見つけてしまった以上、それをなかったことにはできないと思いますし。でも、小野塚理事官と岩下管理官がつながっているようですから、単純に結果を報告するわけにもいきません。この先どうすべきか、指示をいただけないでしょうか」

そこまで伝えると、理沙は財津の言葉に耳を傾けた。だが二十秒、三十秒とたつうち、彼女の顔に失望の色が滲《にじ》んだ。

「……ですが、正直な話、私がそこまで決定するのは難しいと思うんです。……いえ、そんなことはありませんが。……そうですか。わかりました。努力してみます」

苦いものを口にしたような表情で、理沙は電話を切った。携帯を机の上に置いて、彼女は言った。

「九州での仕事が予想以上に手間取っているそうです。メールは見たけれど、細かい指示を出すには情報が不足していると言われました。結論としては、『そっちでうまくやって<ruby>くれ』だそうです」

「え……。ちょっとひどくないですか」夏目は眉《まゆ》をひそめた。「財津係長の悪口は言いたくありませんが、上司としてそれはどうかと思います」

「係長いわく、これぐらい乗り切れなかったらリーダーとは言えない、とかなんとか」

「丸投げですか。ずるい中間管理職ですね」

そんなことを言って、夏目は頬を膨らませている。ここ数日の彼女はずっとこんな調子だ。

理沙は椅子から立ち上がり、執務室の中を歩きだした。ぶつぶつ言うその姿から、さまざまな可能性を考えていることが伝わってくる。

「私たちには後ろ盾となる人がいません。ひとつ判断を誤れば、警察官として最悪の人生を迎える可能性があります」

彼女の言葉を聞いて、矢代はなんとも言えない気分の悪さを感じた。理沙も夏目も、そして矢代自身も、自分の信じる正義のために警視庁に入った。それなのになぜ今、こんなことになっているのだろう。

——何かいい方法を見つけなければ。

強い焦りを感じながら、矢代は考えを巡らし始めた。

第四章　暗数

1

この時期、一日ごとに気温が下がっていくのが肌で感じられる。

十一月二十九日、午前九時四十分。矢代と理沙は薄暗い場所で、柱の陰に身を隠していた。基本的にあまり人はやってこないが、それでも油断は禁物だ。もし誰かに見られたら、事情を説明するのに手間取ってしまうだろう。今の自分たちに、そんな時間の余裕はない。

しばらく待っていると、コンクリートの上を歩く靴音が聞こえてきた。予想どおりだ、と矢代は思った。理沙もそれに気づいて、表情を引き締めている。

柱からそっと顔を覗《のぞ》かせ、様子をうかがってみた。駐車スペースに停められた乗用車の間を、ふたりの男が歩いてくる。一方は紺色のスーツ、他方はグレーのスーツを着ていた。グレーのほうが銀色の車に近づき、後部ドアを開けた。紺色のほうは軽くうなずいて後部座席に乗り込む。グレーの男は運転席に向かった。

「今です」

理沙は柱の陰から出て、銀色の車のほうへ走りだした。矢代もあとを追う。

グレーのスーツを着た男は、ちょうど運転席に乗り込んだところだ。ドアの開閉に気をとられて、矢代たちの接近には気づいていない。

理沙は乗用車の左側面に回り込んだ。後部ドアに近づき、ウインドウを軽くノックする。紺色のスーツの男が、はっとした表情でこちらを見た。

理沙はドアの外から、彼に頭を下げた。

「おい、離れろ！」

運転席のドアを開けて、グレーのスーツの男が飛び出してきた。年齢は三十歳前後。運転手とはいえ、なかなか体格がいい。

「誰だ、おまえたち」

質問するというのではなく、厳しく咎《とが》める口調だった。油断なく身構えながら、その男は近づいてくる。理沙はポケットの中を探った。

「捜査一課科学捜査係、文書解読班の鳴海理沙です」

理沙が呈示した警察手帳を見て、運転手は怪訝《けげん》そうな顔をした。まだ半信半疑という様子だ。

「どういうつもりだ。なぜこんな場所にいる？」

「理事官に、ぜひお話ししたいことがあって来ました」

「馬鹿なことを言うな。理事官はこのあと外出なさるんだ」

「わかっています。ですから、ここでお待ちしていました。普通にお目にかかるのは難しいと思いましたので」

「おまえ、いい加減に……」

運転手が怒鳴りかけたとき、後部座席のウインドウが下がった。紺色のスーツの男が、部下に向かって口を開いた。

「小林《こばやし》、下がれ」

運転手はひとつ礼をして黙り込んだ。車中の男は落ち着いた声で、理沙に話しかけた。

「鳴海といったな。私に何の用だ」

理沙は背筋を伸ばした。斜めうしろに立って、矢代も気をつけの姿勢をとる。

「重要なご報告とご相談があります。聞いていただけませんでしょうか、池内理事官」

紺色のスーツの男——池内静一理事官は、柔和な印象の目で理沙を見た。穏やかな空気を身にまとっているが、その表情に隙はない。

ここは警視庁本部庁舎の中にある駐車場だ。矢代たちは池内が車で移動するタイミングを狙って、ここに待機していたのだった。

「君は科学捜査係だろう？」池内は尋ねた。「ということは、責任者は財津だったか。

なぜ彼を飛ばして、私に報告しようとする？」

「財津係長は今、九州に出張していて動くことができません。この件を報告したところ、事は急を要するため、池内理事官に直接話すように、との指示を受けました」

ふうん、と池内は言った。少し首をかしげながら、

「財津は変わり者だと聞いているが、そのとおりだったな。本来こんな形で報告や相談をするなど、あり得ないことだ」

「理事官、この件は本当に重要で……」

「まあ、財津がそう判断したのなら聞くべきなんだろう。ただし、今後こういうことはしないと約束してもらいたい」

わかりました、と答えてから、理沙は運転手の小林をちらりと見た。それに気づいて、池内は小林に声をかけた。

「しばらく席を外してくれ」

「しかし、理事官……」

「大丈夫だ。鳴海は大事なことを話そうとしている。目を見ればわかる」

小林はまだ何か言いたそうだったが、これ以上は無駄だと悟ったのだろう。一礼して車から離れていった。

「さて、鳴海、話してもらえるだろうか」

車の後部座席から、池内は促した。理沙はドアの外に立ったまま、ウインドウ越しに

話しだした。

「今、捜査一課の課長の下には、ナンバーツーとして理事官が二名いらっしゃいます。池内理事官と小野塚理事官です。おふたりは互いをライバルと考えていますよね？」

「いきなり妙なことを訊《き》くんだな」池内は意外そうな顔をした。「……まあ、そのとおりだ。小野塚は私の一年後輩だが、同じ理事官ということで当然、意識はしている」

「その小野塚理事官が過去、不正な取調べを行っていたとしたら、どうでしょう」

「不正な取調べ？」

「そしてその行為を隠すために、資料の隠蔽《いんぺい》を企《たくら》んでいるとしたら」

池内の顔つきが変わった。それまでは余裕を持っていたように見えたが、今の話を聞いて眉《まゆ》をひそめている。数秒考えてから池内は言った。

「詳しく聞かせてくれ」

理沙はここ数日の出来事を、かいつまんで説明した。岩下管理官が情報を隠しながら、富野の捜索を命じたこと。昨日、理沙たちは富野と会ったこと。しかし彼は捜情と思われる男たちに連れ去られたこと。さらに、富野の残したメモや羽村文書についても報告した。

驚きの表情を浮かべながら、池内はそれらの話を聞いていた。やがて彼は、右手で自分のこめかみを揉《も》んだ。頭の中で情報を整理し、善後策の検討を行っているのだろう。

「そんなことがあったのか……」ゆっくりと首を振りながら、池内は言った。「羽村善治のことはもちろん知っている。彼はみんなに信頼されていたから、そういう内偵調査には向いていたと思う。しかしこれは捜一の……いや、警視庁の威信に関わる大問題だぞ。放っておくわけにはいかない」

「私たちは岩下管理官から捜査を命じられました。岩下管理官は小野塚理事官の影響下にあると思われます。羽村文書の内容を知った私たちは、このあとどう行動すればいいのか。それを池内理事官にご相談したかったんです」

「小野塚に取り込まれないよう、俺のところに来たわけか。賢明な判断だ」池内はうなずいた。「財津係長はいい部下を育てたようだな」

「ありがとうございます」

理沙は素直に頭を下げる。池内はシートに体を預けて、つぶやいた。

「小野塚は昔から、ごり押しすることで有名だったんだ。被疑者の取調べも厳しかっただろうし、仲間の警察官にも強引なことをしていたんだろう。だから警察内部にも小野塚を嫌う者は少なくない。過去に彼を恨んでいた人間が、不祥事を調べるよう羽村に依頼した可能性がある」

「それを知った小野塚理事官は、捜情に文書を捜索させようとしたんでしょう。岩下管理官はそのフォローを指示されたんだと思います」

おそらくな、と池内は同意した。

「捜情はもともと小野塚の肝煎《きもい》りで作られた部署だ。彼の命令ひとつで、どんなことでもするはずだった。しかし……」

「富野は反発したんですね。まだ組織が充分に成熟していなかったから、目的意識が低かったんでしょうか。あるいは人選に失敗したのか」

「いずれにせよ、富野という鬼子を生んでしまった……」

池内は一度、腕時計に目をやってから顔を上げた。

「鳴海、今その文書を持っているか？」

「いえ、ここにはありません。ですが、羽村文書をご覧になったら、小野塚理事官の不正を上層部に報告していただけませんか？　それからもうひとつ。私たち文書解読班を、小野塚理事官から守ってほしいんです」

「俺の側につくというわけだな」

「その二点をお約束いただけるのでしたら、しかるべきタイミングで羽村文書をお預けします」

しばらく理沙の目を見つめたあと、池内は口元を緩めた。

「すぐには渡せないか。俺を相手にして条件を出してくるとは、たいしたものだ」

「失礼はお詫《わ》びします。でも、私たちが自分の身を守るためにはそうするしかない、と判断したんです」

わかった、と言って池内は深くうなずいた。

「非常に大きな問題だから、少し時間がほしい。こちらも段取りをする必要があるしな。

問題の文書は、いつでも出せるようにしておいてくれ」

「よろしくお願いします」

理沙は一歩下がって最敬礼をした。斜めうしろで、矢代も慌てて頭を下げた。

2

財津係長が手いっぱいの今、文書解読班には味方がいない。その状況を打開したのが、先ほどの理沙の一手だった。

駐車場をあとにして、矢代と理沙は警視庁の本部庁舎を出た。階段を下りて桜田門駅の改札口に向かう。約束していた場所に夏目の姿が見えた。

「どうですか、池内理事官のほうは」

そう尋ねてきた夏目に、理沙は笑顔で答えた。

「うまくいきましたよ。これであの人は私たちの味方になってくれるはずです」

「小野塚さんに対抗するため、同じ理事官の池内さんに接近するとは……」矢代は感心したという調子で言った。「まさに盲点でした。でもふたりがライバル関係にあることを考えれば、もともと成功する可能性は高かったわけですね」

「どこの派閥だとか、そういうのは好きじゃないんですが、生き延びるためにはやむを得ません。寄らば大樹の陰、です」

理沙の口からそんな言葉が出るのは珍しい。現在、文書解読班が切羽詰まった状況にあることがよくわかる。

ところで、と言って矢代は夏目のほうを向いた。

「そっちはどうだった。調べはついたのか」

「はい」夏目はメモ帳を開いた。「鳴海主任から指示されたとおり、川奈部主任に会ってきました。荒川事件の現場がどこにあるか、教えてもらいました」

入沢博人が殺害された荒川事件と、西松二三也が殺害された綾瀬事件には共通点がある。狭い場所に遺体が押し込められていたことと、現場に青い革手袋が残されていたことだ。昨日川奈部からもらった荒川事件の資料には、それらの情報が載っていた。だが、その資料に現場の詳しい住所は書かれていなかったのだ。

そのことを思い出した理沙が、現場を見ておいたほうがいいのではないか、と提案した。矢代も賛成だった。それで理沙は、夏目に情報収集を頼んだのだ。

「しかし、よく古賀係長が許可してくれたよな」

「古賀係長はこのことを知りません。今回は川奈部主任が、自分の判断で情報を明かしてくれたんです」

「え？　夏目と川奈部さんはそんなに親しかったっけ」

「川奈部さんには息子さんがいるでしょう」

「ああ、たしか小学生だったよな」

「その年ごろの男の子なら、絶対これに興味があると思ったんです」

彼女がポケットから取り出したのは何枚かのカードだった。『ポケットガーディアン』というロゴとともに、ロボットのイラストが描かれている。

「あれ？　これはたしか『永久囚人』事件のときの……」

半年ほど前にその事件を捜査しているとき、このロボットたちが紹介されたウェブサイトを見つけたのだ。もとはゲームのキャラクターだったが、その後テレビアニメ化されて子供たちに大人気だという。

「息子さんが『ポケットガーディアン』のファンだそうで、川奈部さんも知っていたんです。私がこのカードを出したら、川奈部さんは目を輝かせて、ちょっと見せてくれと言ってきました。息子さんが持っていないカードを一枚あげて、その代わりに情報をくださいと頼んだわけです」

「なるほど、川奈部さんも子供には甘いんだな。……それはいいとして、なんで夏目はそんなものを持っていたんだ？」

「それはあれですよ、ファンとしての嗜《たしな》みですよ。私たちはこういう形で、クリエーターを応援しているわけでして」

「よくわからないが、今回は夏目の趣味が活《い》かされたってことか」

矢代たちはＩＣカードで桜田門駅の構内に入り、電車に乗って何駅か移動した。そこで出発間際にホームへ降り、三人で周辺を観察した。矢代たちを追って電車を降りた者はいない。これで尾行がついていないことが確認できた。

地上に出て、矢代たちはタクシーに乗り込んだ。

自分たちが捜情につけられていたのではないか、というのは昨日、理沙が思いついたことだった。たしかにその可能性はあった。だから今日外出するに当たって、念のため追跡者を撒《ま》くような行動をとったのだ。

荒川区荒川一丁目でタクシーを降り、矢代たちは住宅街を歩きだした。

住居表示を見ながら進み、やがて三人は目的地にたどり着いた。築三、四十年と見える、二階建てのアパートだ。設備が古くてなかなか入居者が見つからないのか、六戸あるうち表札が出ているのは三戸だけだった。入沢が住んでいたのは一階、中央の部屋だという。一階に住んでいたのは彼ひとりだったようだ。

事件発生から六日目となるため、部屋の前に立ち入り禁止テープは張られていなかった。

「入りましょう。川奈部主任から許可は得ていますので」

夏目は手袋を嵌《は》めた手で、鍵《かぎ》をつまんでいた。

「鍵まで借りてきたんですか」理沙は驚いていた。「あのキャラクターカード、ずいぶん効果があったんですね」

「川奈部さんも、子供の喜ぶ顔が見たかったんだと思いますよ。まあ、あのレアカードなら大人でも喜ぶはずですけどね。……ちなみに私は同じカードを四枚持っているので、あげても大丈夫なんです」

鍵を使って、夏目はドアを開錠した。

カーテンが開いているため、家の中は明るかった。矢代たちは靴を脱いで部屋に上がっていく。間取りは2LDKで、広すぎもせず、狭すぎもしないといった印象だ。

「入沢さんは五十四歳、ずっと独身だったようです。ひとり暮らしなら、このアパートでも充分だったんじゃないでしょうか」夏目はダイニングキッチンの脇にあるドアを開けた。「遺体が発見されたのは浴室ですね」

脱衣所の奥が浴室になっている。覗《のぞ》いてみると、資料写真と同じ浴槽があった。

「被害者は頭部を殴られたあと、ロープなどで首を絞められて殺害されています」夏目は続けた。「そして死後、この浴槽に押し込められました。蓋《ふた》の代わりに目隠しフェンスが置かれていたのが、気になるところです。それから、脱衣所に青い革手袋の右側が落ちていました」

「西松さんのときとよく似ているな」と矢代。

「死亡推定時刻は二十四日の午前一時から三時の間。アパートの二階の住人は、寝ていて気がつかなかったそうです。その日、携帯に連絡しても出ないので友人がこの部屋を訪問。管理人が開錠して遺体を発見した、ということですね」

夏目の説明を聞き終わると、理沙が口を開いた。

「そういえば、羽村文書に書いてありましたよね。二十年前、大曽根さんが殺害された現場には手袋が落ちていた、と」

「たしかに……」矢代もそのことを思い出した。「今回、青い革手袋が現場に残されていたのは、それと関係あるのかもしれません」

犯人は、二十年前の強盗殺人を強く意識していた可能性がある。

「一通りチェックされているはずですが、念のため調べてみましょう」

理沙の指示で、矢代たちはアパートの中を調べ始めた。すでに鑑識課や四係の川奈部たちが確認しているから、重要な証拠品は持ち出されているはずだ。しかし理沙なら、彼らとは違う視点で何かを発見できるかもしれない。また、最近は夏目の観察力も鋭くなってきている。そしてもちろん、矢代自身も手がかりを見つけ出したかった。

——どうにかして、チームの危機を乗り越えなくては。

殺人班に異動したいとか、金星を挙げたいとか、希望はいろいろある。だがその前に、自分たちの立場を守らなければ、という気持ちが強かった。小野塚理事官が羽村文書を手に入れ、証拠を隠滅したいと考えているのなら、秘密を知ってしまった矢代たちは邪魔になるはずだ。小野塚が圧力をかけて文書解読班を解体し、矢代たちを僻地《へきち》の交番に飛ばすようなことも考えられる。そうなったら、捜一の殺人班で働くことなど一生できなくなるだろう。

焦りを感じながらも、矢代は念入りに捜索を進めた。箪笥《たんす》のうしろや、冷蔵庫の下、汚れたカーペットの裏まで丹念にチェックしていく。

作業を始めてから一時間ほどたったころ、寝室でふと気づいたことがあった。

「夏目。入沢さんはたしか、寝具メーカーの社員だったよな」

「はい、そうです」台所から夏目の声が聞こえた。「五十四歳ですから、もう三十年以上、勤めていたはずですよ」

矢代は壁際に設置されたベッドから、掛け布団、敷き布団などを取りのけた。入念に調べてみたが、特に異状はない。そのあと押し入れを覗くと、もう一セット、布団が用意されていた。念のため、矢代はそれを引っ張り出した。敷き布団からファスナー付きのカバーを外してみる。

そこで、はっとした。カバーの中に、ラップフィルムで包まれた紙が入っていたのだ。ボールペンで何かメモされているようだ。皺《しわ》になったところを伸ばして、矢代は内容を確認した。

入沢博人↓イマダ　西松二三也↓ニムラ　釘本洋介↓クギモト
十月三日　世田谷区駒沢4—×—×　大曽根健三

矢代はそのメモを持つと、急いで寝室を出た。

「鳴海主任、これを見てください！」

「何か出てきたんですか？」

居間を調べていた理沙が、作業の手を止めて立ち上がる。台所にいた夏目もこちらにやってきた。

「布団カバーの中にこれが隠してありました」矢代はメモをふたりに見せた。「やはり入沢さんは、西松さんや釘本と関係があったんです。それから二行目。今から二十年前の十月三日に大曾根健三さんが殺害され、現金五千万円が奪われる駒沢事件が起こりました。このメモは釘本たち三人が、大曾根宅に押し入ったことを示すものじゃないでしょうか」

「これ、重要なメモですよ!」夏目が興奮した口調で言った。「でも、一行目はどういう意味です? 入沢さんがイマダ、西松さんがニムラ、でも釘本はクギモトのままっていうのは……」

もしかしたら、と理沙がつぶやいた。彼女は宙を見てしばらく考え込んでいたが、やがて何かに気づいたという表情を浮かべた。

「行間を読む、という言葉がありますよね。このメモに対して推測、こじつけ、当てずっぽうを総動員するなら、こんな解釈ができそうです。入沢さんと西松さんは、二十年前の十月三日に大曾根さんを襲うという計画を立てた。そのとき釘本洋介を仲間に誘ったんじゃないでしょうか。計画の段階から入沢さんはイマダ、西松さんはニムラという偽名を使うことにしたけれど、釘本にはそれを隠しておいて、彼だけ本名で呼んだ。なぜかというと、あとで釘本が捕まったとき、自分たちの正体を警察に知られないためです」

矢代は「そうか！」と声を上げた。

「羽村文書に書いてありましたよね。釘本は共犯者がいると主張していたって。それが入沢さんと西松さんだったわけですか。だから入沢さん——いや、入沢博人は、布団カバーの中にそんなメモを隠していたんだ」

「確証はありませんが、そう考えればいろいろと納得できます。ここから先は、その方向で推測してみましょう。……強盗殺人事件のあと入沢、西松を恨んだ人間がいて、二十年たってからふたりを殺害した。その犯人は誰なのか。ヒントが三つあります。入沢や西松の遺体が狭い場所に押し込められていたこと。そしてもうひとつ……」

「現場に青い革手袋が残されていたことですね」

そのとおり、と理沙はうなずく。

「それらは、入沢と西松が過去の強盗殺人に関わっていることを暗喩《あんゆ》するメッセージだったんじゃないでしょうか」

そう考えれば、青い革手袋は事件を想起させるアイテムとして際立つことになる。

「でも、そうだとすると犯人は誰に対して、そのメッセージを残したんですか？」

「入沢と西松を恨む可能性がある人物は誰か……。まずは、駒沢事件で殺害された大曽根さんの家族や知人といった関係者ですよね。あとは、犯人として逮捕された釘本の関係者じゃないでしょうか。たとえば釘本に家族がいて、入沢や西松に嵌められたことを知ったら、ふたりを許せないと感じるのでは？」

「でも、なぜ今なんでしょうか」夏目が怪訝《けげん》そうに尋ねた。「駒沢事件はもう二十年も前のことだというのに」

「何か犯人側に事情があったのかもしれません。長年調べて、ついに入沢と西松のことがわかったとか、今年やっと殺害の準備ができたとか……」

「あるいは、自分はもうどうなってもいい、という覚悟ができたとか？」

矢代が言うと、理沙はぎくりとした表情を見せた。

「自暴自棄になったということですか。そうだとすると、この犯人は非常に危険です。自分の退路を断って犯行に及んだとすると、これから何をしでかすかわかりません」

不特定多数を巻き込んで事件を起こす、という意味だろうか。矢代自身が口にしたことだが、最悪の事態を考えるとさらに焦燥感がつのってくる。

と、そこで夏目がバッグの中を探り始めた。資料ファイルを出して、彼女はページをめくっていく。しばらく捜査資料を調べていたが、やがて顔を上げた。

「報告よろしいですか。ひとつ気がついたことがあります」

「聞かせてください」と理沙。

夏目が差し出したのは、菊川のアジトにあった写真のコピーだった。富野が四つに裂いて捨てていったと思われるものだ。

「私たち、この写真について富野に質問することができませんでしたよね」

「ええ、細かいことを尋ねる前に、彼はさらわれてしまったから……」

「右側の男は西松二三也ですけど、左側は入沢の若いころじゃないでしょうか」

矢代と理沙はその写真をじっと見つめた。そう言われると、目と鼻の特徴が似ているようだ。現在の入沢は髪が薄くなってしまっていたが、二十年前は長髪だったのだろう。ひとめでは、同じ人物だとわからないほどの変貌《へんぼう》ぶりだった。

「もし左側が入沢だとすると、真ん中の男は……」

「ええ、彼が釘本ではないかと」

夏目に言われて、矢代もようやく気がついた。

「これは駒沢事件を起こす前に、三人で撮影した写真なのか」

「そうだと思います。そして、この写真を持っていたのは富野泰彦でした。ひょっとしたら、富野は釘本と深い関係があったんじゃないでしょうか。苗字《みょうじ》は違っていますが、たとえば息子だったのかも……」

「富野が釘本の息子だって？」

思わず、矢代は大きな声を出してしまった。その考えは今まで出てこなかった。だが言われてみれば、たしかに可能性はある。

「駒沢事件を詳しく調べるために、富野は警視庁に入ったわけか。そう考えると、彼が強い正義感や使命感を持っていたことも納得できる」

苗字を変えるなどして出自を隠し、警察に入ったのかもしれない。そして機会をうかがい、駒沢事件について独自の捜査を進めていたのではないか。

矢代は腕組みをしながら、推測を口にした。

「だとすると、富野が捜情に入ったのは偶然ではないかもしれない。彼はいろいろ下準備をして、自分が捜情に招かれるようにしたんじゃないだろうか。日ごろから上司へアピールもしていただろうし……。捜情に入ってからは駒沢事件のことを調べて、小野塚理事官の不正を知った。富野にとって、理事官はかたきと言える人物だ。だからその事実を突きつけて、小野塚理事官を脅した……」

「理事官を……脅した？」理沙は身じろぎをした。

「たぶん富野はやりすぎたんです。その結果、小野塚理事官は激昂《げきこう》して、彼の持っていた文書を奪おうと考えた。富野はそれに勘づいて、鳴海主任に助けを求めようとしたんでしょう。でも結局、彼の動きはどれも中途半端でした。早いうちに相談せず、メモを残すなんていう遠回りなことをした。その間に、捜情の同僚たちに追われることになってしまった。もっとうまく立ち回ればよかったのに……」

理沙たちに宛てられたメモには、義憤を感じて文書を係長に見せた、といったことが書かれていた。しかし、それは嘘だったのかもしれない。

推測でしかないが、信憑性《しんぴょうせい》は高いように思われた。富野は警察官でありながら入沢と西松を殺害し、その一方で小野塚を脅迫していたのではないか。それは二十年前、小野塚が取調べで暴行を加えたという話より、よほど衝撃的だ。

炎のような復讐《ふくしゅう》心の前では、警察官としての正義感など働かなかったということだろうか。

「やはり鍵《かぎ》を握るのは富野泰彦ですね」理沙は矢代たちに話しかけた。「彼を見つけなくては、この複雑な事件の真相はわからない。いえ、それだけじゃありません。このままでは、私たち文書解読班もどうなってしまうか……」

　彼女は厳しい表情を浮かべている。

　しばらく思案したあと、理沙は居間のローテーブルの上に捜査用のノートを広げた。

「こんなふうに行き詰まったときこそ、冷静に状況を見直す必要があります」

　理沙はノートに、タスク管理表を書き始めた。

- □荒川事件……被害者・入沢博人
  - □浴槽の遺体、目隠しフェンス
  - □青い革手袋（右手用）
- □綾瀬事件……被害者・西松二三也
  - □ペット用ケージの遺体
  - □青い革手袋（左手用）

□駒沢事件……被害者・大曾根健三（二十年前）
■釘本の死因　★取調べ中の暴行によるくも膜下出血（羽村文書）
□入沢、西松の関与
□富野事件……逃走者・富野泰彦（捜査情報係）
■アジトの発見　★菊川
■羽村文書の発見
□入沢、釘本、西松の三人だと思われる写真「暗数」
□捜査情報係と富野の居場所

矢代たちはこの表をじっと見つめた。項目を指差しながら理沙が言った。

「富野の逃走が荒川事件、綾瀬事件と関わっているのは明らかです。だとすると、浴槽やペット用のケージも、何か関係ありそうな気がします」

「あの革手袋も気になりますね」と矢代。

「富野の居場所さえわかれば、一気に捜査が進みそうなんですけど……」

そのとおりだ、と矢代は思った。だがそれを知るためには、捜情を探る必要がある。

次の一手について、矢代はしばらく考えてみた。それから、理沙に提案した。

「正面から攻めてみますか？　桜田門に戻って、正々堂々とクレームをつけてみたらどうでしょうか。たとえば池内理事官を立会人にして『富野を出せ』とねじ込むとか」

「いや、それはうまい手ではないでしょう。とぼけられて終わりですよ」

「じゃあ、どうすれば……」

矢代が言いかけたとき、理沙の携帯電話にメールが届いたようだ。彼女は携帯の液晶画面を確認していたが、じきに明るい表情を見せた。

「いい情報が来ました。ちょっと待っていてください」

携帯を捜査して、理沙はどこかへ電話をかけ始める。相手はすぐに出たらしい。

「鳴海です。メールをありがとうございました。さっきの情報、たしかですよね。……了解しました。あとでしっかりお礼をしますから」

相手は誰なのだろう。理沙はいったい、どこから情報を得たのか。

電話を切って、彼女は矢代たちのほうを向いた。

「谷崎さんから連絡がありました」

「どうして谷崎から……」

文書解読班とともに行動していてはリスクがある。そう考えて、彼は科学捜査係に戻ったのではなかったか。その谷崎が、なぜ理沙に電話をかけてくるのだろう。

「ゲームセンターから出たとき、谷崎さんは捜情の車を動画撮影していましたよね。車のナンバーを読んでもらって、調査をお願いしたんです」

「でも、あいつがよく協力してくれましたね」

「もともと科学捜査係に戻ってほしいと言ったのは私なんですよ」

え、と言って矢代と夏目はまばたきをした。

「一緒にいたら、彼も捜情の監視対象になってしまうでしょう？　だから別行動をとるようにして、Ｎシステムで車を検索してもらったんです」

Ｎシステムというのは自動車ナンバー自動読取装置のことだ。全国各地の主要な道路に設置されていて、通過する車のナンバーを自動的に記録している。

「捜情の車がヒットしたんですか？」

「ええ。昨日は品川《しながわ》駅までしか追えなかったんですが、今日また車が動いて、別ルートを走ったそうです。大崎《おおさき》二丁目付近まで追跡できたということでした。その辺りに捜情が拠点を持っている可能性があります」

「本当ですか？　ありがたい情報だ！」勢い込んで、矢代は言う。

「ええと……先輩、ちょっとまずいですね。私、あとで谷崎くんに謝らないと」夏目は顔を曇らせていた。「彼のこと、裏切り者だと思っていました」

「敵を欺くにはまず味方から、ですよ」

口元を緩めて夏目にそう言ったあと、理沙はすぐに真剣な表情を見せた。

「矢代さん、夏目さん、ここからは攻めますよ」

「了解です」

入沢宅の捜索を中止して、矢代たちは移動の準備を始めた。

3

大崎駅から二百メートルほど離れたところでタクシーを降りた。

矢代は周囲に目を配りながら住宅街を歩いていく。夏目は携帯の画面で地図情報を確認し、理沙は電話をかけて谷崎と話していた。

「……ええ、今、歯医者さんの前です。もう少し絞り込めませんか。……難しい？　そうですか。とにかく、このへんで車が停まった可能性があるわけですよね。……ええ、何かわかったら連絡をください。谷崎さん、あなたのこと、頼りにしていますよ」

今の言葉を聞いて、谷崎はますますやる気を出したに違いない。このあと、いい情報が入ることを祈りたかった。

Nシステムの装置はどこにでも取り付けられているわけではない。住宅街の細い道などには、もちろん設置されていないのだ。

だが、おおまかな動きを推測することは可能だった。

谷崎が調べたところ、捜情のワンボックスカーは午前十一時過ぎ、大崎駅付近を通過して第二京浜《けいひん》国道のほうに向かった。しかしそこから先、第二京浜ではナンバーがヒットしていない。ということは、この大崎地区のどこかで停車したと考えられるわけだ。

もちろん、細い道を走り続ければNシステムを避けられるのだが、運転に時間がかかるから面倒なことはしないだろう、というのが矢代たちの考えだった。今は、この一帯に拠点があるという可能性に賭《か》けたかった。

担当の三区画を決め、矢代たちは分かれてワンボックスカーを探すことにした。何かあればすぐ携帯で連絡を取り合うことになっている。

矢代は大崎の地理には詳しくないから、思いのほか住宅が多いことに驚いた。細い路地が入り組んでいて、携帯で地図を見ていなければ迷ってしまいそうだ。

スーツを着た矢代が住宅街をうろついているのを見て、何だろうと怪訝《けげん》そうな目を向ける住人がいた。通報されたりしないよう、矢代は足を速める。

探しているワンボックスカーの色は黒だ。白やシルバーの車は何台かあったが、黒はなかなか見つからない。捜情はいったいどこに拠点を構えているのだろう。

四十分ほどたったころ、ある家のカーポートを見てはっとした。雨よけのカバーを掛けられているが、ボディーが黒く塗装されているのがわかる。ナンバーは下半分が見えるだけだったが、谷崎から聞いていた番号と一致していた。

――見つけた！　ここが奴らの拠点だ。

矢代はワンボックスカーから建物へと視線を移した。二階建てで、壁はクリーム色。庭には芝生があるが、あまり手入れはされていないようだ。玄関の脇に、段ボール箱が三つ積まれているのが見えた。

門扉の横には《加藤《かとう》》という表札がある。

一度その家を離れ、アパートの陰に入って、矢代は理沙に架電した。

「矢代です。例の車を発見しました。場所を説明しますので、来てください」

「了解。すぐに向かいます。夏目さんには私から連絡しておきます」

十分ほどで理沙がやってきた。夏目はそのあと二分ほどで到着した。

アパートの陰から理沙はその家を観察する。夏目も息を詰め、目を凝らしていた。ここから先は慎重な行動が必要だ。

「鳴海主任を待つ間、隣の家で話を聞きました」矢代は小声で報告した。「加藤という住人とは、まったくつきあいがないそうです。最近スーツの男たちが出入りしているのを何度か見た、ということでした」

「間違いありませんね。ここが彼らの拠点でしょう」

「今、中に何人いるかは不明ですが、車がありますから富野はいると思います」

「私たちの目的は富野の奪還です。でも、おとなしく引き渡してくれる人たちではないでしょうね」

理沙は腕時計を見て、何か思案している。夏目がそっと尋ねてきた。

「たしか、捜情には十名いるということでしたよね」

「富野のメモにそう書いてあったな。はたして、富野ひとりを監禁しておくのに何人必要だろう……。まあ、二名か三名というところか」

「こちらも三人ですね」と夏目。

「しかし、ひとりは頭脳労働担当だからな」
矢代は理沙をちらりと見た。それに気づいて、理沙は眉《まゆ》をひそめた。
「私だって、やるときはやりますよ。でも、たぶんそこまでしなくても大丈夫だと思います」
「無理して怪我をされたら困りますからね。ここは俺たちに任せて……」
と、そのとき、加藤宅の玄関が開いた。矢代たちは慌ててアパートの陰に隠れる。
ドアから出てきたのはダークスーツの男たちだった。ひとり、ふたり、三人。そのあ
と富野が両脇を支えられて現れた。捜情は全部で五名だ。
富野は顔を腫《は》らしていた。羽村文書を渡さなかったため、暴行を受けたらしい。その
文書は今、理沙が持っているのだから渡しようがなかったはずだ。だが捜情の男たちは
その説明を信じなかったのだろう。
敵は五人、こちらは三人。さすがにこれはきついな、と矢代は思った。
三人のうち理沙は当てにならないから、動けるのは自分と夏目のふたりだ。話し合い
をするにしても、揉《も》み合いになるにしても、完全にこちらが不利だった。
だが、手をこまねいているわけにもいかない。今回は運よく拠点を見つけることがで
きたが、次の場所に移られたら、もう見つけられないかもしれない。
眼鏡をかけた男が運転席に、顎《あご》ひげの男が助手席に乗り込んだ。スライドドアを開け
て、残りの三人が富野を後部座席に押し込んでいる。

カーポートに扉はない。放っておいたら、ワンボックスカーはこのまま出発してしまうだろう。

やるしかないか、と矢代が考えていると、いきなり理沙が民家に向かって走りだした。

「そこの車、待ちなさい！」

「え？　鳴海主任、いったい何を……」

驚いて矢代は彼女のあとを追った。何の段取りもなしに行動するとは、あまりにも無茶だし無謀だ。今まで何のために隠れていたのだ、と舌打ちしたい気分だった。

理沙は敷地の中に入って、ワンボックスカーの前に立った。これにはスーツの男たちも驚いたようで、みな彼女を凝視している。男たちはそれぞれ、自分の座席のウインドウを下げた。

「警視庁捜査一課科学捜査係、文書解読班の鳴海理沙です」理沙は運転席の男に向かって言った。「あなたたちは警視庁捜査一課、捜査情報係のメンバーですね？」

「おい、そこをどいてくれ」

運転席の男は、指先で眼鏡のフレームを押し上げながら言った。だが理沙は一歩も動かない。どうやらここで話をつけるつもりらしい。

仕方なく、矢代は彼女の隣に立った。それをちらりと見てから、理沙は続けた。

「その車の後部座席に乗せられたのは、富野泰彦ですね。あなたたちの同僚であって、しかし仲間ではない者。そうです、富野は同僚を裏切った。だからあなたたちは彼を捕らえて暴行を加えた。……富野さん、その顔、かなり殴られましたね？」

「おかしな言いがかりはやめろ」眼鏡の男は不機嫌そうな声を出した。「我々は急いでいる。早くそこをどけ」

「あなたたち！ 拉致《らち》した人間をどこへ連れていく気ですか」理沙は声を強めた。「別のアジトに連れていって、もっと痛めつけるつもりですか。それとも東京湾にでも沈めるつもり？ 恐ろしい！ なんて恐ろしいことを！」

芝居がかった理沙の声を聞いて、近所の住人が窓を開けた。通行人が足を止め、何事かという顔でこちらを見ている。

まいったな、と矢代は思った。理沙は一般市民に目撃させることで、捜情の行動を制止しようとしているのだ。だがこうして騒ぎを起こせば、それに伴ってリスクも生じる。焦った捜情はここを強行突破しようとするかもしれない。彼らは普通の刑事ではない。上司の代わりに汚い仕事を引き受ける、規格外の存在なのだ。

「いい加減にしないか」

運転席と助手席のドアが開いて、ふたりの男が外に出てきた。顎ひげの男はかなり気性が荒いようだ。理沙に近づき、肩に手をかけた。

「どけと言ってるだろうが」

「おい、離せ！」矢代は男の腕をつかんだ。「その人は俺の上司だ」

「はあ？ 上司だと？ 笑わせてくれるじゃねえか」

にやりとしたあと、男は急に真顔になった。矢代の襟をつかんで、思い切り手前に引く。腹に膝蹴《ひざげ》りを食らって矢代は咳《せ》き込んだ。

——くそ、やりやがったな。

すぐに体勢を立て直し、顎ひげの男に突進した。足払いをかけようとしたが、敵は手強《ごわ》い。ふたりともバランスを崩して、カーポートの上に倒れ込んだ。

そこへ眼鏡の男が加勢にきた。後部のスライドドアからも、男が降りてくる。

「やめろ、ゲスども！」

そう叫んだのは夏目だった。眼鏡の男に飛びかかり、揉み合いになった。後部座席から降りてきた男は、ボンネットの前で理沙を捕らえようとする。

矢代は理沙を助けに行こうとしたが、うしろから顎ひげの男に殴打された。一瞬で頭に血が上った。

「この野郎！」

大声で叫びながら、振り返って応戦する。現場は収拾がつかなくなってきた。

近隣住民が何人も家から出てきた。みな戸惑うような顔だ。

「一一〇番！　警察呼んで」誰かが叫んだ。

だが、そのときだ。野太い男の声が住宅街に響き渡った。

「警察だ！　全員、動くな！」

はっとして矢代は動きを止めた。捜情のメンバーも、驚いた様子で声のしたほうを見る。

十人ほどの男たちが路地を走ってやってきた。先頭に立った中年男性を見て、矢代は意外な思いにとらわれた。

それは、捜査一課四係の川奈部だったのだ。


「この男たちを逃がすな。車の中の奴らもだ」

川奈部に命令され、刑事たちは油断なく身構えながらスーツの男たちに近づいていく。相手が多すぎると判断し、捜情の男たちは抵抗をやめた。

「無事だったか、倉庫番」川奈部が矢代に声をかけてきた。

「……川奈部さん、どうしてここに？」

「鳴海さんに呼ばれたんだ。荒川事件の犯人がいるから、大至急来てくれってな」

「なんだ、そうだったんですか。助かりました」

矢代は周囲を見回し、理沙を見つけて近づいていった。そばには夏目もいて、はあはあと肩で息をしている。

「主任、怪我はありませんか」

「ありがとうございます。なんとか大丈夫です」

怪我がないとわかって、矢代は胸をなで下ろした。無茶で無謀なことをするといっても、上司は上司だ。ここで負傷されたりしたら寝覚めが悪い。

「しかし川奈部さんたちを呼んだんなら、俺にも教えておいてくださいよ」

そういえば、先ほど理沙は腕時計を見て時間を気にしているようだった。あれは川奈部たちの到着を待っていたのだろう。

「いや、間に合うかどうか、わからなかったものですから」理沙は申し訳なさそうに言った。「それで、少しでも時間を引き延ばそうとしたんです」

とはいえ、引き延ばしたとしてもせいぜい数分のことだったはずだ。川奈部が間に合ってくれたからよかったが、あのままなら、矢代や夏目は叩《たた》きのめされていただろう。

――そんな危ない賭《か》けに、巻き込まないでほしいんだが……。

矢代はひとり、深いため息をついた。

角を曲がって三台の警察車両が姿を見せた。川奈部たちは少し離れた場所に車を停めていたようだ。

五人の男たちは警察車両に分乗させられた。おとなしく従ってはいるが、みな険しい顔つきだ。車内で事情聴取が始まった。

あの男たちは自分の所属を説明するだろうか、と矢代は考えた。捜情の活動には秘匿事項が多い。組織の秘密を明かすことになるから、詳しいことは話せないはずだ。みな黙秘するのではないかと思われる。

しかし彼らは脚を負傷した富野を拉致し、顔に暴行を加えているのだ。監禁、傷害などの罪に問われるから、いつまでも身元を隠してはいられないだろう。矢代や理沙の証言も重要視されるに違いない。

理沙は黒いワンボックスカーの左側に回った。スライドドアが開かれ、後部座席に富野が取り残されていた。殴られて、腫《は》れてしまった顔が痛々しい。

「富野さん。あの文書は読ませてもらいました」理沙は彼に話しかけた。「いくつか確認したいことがあります。隠し事をせず、知っていることをすべて話してください」

「あれがすべてだよ」痛みに顔をしかめながら、富野は答えた。「あの文書を手に入れて、俺は怒りを感じた。だから上司に報告して、幹部に伝えてもらおうと……」

「そのストーリーはもう終わりです。このゲームはバッドエンドですよ」

理沙はうしろを振り返った。スーツの男たちは全員、警察車両の中だ。

「でもあなたの知っているストーリーは、ほかにもありますよね。それを話してほしいんです。正確に、そして正直にね」

「鳴海さん、気づいているのか？」

探るような目で富野は理沙を見つめた。ええ、もちろんです、と彼女はうなずく。

「文字の神様は、すべてお見通しですよ」

富野はしばらく宙に視線を泳がせていたが、やがて覚悟を決めたという表情になった。

「わかった。俺が知っていることをすべて話そう」


一時間後、矢代と理沙、夏目は桜田門の警視庁本部に戻った。

エレベーターに乗り、いつものように六階へ移動する。ケージから降りると、理沙は足早に廊下を歩き始めた。矢代と夏目はそれに従う。

やがて理沙は足を止めた。そこは自分たちの部屋ではなく、科学捜査係の執務室だ。ドアを開けて、彼女は室内に目を走らせた。だがいつもと違って、メンバーの姿がほとんどない。事務作業をしていた女性を見つけて、理沙は問いかけた。

「文書解読班の鳴海です。みなさんはどこに？」

「今、奥の会議室で技術研修会をやっていまして……」

「ありがとう」

短く言うと、理沙は会議室に向かった。事務の女性は驚いた顔で呼びかける。

「あの、ちょっと……。電話も取り次がないように、と言われていますので」

だが理沙は振り返らず、靴音を響かせて歩いていく。強くノックしてから、会議室のドアを開けた。

矢代と夏目も、うしろから室内を覗《のぞ》き込んだ。ロの字形に設置された長机を囲んで、科学捜査係のメンバーが集まっている。ホワイトボードの前に立っているのは、顔見知りの主任だ。

「どうした、鳴海。今は研修中なんだが……」

主任は怪訝《けげん》そうな顔をして言った。理沙はメンバーを見回していたが、やがて目的の人物を見つけたようだ。

「谷崎さん、ちょっと話を聞かせてもらえますか」

「え？　いきなり何です？」

奥の席にいた谷崎が、戸惑うような表情で尋ねた。訳がわからないという様子だ。理沙は重ねて、彼に言った。

「重要な話なんです。お願いします」

「いや、しかし僕は今……」

「谷崎くん、がたがた言わずに来なさい！」夏目が声を荒らげた。「急いで！」

弾《はじ》かれたように谷崎は立ち上がった。素早く彼に近づいて、矢代は右腕をつかむ。

「さあ、行くぞ」

「申し訳ありませんが、谷崎さんをしばらく借ります」

理沙はそう言って、科学捜査係の主任に頭を下げた。主任は驚いていたが、こちらの勢いに圧倒され、黙ったままうなずいた。

矢代たちは谷崎を連れて外に出る。大きな音を立てて、会議室のドアが閉まった。

4

夜になって、かなり気温が下がってきた。

午後七時五十五分。矢代と理沙、夏目の三人は、中央《ちゅうおう》区新川《しんかわ》の隅田川《すみだがわ》テラスにいた。

川の向こうには佃《つくだ》の高層マンション群が見える。マンションの窓には無数の明かりが灯《とも》っていた。あの明かりひとつひとつの下に食卓があり、テレビがあり、家族の団欒《だんらん》があるのだろう。

ほんの数メートル先から水の音が聞こえてくる。このテラスは隅田川沿いに長く続く遊歩道で、誰でも立ち入ることが可能だ。だが秋の日が落ちて真っ暗になったこの時刻、散歩をする者はひとりもいなかった。

腕時計に目をやったあと、夏目が小声で言った。

「八時になりました」

矢代は周辺に目を走らせる。新川地区と佃地区を結ぶ中央大橋の上を、タクシーや乗用車が走っていくのが見えた。隅田川の下流にはプレジャーボートが漂っている。

ややあって、誰かが階段を下りてくる足音が聞こえた。薄闇の中に目を凝らしてみる。ひとりの男性がこちらにやってくるのがわかった。

その男性はテラスを歩いて、外灯の下にいる矢代たちに近づいてきた。青白い明かりが、その人物の顔を照らし出す。すらりとした体形。高級そうなスーツ。柔和な表情の中にも、鋭さの感じられる目。

池内理事官だった。

先ほど彼が下りてきた階段の上に、矢代は視線を向けた。十五メートルほど向こうに人影が見える。あれは今朝、駐車場で矢代たちを邪魔しようとした運転手の小林だ。離れた場所で待つよう、池内に指示されているのだろう。

池内は理沙の前で足を止めた。

「お疲れさまです。お呼び立てして申し訳ありません」理沙は丁寧に頭を下げた。

「大事な報告がある、という話だったな。聞かせてもらおうか」

はい、と答えて理沙は口を開いた。

「二十年前に駒沢在住の大曾根健三さんが殺害され、約五千万円が奪われました。その駒沢事件について、今日、私たちは調べてみたんです。そこで得られた情報に、羽村文書の内容を加味して、自分なりの筋読みを行いました。……駒沢事件は釘本洋介、入沢博人《は》、西松二三也の三人が起こしたものと思われます。ですが入沢、西松に嵌められて、釘本だけが逮捕されました。

釘本はほかに仲間がいると自供しましたが、ふたりはイマダ、ニムラという偽名を使っていたため、警察が調べても手がかりがつかめませんでした。それで、取調官は共犯者などいないと判断し、おまえひとりの犯行だろう、と釘本を責めた。まだ取調べの録画など行われていないころですから、取調官もかなり荒っぽいことをしたんでしょう。誰にも信じてもらえないと感じた釘本は絶望し、急性ストレス障害を起こして、留置場で自殺してしまいました。便器の上にあった照明器具にトレーナーを引っかけ、それで首を吊《つ》ったんです。もともと精神的に少し脆《もろ》いところがあったようで、それも影響してしまったのだと思われます」

そこまで聞いて、池内は眉《まゆ》をひそめた。首をかしげて理沙に尋ねる。

「釘本は小野塚から暴行を受けて、くも膜下出血で死亡したんじゃないのか？」

「羽村文書にはそう書いてあります。ですが、おそらくそれは事実ではありません。当時検視を行った人物は亡くなっていますが、助手だった人から話を聞くことができました。釘本は窒息死していたそうです。状況から考えて、留置場での自殺と考えるのが妥当だということでした。そして彼の体に、暴行された痕《あと》などはなかったということです」

「おかしな話だな。なぜあの文書と違っているんだ？」

ええ、そうですね、と理沙は応じる。

「私も不思議に思います。……話は変わりますが、釘本洋介には息子がいました。隆文《たかふみ》といって、現在は二十八歳です。彼は駒沢事件の犯人の息子として冷たい目で見られ、小学校、中学校ではいじめを受けました。家の壁に落書きされたり、庭に汚物を撒《ま》かれたり、金をゆすり取られたり……。相当ひどかったようです。そんなことがあって、彼は亡くなった父親を憎んでいました。自分がこんな目に遭ったのは、あの父親のせいだというわけです」

言葉で聞くのは簡単だ。しかし当時の状況を想像すると、その息子には同情せざるを得なかった。矢代がもっとも嫌うのは、大勢の人間が弱者を攻撃することだ。どんな理由があっても、それは絶対に許せないと思っている。

「図書館で確認したんですが」理沙は話を続けた。「事件当時の週刊誌に、釘本が共犯者の存在をほのめかしていた、という記事が一度載ったんです。でもそのことは、じきに忘れられてしまったようでした。……ここから先は私の推測が交じりますが、あるとき隆文は父の遺品を整理したんじゃないでしょうか。そのとき彼は、父とふたりの男が写っている写真を見つけた。この男たちは誰なのか。もしかしたら週刊誌に一度載った、父の共犯者ではないのか。

隆文は調査を始めました。犯罪を起こした父のことはもちろん嫌っていました。父が憎くて、事件後には苗字《みょうじ》を母の姓に変えてしまったほどです。しかし、もし父ひとりに罪をかぶせた奴らがいたのなら許せない、と隆文は思った。このへんは彼なりの正義心に基づいていたんでしょう。……いろいろ調べる過程で、隆文は手帳か何かを見て、イマダ、ニムラという名前を知った可能性があります。もしそういう名前の人物を捜したのなら、彼は警察と同じ間違いを犯したと言えるでしょう。それでも隆文はふたりの共犯者を捜し続けました。驚くべき執念で、調査を続けたんです」

ちょっといいか、と池内が口を挟んだ。彼は戸惑うような表情を浮かべていた。

「鳴海、この話はいつまで続くんだ？」

「すみません、理事官。とても重要なことなんです」

そう言いながら、理沙は辺りを見回した。中央大橋を見て、矢代と夏目を見て、階段の上にいる小林を見た。それから理沙は、再び池内に視線を向けた。

「もう少し聞いていただけませんか、理事官」

「わかった。続けてくれ」

仕方ないな、という様子で池内は促した。理沙は再び説明を始めた。

「調査をしても、なかなかふたりにたどり着けない、という状態が長く続きました。ところが今年になって、『隆文は運よく男たちの正体を知ることができた』んです。入沢、西松という正体が一度わかってしまえば、ネットのSNSやブログでいろいろ調べることができます。また、住居や勤務先がわかれば、周辺の人物からふたりの話を聞くことも可能です。隆文は情報を集めて、もともとあのふたりの素行が悪かったこと、父・釘本洋介と仲がよかったことを突き止めました。こうして隆文は、このふたりが共犯者だと確信しました」

「SNSか。最近は誰も彼も、個人情報を垂れ流しすぎる」

何か思い出したことがあったのか、池内は渋い表情でつぶやいた。それを見て理沙はうなずく。

「私生活のことなども載せてしまっている人がいますよね。入沢や西松もそうで、SNSやブログから、彼らが充実した生活をしていることがわかってきました。それを知って、隆文は被害妄想気味になった。彼はふたりを妬《ねた》み、父の復讐《ふくしゅう》をする計画を立て始めたんです。また、共犯者を割り出せなかった小野塚さんにも恨みを感じて、彼のその後を調査しました。その結果、小野塚さんは出世して、今は捜査一課の理事官になっていることが判明した。自分の父は留置場で無様な死を迎えたのに、この違いは何なのか。憎い、と隆文は思った。

ここからは実際の犯行です。隆文は父と入沢、西松が写っている古い写真をデータとして取り込み、『暗数』という文字を入れて、ネットにアップしました。暗数とは統計に載っている件数と、統計から漏れている件数との差のことですよね。隆文がその言葉を使ったのは、共犯者を検挙できなかった警察を恨んでいたからに違いありません。あの写真には、まさに暗数である入沢と西松が写っていた。……特に説明も加えず、匿名であの写真を公開するという行為には、メリットなど何もないはずです。しかしその行為に、隆文は楽しさを感じていたんですよ」

「君はまるで見てきたように話すんだな。これが噂に聞く、文書解読班の『当てずっぽう』か」

池内は理沙に向かって、口元を緩めてみせた。それから、彼女のうしろに控えた矢代と夏目をちらりと見た。

「理事官、ここからが大事なところです」理沙は落ち着いた声で言った。「隆文は一年ほど前から、この警視庁本部に入り込むようになったんです。若手の警察官に接近し、金品を提供して取り入りました。その結果、隆文は小野塚理事官の情報をいろいろと得ることができた。小野塚さんの家も突き止めました。

そして隆文は、小野塚理事官が二十年前の取調べのとき暴行を加えたとか、共犯者の情報を握りつぶしたとか、そういうストーリーを考えました。順調に出世していた小野塚理事官を、失脚させようと画策したわけです。彼は小野塚理事官の不正を調査したような文書を捏造《ねつぞう》し、そういう文書があることを示す『噂のメモ』を、庁内の何カ所かに残しました。噂が流れることで、文書が存在するという話に信憑性《しんぴょうせい》が増すようにしたかったんです。羽村善治さんの名前は、警視庁に出入りするうちに知ったんでしょう。羽村さんが病気で亡くなったのをいいことに、彼が調査報告をしたような文書に仕上げた。もう亡くなっているから、文書の真贋《しんがん》は誰も確認できないので、好都合だったわけです。また、警視庁に出入りしている関係で、カク秘の印を見る機会があって、印を偽造することもできました」

川上から風が吹いてきた。理沙は軽く髪を搔《か》き上げる。

「さて、文書が存在するという『噂のメモ』を見た者は複数いたようですが、そのひとりが捜情の富野泰彦でした。彼はそこに書かれていた情報をもとに、メールを送るなどして隆文にコンタクトをとった。隆文としては、話が大きくなれば小野塚理事官を陥れるチャンスが増えるので、願ってもないことでした。富野に直接会うことは避けながら、釘本、入沢、西松が一緒に写った写真の存在をほのめかし、それが公開されているウェブサイトの情報を与えました。ただ、富野はダウンロードしたこの写真を、菊川のアジトで破り捨ててしまいました。もとになった写真は二十年前のもので、もはや持っていても意味がないと思ったんでしょう。いや、脚を負傷して気分が高ぶっていたことが一番の原因かもしれません。

それはともかく、最終的に隆文は、指定した場所に富野を呼び出し、そこに置いておいた羽村文書を持ち帰らせました。富野は自分の調査能力のおかげで文書を入手できたと思ったでしょうが、実際には隆文に操られていたんです。……これが、富野泰彦が羽村文書を手に入れた経緯です」

理沙は相手の反応を見るように、ここで言葉を切った。

池内は大きく眉をひそめている。よくわからないという顔で、理沙に尋ねた。

「さっきから気になっているんだが……民間企業ならともかく、警視庁本部にいったい誰が忍び込めるというんだ？　君は自分の話がおかしいと気づかないのか」

「合法的に入る方法がふたつあります。ひとつは警視庁の警察官になること。もうひとつは出入りの業者として、警視庁本部を訪問することです」

「何だって？」

「先ほど私は、『隆文は運よく男たちの正体を知ることができた』と言いました。どうやったかというと、隆文はあの写真を利用したんです。彼はネット上に存在する大量の画像データから、写真に写ったふたりの男を検索しようとしました。もちろん、そう簡単にはいきません。今、一般に提供されている技術では、とてもふたりを見つけるのは無理だった。だから自分で研究を始めたんです。

彼は大学を出たあとIT技術者になりました。会社の中で希望し、画像分析チームに入った。そのチームで類似・近似画像検索システムを開発し、警視庁に営業をかけました。それで科学捜査係とパイプができて、職員を買収することが可能となりました。このところずっと、彼はシステムのテストのために、警視庁を訪れていたんです」

理沙は隅田川テラスの西側に向かって合図をした。それを受けて、暗がりに潜んでいた男たちが現れた。

先頭にいるのは四係の川奈部主任だ。その近くで居心地悪そうにしているのは谷崎だった。彼らのうしろでふたりの若手刑事が、ある男性を両側から支えている。

その男性は青ざめた顔をしていた。歳は三十前後、縦縞《たてじま》の柄の入ったスーツを着ている。整髪料を使っているのだろう、短めの髪を逆立てていた。

ＩＴ企業、クイックワンシステムの杉山だ。

彼らは池内理事官のそばにやってきた。それを見て運転手の小林が、階段を駆け下りようとする。池内は声を張り上げて、部下の行動を止めた。

「そこにいろ！　私は大丈夫だ」

小林は戸惑う様子だったが、矢代たちを睨《にら》んだあと、階段の上に戻っていった。

「杉山隆文さん。あなたの杉山という苗字はお母さんの旧姓ですね？」

理沙が尋ねると、杉山は舌の先で唇を湿らせた。捜査員たちの顔を見回したあと、緊張した声で彼は答えた。

「……そうですよ」

「今日あなたを捕らえるきっかけになったのは、あの写真です。一昨日《おととい》、西松二三也の画像を、例のシステムで検索してもらいましたよね。そのとき『暗数』と書かれたオリジナルの画像も抽出されたけれど、あなたはその画像を、ひそかに除外したんじゃありませんか？」

杉山は黙り込んだ。彼の反応を観察しながら、理沙は説明を続けた。

「よく考えてみれば、おかしな話でした。私たちは四つに裂かれた写真を持ち込みましたが、あれはもともとネット上にあった画像を、富野泰彦がプリントしたものです。つまりあの画像は、『暗数』と書かれたオリジナルの画像と、構図などがすべて同じでした。そうであれば、類似画像として抽出できるのが普通でしょう。

まあ、一度アップロードしてダウンロードされているから、解像度が低くなっていたのは事実です。だから私が検索エンジンなどで類似画像検索をしても、ヒットしなかった。しかし、あなたの会社が開発した類似・近似画像検索システムなら、多少画像が粗くなっていても抽出できたんじゃありませんか？」

そのとおりだ、と矢代は思った。あの検索システムでは、構図が違っている西松二三也の画像でさえ、うまく抽出することができたのだ。それよりさらに一致度の高い「暗数」の画像なら、絶対にヒットしていたはずだ。

「それなのにあなたは、抽出できたとは言いませんでした。なぜでしょう。事件と無関係なソフト開発者である杉山さんが、どうして私たちの捜査を邪魔するのか。いや、待てよ、と思いました。あまりにも突飛な考えでしたが、わかりやすく説明すればこうです。……『暗数』と書かれた画像をアップしたのは杉山さんである。もしそれが抽出されたら、サーバーやサイトの持ち主が調査され、自分の正体がばれてしまうのではないか、と杉山さんは思った。そうなってはまずいので、『暗数』の画像を除外して、私たちに結果を報告したのではないか。

最初はこじつけや当てずっぽうだったかもしれません。でもそこまで考えた私は、今日の午後、谷崎さんに連絡して、あらためて『暗数』の写真を検索してもらったんです。『今は何も出ません』と谷崎さんは言いました。でもそのあと彼は、別の可能性を教えてくれたんです。……谷崎さん、何でしたっけ？」

急に名前を呼ばれて谷崎は驚いたようだ。しかし彼はすぐに答えた。

「今は何も出ませんが、過去には出たかもしれない、と言ったんです。それで、ネット上のキャッシュを保存しているサイトであらためて検索してみました。すると、本当に見つかったんです。調べてみると、ネット上から『暗数』の画像が消されたのは一昨日、十一月二十七日の夜だとわかりました」

「私たちが杉山さんに、画像検索を依頼した日です。私たちが頼んだ日に、ピンポイントでその画像が削除されたのだから偶然とは考えにくい。それで私は、杉山さんのことを疑いました。あなたの会社を調べ、親族を調べ、過去を調べました。そうするうち、少しずつあなたのことがわかってきたんです」

「俺のことがわかったって？　ふざけるな！」

杉山は顔を歪《ゆが》めて、理沙を睨みつけた。だが理沙は怯《ひる》まない。彼の視線を正面から受け止めた。

「あなたは二十四日に入沢博人さんを殺害し、二十七日には西松二三也さんも殺害しました。入沢さんの遺体は浴槽に押し込んで、目隠しフェンスで蓋《ふた》をした。西松さんのときはペット用のケージに押し込んだ。これは、釘本洋介が留置場内で亡くなったことを模していたんでしょう。狭い場所に押し込むことで、父親への手向けとしたわけです。他人にとっては何でもないことでも、あなたにとっては大きな意味があったんだと思います。……それから、遺体のそばに青い革手袋を残しましたよね。あれは、ふたりが過去の事件に関わっていたことを示したかったからですね？」

ふん、と杉山は鼻を鳴らした。相手を挑発するように、醜く顔を歪めた。

「どれもこれも、後付けの説明じゃないか。見込み捜査で人を捕まえておいて、それから理由を捏造《ねつぞう》するのか？　それが警察のやり方かよ」

「違います、杉山さん」理沙はゆっくりと首を左右に振る。「私たちは何十という可能性を考えた上で、最適な答えを求めるんです。もしその答えに矛盾があって、証拠や証言と一致しないようなら、筋読みをやり直します。そういう作業を、私たちは毎日繰り返しているんです」

杉山は舌打ちをした。語気を強め、抗議するような口調で彼は言った。

「二十年前の事件で、共犯者がいたのは事実だ。俺が少し痛めつけただけで、入沢も西松も真相を話したよ。あいつらは俺の親父に犯行を手伝わせたあと、警察に売った。大曾根健三の家から逃げるとき、入沢はこっそり青い革手袋の右側を残したんだ。それはもともと親父が使っていたもので、指紋がべったり付いていた。入沢たちは親父を嵌《は》めるために手袋を利用したわけだ。……あのくそ野郎ども！　俺は入沢たちを、親父と同じような形で殺すことにした。親父は首を吊《つ》って死んだ。それを思い出させるため、奴らを窒息させたんだ。赤い顔をして、だらんと舌を出して、あれは見物だったな。そのあと狭いところに死体を押し込んで、現場に青い革手袋を残しておいた。二十年前の事件と関係あるぞ、という警察へのヒントだ。どうだい、俺は親切な人間だろう？」

熱に浮かされたように、杉山はそこまで一気に喋《しゃべ》った。だが矢代たちが見守る中、彼は急に表情を曇らせた。まるで自分が喋った言葉に傷つき、自己嫌悪に陥ったかのようだった。

「あんたたちは知らないだろうがな」杉山は小声で言った。「俺の親父は心の弱い人だったんだ。だから俺は早く大人になって、守ってやらなくちゃいけないと思っていた。それなのに……親父は無理して強盗殺人なんかを手伝って……。本当に馬鹿だよ。たぶん、うちの借金を返すためだったんだろうけどさ……」

今、彼の胸の中で、さまざまな思いが駆け巡っているに違いない。杉山はひとり、唇を震わせている。

父親のせいで嫌がらせを受けたことなど、同情すべき事情はある。だが、情状酌量を考えるのは、自分たち警察官の役目ではない。そのことは意識しておくべきだと、矢代は自分に言い聞かせた。

「杉山さん、小野塚理事官を告発する文書を作ったのはあなたですね？」

「ああ、そうさ。何が理事官だ！　あんな奴はクビになって路頭に迷えばいいんだよ」

怒りにとらわれながら、杉山は吐き捨てるように言った。


若手の捜査員ふたりは、杉山を連れてテラスの西側へ戻っていった。その方角に警察車両が停めてあるのだ。川奈部と谷崎は矢代たちのそばに残った。

表情を引き締めてから、理沙は池内のほうを向いた。

「さて、池内理事官、先ほどの話に戻ります。杉山が羽村文書を作ったことは、おわかりいただけたと思います。問題は、その文書を利用しようとした人物がいたことです」

「利用……とはどういうことだ？」

池内はまばたきもせず、じっと理沙を見つめている。だが理沙は動じなかった。

「告発の文書が存在する、ということを示した『噂のメモ』ですが、それを見つけたのは富野だけではなかった。池内理事官、あなたの部下も見つけていたんじゃありませんか？　報告を受けて、これはいい、とあなたは考えた。その文書を見つければ、ライバルを失脚させるのに利用できそうだったからです。だからあなたは、小野塚理事官の不正の噂を少しずつ広めさせた。

それを知った小野塚理事官は、息のかかった捜査情報係に命じて、文書を捜索させたんでしょう。文書自体は捏造されたものですが、内容が内容なので放置できなかったのだと思います。ところがその途中で、文書を見つけた富野が逃走を図った。正義感の強い彼のせいで話がややこしくなったわけです。捜情は富野を捜しました。文書を奪うことはできなかったけれど、途中で手帳を入手することはできた。

のちに岩下管理官は小野塚理事官に指示されて、私たち文書解読班に富野の捜索を指示しました。それまでに文書の内容は、捜情の係長から報告を受けていたのだと思います。だから小野塚理事官としては早く富野を発見できるよう、保険をかける意味で私たちを使った。手帳が黒塗りされていたのは、告発文書に関わることがメモされていたからでしょう」

池内は黙ったまま、右手で前髪を整え始めた。その不自然な行動の裏には、焦りが隠されているのではないか。矢代は息を詰めて池内を観察する。

じっと何かを考えている池内に、理沙は厳しい視線を向けた。

「池内理事官。あなたはあの羽村文書を利用して、小野塚理事官を陥れようとしました。直接、罪に問われるようなことではないかもしれません。でもあなたがそういう手を使ったことは、警視庁の上層部にとって、無視できないことではないでしょうか」

「だったら何だというんだ！」

池内はもはや苛立《いらだ》ちを隠すことなく、強い口調で尋ねてきた。少し前までの紳士的な態度は、どこかへ消えてしまっていた。

「文書解読班は上の気まぐれで作られたんだ。凶悪事件の時効が廃止されたから、今も捜査している、と世間にアピールするための部署だ。そんなものは、いつなくなってもいい。何だったら、次の春には解体してやってもいいんだぞ」

「池内理事官にはそれができるとおっしゃるんですか？」

「そうだよ」池内はここで、にやりと笑った。「岩下もおまえたちを嫌っているんだろう？　つまり俺だけじゃなく、小野塚派も文書解読班を目のかたきにしているわけだ。そこまで疎まれて、存続する意味があるのか？」

「もちろん、あります」理沙は胸を張った。「組織というのは文書で動くものです。文書を軽んじて、捏造したり廃棄したりする組織は、いずれ必ず崩壊します。私たち文書解読班の目的は、文書を守り、整え、次の捜査に活《い》かすことです。決して一般市民へのアピールのために存在するわけではありません。池内理事官、あなたは本当に、それがおわかりにならないんですか？」

池内は理沙のほうに一歩近づいた。いらいらした気持ちをぶつけるように声を高める。

「いい加減にしろ！　文書管理なんて間接部門の仕事だろう。警察を何だと思っているんだ。被疑者を捕らえるのが第一なんだよ」

「待ってください」

思わず矢代は声を出していた。今の言葉は黙って聞いていられなかった。

「理事官。未解決事件の関係者は、いつになっても事件から解放されることがないんです。我々は少しずつでも事件を解決して、苦しんでいる人たちを助けるべきじゃありませんか？　私の幼なじみが殺された事件も、まだ解決していません。彼女の親は今でも苦しんでいます。そういう人たちを救ってあげるために、我々の部署は作られたんじゃないんですか？」

「偉そうなことを言うな！」池内は怒鳴った。「もういい。文書解読班は解体だ。俺に楯突《たてつ》くような奴は、この捜一には必要ない」

「ですが、理事官……」

矢代はなおも食い下がろうとした。夏目も我慢できなくなったのか、口を開きかけた。

そのときだ。暗がりから男性の声が聞こえた。

「池内理事官。もう夜なんですから、あまり大きな声を出さないほうがいいんじゃないでしょうか」

みな一斉に、声のしたほうを向いた。薄暗い場所から、グレーのスーツを着た男性が姿を現した。銀縁眼鏡をかけ、目尻《めじり》の下がった穏やかそうな表情でこちらを見ている。

「財津係長！」矢代は目を見張った。

科学捜査係を取り仕切る、財津喜延だ。九州に出張していたはずだが、いつ東京に戻ってきたのだろう。

「何日も留守にして悪かったな」財津は口元に笑みを浮かべた。「まあ、何事もなかったようで安心したよ」

「いや……今の状況、わかっていますか？」と矢代。

まあ、いいから、と言って財津はこちらに近づいてきた。矢代たちのそばを通って、池内の前に立つ。

「池内理事官、お久しぶりです。じつは私、この四日ほど九州に行っていましてね」

「それが何だというんだ」

「九州は本当に食べ物が美味《おい》しいですよね。もつ鍋《なべ》に明太子《めんたいこ》に豚骨ラーメン……。いや、それはいいんですが、出張の目的は、ある文書を手に入れることだったんです」

「また文書か」池内は財津の顔を見つめた。「いったい何の……」

「お知りになりたいですか？ これなんですがね」財津は鞄《かばん》から一枚の紙を取り出した。

「告発の文書です。昔、ある男が警視庁に勤めていました。捜査一課の刑事だったんですが、どうも厄介なことに巻き込まれたようなんです。捜査をするうち暴力団とつきあい始めて、拳銃《けんじゅう》の売買に手を出してしまったんだとか。そのことを追及されて退職したんですが、どういうわけか懲戒解雇ではなく、依願退職になっていたんですよ。私、最近になってそれを知ったんですが、どう考えても変ですよね。何かあるんじゃないかと思って話を聞きに行ったんです」

「わざわざ九州にか？」

「ええ、ほかの仕事もいくつか組み合わせて、出張の許可を得ました。……現地でいろいろ調べてみると、退職したその刑事のほか、彼の後輩だった男も警視庁を辞めていましてね。もともと同郷で、捜一でも親しい間柄だったそうです。退職して、ふたりとも九州に戻っていたというわけです」

「それで、何かわかったのか」

「はい。捜一にいたとき、ふたりは上司に呼び出されて、充分な謝礼を渡すから罪をかぶってくれ、と言われたらしいんです。最初は断ろうと思ったけれど、逆らえば退職するまで嫌がらせをしてやるとか、悪い噂を流してやるとか言われて、ふたりとも辞めざるを得なかったそうです。これは大変な問題ですよ。……彼らふたり、よく私に真実を話してくれたものですよね。どうして重大な秘密を教えてくれるのかと訊《き》いたら、こう言うんです。そのとき上司がくれた金は、約束していた額よりずっと少なかったんだと。その上司、最後の最後でケチってしまったんでしょうね」

池内は口をつぐんだ。渋い表情になって、財津の顔を見ている。

手元の紙に目を落としながら、財津は続けた。

「退職を迫ったその上司というのが、驚いたことに池内理事官——当時の池内警部だったそうでして。ここに聞き取った内容をまとめて、報告書にしてあるんですがね」

「もういい、やめろ！」

吐き捨てるように言って、池内は財津を睨《にら》んだ。

「財津、きさま、こんなことで俺をつぶせると思っているのか？」

「つぶすですって？」財津は目を丸くした。「とんでもない。なぜ私がそんなことを」

「じゃあ、どういうつもりなんだ」

池内が尋ねると、急に財津の顔つきが変わった。それまでのとぼけたような表情はすっかり消えている。相手を呑《の》み込もうとするような迫力が感じられた。

「池内理事官、取引をしませんか。我々は、小野塚理事官を陥れようとした今回の騒動を、まったく知らなかったことにします。その代わり……わかっていただけますよね？」

「おまえに便宜を図れというのか？　いったい何がしたいんだ」

「便宜とまでは言いません。我々のすることに、いちいちケチをつけないでいただきたいんです。あとは、まあ、そうですね。この先ずっと、私たちを見守っていただければと」

「ずっと見守れだと？」池内は疑うような表情を見せた。「俺がおまえらの後ろ盾になるのか？　おまえら、小野塚サイドとは距離をおくということか？」

「いや、我々は中立ですから、どちらサイドというわけでもありません。……ただ、ここぞというときにはぜひ、池内理事官に助けていただきたいんですよ」

おそらく財津は、組織改変や人事異動など、重要な局面でカードを切ろうと考えているのだろう。彼がわざわざ九州まで行って情報を入手したのは、このためだったのだ。

「ちくしょう、食えない奴だ。いい気になるなよ」

池内は財津に向かって顔をしかめたあと、矢代をちらりと見てから踵《きびす》を返した。階段を上る途中で小林と合流する。何か言葉を交わしながら、ふたりは去っていった。

「財津さん、あれでよかったんですか？」

川奈部主任が近づいてきて、そう尋ねた。財津の立場を心配しているように見える。

夏目と谷崎も不安げな様子で、財津を見つめていた。

「文書解読班には未解決事件を掘り起こす役目もある」財津は言った。「俺が九州に行ったのも捜査の一環だよ。……まあ今回は、捜査の方向が組織の内側に向いていたんだけどね」

「あくまで自分の仕事をしただけ、ということですか」

「そうだよ。だってそれ以外に、俺が出張する理由なんてないだろう」

飄々《ひょうひょう》とした態度で、財津はそう言った。

いつものペースに戻ったようだが、矢代は先ほどの財津の顔を思い出して、不穏な気分を感じていた。まさか理事官を相手に、あんなことを要求するとは——。

「矢代さん、なんだか妙なことになってきましたね」

理沙が小声で話しかけてきた。彼女の顔にも戸惑うような色がある。眉《まゆ》をひそめながら矢代はうなずいた。

「財津係長が切れ者だっていう噂は、本当だったみたいですね」

「敵に回したら大変なことになりそうです。私たちも気をつけないと」

そんなことを言って、理沙は財津の様子をうかがっていた。

5

明日《あした》からはもう師走《しわす》だ。町の雰囲気はかなり慌ただしくなっている。

子供たちはクリスマスソングに胸躍らせているだろうが、組織に所属する者にとって、年末はひとつの節目だ。年内に片づけてしまうべき仕事があるから、みな慌てて走り回ることになる。

十一月三十日、午前八時。矢代、理沙、夏目、谷崎の四人は桜田門駅の改札口に集合し、周囲に気を配りながら地上へ出た。警視庁本部に入って、素早くエレベーターに乗り込む。

「昨日の隅田川テラスの一件は相当重要です」理沙が小声で言った。「古賀係長や岩下管理官、小野塚理事官にどう説明するか、考えなくてはいけませんよね」

派閥争いのまっただ中にいる矢代たちは、誰にどう目をつけられるかわからない。ばらばらに出勤すると何か吹き込まれそうだったので、今朝は四人一緒に出勤することにしたのだった。

早く執務室に入りたかったのだが、六階でエレベーターを降りると、いきなり四係の古賀係長に会ってしまった。川奈部主任も一緒だ。

「おはようございます。あの……荒川署の特捜本部に詰めていたんじゃないんですか？」

矢代がそう尋ねると、川奈部が説明してくれた。

「ゆうべ被疑者を逮捕したから、今日はこっちで課長に報告だ。取調べは荒川署で進めている」

ああ、そうなんですか、と矢代はうなずいた。隣にいた理沙が、あらたまった調子で古賀に話しかけた。

「係長、昨日はありがとうございました。川奈部さんには本当にお世話になってしまって……。大崎二丁目に駆けつけてもらった上、科学捜査係を訪ねていた杉山隆文を捕らえてもらいましたよね。そのあと隅田川テラスにまで……」

「ずいぶん都合よく川奈部を使ってくれたものだな」古賀は無表情な顔をしたまま言った。「川奈部は君の部下じゃない。君のサポート役でもない」

「はい、それについては申し訳なく思います。ただ、あの状況で私たちが頼れるのは古賀係長と川奈部さんしかいなかったんです。本当に感謝しています」

理沙は深く頭を下げた。それを見て、古賀はわざとらしく空咳《からせき》をした。

「まあ、結果的に我々が追っていた被疑者が捕まったのだから、よしとしよう。杉山隆文は犯行を自供し始めている。じきにすべてが明らかになるはずだ」

「捜情の富野たちはどうなりました？」

「あいつらか……」古賀は不機嫌そうな声を出した。「上からの命令で、四係としては捜情の取調べができなくなった。岩下管理官が捜情の別のメンバーを使って、富野たちから事情を聞くそうだ」

「え？　内部で調べるなんて、意味がないと思いますが」理沙は眉をひそめる。

「しかし、岩下さんがそう言うんだから仕方がない」

捜情は小野塚理事官の息のかかった部署だ。彼の指示を受けた岩下管理官は、急いで事態の収拾を図っているのだろう。

矢代は富野泰彦の姿を思い浮かべた。ワンボックスカーに乗せられた彼は、ひどく顔を腫《は》らしていた。あれは同僚たちにやられたに違いない。あらためて事情聴取をするということだが、暴行を加えてきた奴らの仲間から、富野は尋問を受けるのだ。この先彼がどうなってしまうのか、気になって仕方がなかった。

「それはともかく、だ」古賀は急に声をひそめた。「川奈部から聞いたが、あれでよかったのか？」

「あれ、というのは何です？」理沙は不思議そうに聞き返す。

「しらばっくれるな。昨日、財津さんが池内理事官を脅したそうじゃないか。弱みを握って理事官と交渉するなんて、聞いたことがない。大丈夫なのか？」

「係長、私たちを心配してくださるんですか？」

「馬鹿を言うな。俺は自分の身を守るので精一杯だ」

古賀は眉をひそめて理沙を見ている。彼女は少し首をかしげてから尋ねた。

「でも、古賀係長は岩下管理官の指示を受けていますよね。つまり小野塚理事官の配下にあるわけでしょう」

「外から見ればそうかもしれないが、俺は中立だ」

「中立？　財津係長と同じ、ということですか？」

「財津さんは敵に囲まれた状態での中立だろう。俺はそういうのはご免だ。味方を作らない代わりに、敵も作らない。俺は組織内の政治なんかに巻き込まれず、捜査に全力を尽くしたいと思っている。それだけだ」

そんな話をしているところへ、話題の人物が現れた。岩下管理官と小野塚理事官だ。

ふたりは何か話しながら廊下を歩いていたが、矢代たちを見ると口を閉ざした。

近くへやってきて、小野塚と岩下は足を止めた。理沙や夏目、谷崎がぎこちなく会釈をする。矢代も慌てて頭を下げた。

「誰かと思ったら鳴海か。ほう、古賀も一緒とは珍しい」

古賀係長や川奈部も、小野塚に目礼をした。

「鳴海、ゆうべ何かあったらしいな。俺に報告することがあるんじゃないのか？」

「のちほど財津係長と一緒に、うかがおうと思っていました」

「財津はいいよ」小野塚は顔をしかめた。「俺はあいつが嫌いなんだ。……なあ鳴海、財津のことは抜きにして、おまえ、俺のほうにつけよ。そうすればおまえを守ってやれる」

小野塚はまだ、理沙を取り込むのをあきらめていないらしい。

はたして理沙が小野塚サイドにつくことがあるだろうか、と矢代は考えた。もし小野塚の配下になれば、理沙たちは強い後ろ盾を持つことになる。そうなれば小野塚の部下である岩下は、文書解読班の解体などできなくなるのではないか。

と、そこへエレベーターの到着を告げるチャイムが鳴った。開いたドアから出てきたのは、ほかでもない、財津係長だ。

みなが立ち話をしているのを見て、財津は驚いたようだった。まばたきをしながらケージから出てくる。

「ええと……これはどういう状況ですかね？」

首をかしげる財津に、理沙が説明した。

「古賀係長に昨日のお礼を言っていたんです。ちょうどそこへ小野塚理事官と岩下管理官がお見えになって」

「岩下、またあとでな」

そう言って小野塚は踵《きびす》を返した。去り際に、財津の横顔をちらりと見たのがわかった。どうも小野塚は財津を警戒しているようだ。理事官ほどの地位にある彼が、係長でしかない財津をかなり意識しているように見える。そこには、いったいどんな理由があるのだろう。

岩下は小野塚のうしろ姿を見送ってから、あらためて財津のほうを向いた。

「財津係長。あなたも知っているように、私は小野塚サイドの人間です。聞くところによると、あなたたちは小野塚サイドにもつかず、池内サイドにもつかないという。その話は事実ですか？」

「よくご存じで……。さすが、お耳が早いですね」

「それで大丈夫なんですか？　組織の中で自分の身を守るには、誰かの力を借りることも必要でしょう。特に文書解読班は敵が多いのだから、なおさらです」

そう忠告する岩下を、財津は意外そうな顔で見つめた。少し考えたあと、彼は小声で尋ねた。

「岩下管理官、もしかして我々のことを気にして……」

「違います」岩下は口を尖《とが》らせた。「あなたが舵取《かじと》りを誤って、文書解読班が集中砲火を浴びたら困るんですよ」

「どうして？」

「文書解読班をつぶす人間がいるとしたら、それは私だからです。ほかの人間には絶対にやらせません」

「なるほど、そういうことですか」

いや、まいったな、などと笑いながら財津は頭を掻《か》いている。

岩下は昨夜のことをどこまで聞いているのだろう、と矢代は考えた。隅田川テラスには川奈部がいたのだから、彼から古賀、岩下へと詳しい情報が伝わっているのではないだろうか。だとすると岩下は、財津が池内を脅したことも知っているのではないか。

——これを機に、岩下管理官の態度が変わるのでは？

そんな気がした。財津がとんでもない策士だと知れば、報復を恐れる気持ちも出てくるだろう。岩下は財津を警戒し始めているのではないだろうか。

古賀と川奈部は、岩下に一礼して去っていった。岩下も腕時計を見て歩きだす。

彼女の背中に、財津はこう呼びかけた。

「岩下管理官。富野をあまりいじめないようにしてもらえますか」

「え……」足を止めて、岩下はこちらを振り返る。

「彼が捜情でひどい扱いを受けるようなら、私にも考えがありますので」

「あなた……私まで脅すつもりなの？」

岩下の顔色が変わった。彼女はひどく険しい目で財津を睨《にら》んでいる。苦笑いを浮かべて、財津は首を振った。

「いや、そうじゃありません。それほど正義感の強い男なら、私のほうで引き取ってもいいかな、と思って」

「勝手なことを……」

「富野がこれ以上怪我をしたり、田舎の交番に飛ばされたりしないようにお願いします。

小野塚理事官にもよくお伝えください」

何か言いたそうだったが、岩下はその言葉を呑《の》み込んだ。不機嫌そうな顔で、彼女は足早に去っていった。

エレベーターホールには文書解読班の三人と谷崎、そして財津係長が残された。

財津の姿を見ながら、矢代は不安な気分を味わっていた。彼が切れ者だということはよくわかった。だがその切れ方は、少々危険ではないのか。

財津の最終的な目的は何なのだろう。もしかしたら矢代や理沙は、彼の手駒として利用されてしまうのではないか？

「財津係長、私たちはあなたを信じていいんですよね？」

理沙が真剣な表情で尋ねた。矢代も夏目も谷崎も、固唾《かたず》を呑んで答えを待つ。

部下たちが自分を凝視しているのに気づいて、財津は咳払《せきばら》いをした。

「文書解読班を作ったのは俺だ。そしておまえたちを選んだのも俺だ。心配するな」

「あの、係長。それでは答えになっていません」と理沙。

「こんなに部下思いの上司はいないぞ。……ああ、そうそう、九州のお土産があるんだよ。事件も解決したことだし、あとでお茶にしようか」

財津は矢代の肩をぽんと叩《たた》いた。それから、意気揚々と廊下を歩き始めた。

本書は書き下ろしです。

本書はフィクションであり、登場する地名、人名、団体名などすべて架空のもので、現実のものとは一切関係ありません。

影《かげ》の斜《しゃ》塔《とう》

警《けい》視《し》庁《ちょう》文《ぶん》書《しょ》捜《そう》査《さ》官《かん》

麻《あさ》見《み》和《かず》史《し》

平成31年 4月25日 初版発行
令和7年 6月5日 7版発行

発行者●山下直久

発行●株式会社KADOKAWA
〒102-8177 東京都千代田区富士見2-13-3
電話 0570-002-301(ナビダイヤル)

角川文庫 21563

印刷所●株式会社KADOKAWA
製本所●株式会社KADOKAWA

表紙画●和田三造

ISBN 978-4-04-108048-1 C0193

角川文庫発刊に際して

角川源義

第二次世界大戦の敗北は、軍事力の敗北であった以上に、私たちの若い文化力の敗退であった。私たちの文化が戦争に対して如何に無力であり、単なるあだ花に過ぎなかったかを、私たちは身を以て体験し痛感した。西洋近代文化の摂取にとって、明治以後八十年の歳月は決して短かすぎたとは言えない。にもかかわらず、近代文化の伝統を確立し、自由な批判と柔軟な良識に富む文化層として自らを形成することに私たちは失敗して来た。そしてこれは、各層への文化の普及滲透を任務とする出版人の責任でもあった。

一九四五年以来、私たちは再び振出しに戻り、第一歩から踏み出すことを余儀なくされた。これは大きな不幸ではあるが、反面、これまでの混沌・未熟・歪曲の中にあった我が国の文化に秩序と確たる基礎を齎らすためには絶好の機会でもある。角川書店は、このような祖国の文化的危機にあたり、微力をも顧みず再建の礎石たるべき抱負と決意とをもって出発したが、ここに創立以来の念願を果すべく角川文庫を発刊する。これまで刊行されたあらゆる全集叢書文庫類の長所と短所とを検討し、古今東西の不朽の典籍を、良心的編集のもとに、廉価に、そして書架にふさわしい美本として、多くのひとびとに提供しようとする。しかし私たちは徒らに百科全書的な知識のジレッタントを作ることを目的とせず、あくまで祖国の文化に秩序と再建への道を示し、この文庫を角川書店の栄ある事業として、今後永久に継続発展せしめ、学芸と教養との殿堂として大成せんことを期したい。多くの読書子の愛情ある忠言と支持とによって、この希望と抱負とを完遂せしめられんことを願う。

一九四九年五月三日

角川文庫ベストセラー

警視庁文書捜査官
麻見和史

警視庁捜査一課文書解読班——文章心理学を学び、文書の内容から筆記者の生まれや性格などを推理する技術が認められて抜擢された鳴海理沙警部補が、右手首が切断された不可解な殺人事件に挑む。

緋色のシグナル
警視庁文書捜査官エピソード・ゼロ
麻見和史

発見された遺体の横には、謎の赤い文字が書かれていた——。「品」「蟲」の文字を解読すべく、所轄の巡査部長・鳴海理沙と捜査一課の国木田が奔走。文書解読班設立前の警視庁を舞台に、理沙の推理が冴える！

永久囚人
警視庁文書捜査官
麻見和史

文字を偏愛する鳴海理沙班長が率いる捜査一課文書解読班。そこへ、ダイイングメッセージの調査依頼が舞い込んできた。ある稀覯本に事件の発端があるとわかり作者を追っていくと、更なる謎が待ち受けていた。

生贄のマチ
特殊捜査班カルテット
大沢在昌

家族を何者かに惨殺された過去を持つタケルは、クチナワと名乗る車椅子の警視正からある極秘のチームに誘われ、組織の謀略渦巻くイベントに潜入する。孤独な潜入捜査班の葛藤と成長を描く、エンタメ巨編！

解放者
特殊捜査班カルテット2
大沢在昌

特殊捜査班が訪れた薬物依存症患者更生施設が、何者かに襲撃された。一方、警視正クチナワは若者を集めたゲリライベント「解放区」と、破壊工作を繰り返す一団に目をつける。捜査のうちに見えてきた黒幕とは？

角川文庫ベストセラー

十字架の王女　特殊捜査班カルテット3　大沢在昌

国際的組織を率いる藤堂と、暴力組織〝本社〟の銃撃戦に巻きこまれ、消息を絶ったカスミ。助からなかったのか、父の下で犯罪者として生きると決めたのか。行方を追う捜査班は、ある議定書の存在に行き着く。

標的はひとり　新装版　大沢在昌

かつて極秘機関に所属し、国家の指令で標的を消していた男、加瀬。心に傷を抱え組織を離脱した加瀬に来た〝最後〟の依頼は、一級のテロリスト・成毛を殺す事だった。緊張感溢れるハードボイルド・サスペンス。

眠たい奴ら　新装版　大沢在昌

破門寸前の経済やくざ高見は逃げ込んだ温泉街で警察嫌いの刑事月岡と出会う。同じ女に惚れた2人は、政治家、観光業者を巻き込む巨大宗教団体の跡目争いの渦中へ……はぐれ者コンビによる一気読みサスペンス。

冬の保安官　新装版　大沢在昌

ある過去を持ち、今は別荘地の保安管理人をする男。冬の静かな別荘で出会ったのは、拳銃を持った少女だった（表題作）。大沢人気シリーズの登場人物達が夢の共演を果たす「再会の街角」を含む極上の短編集。

らんぼう　新装版　大沢在昌

巨漢のウラと、小柄のイケの刑事コンビは、腕は立つがキレやすく素行不良、やくざのみならず署内でも恐れられている。だが、その傍若無人な捜査が、時に誰かを幸せに……？　笑いと涙の痛快刑事小説！

角川文庫ベストセラー

ジャングルの儀式 新装版　大沢在昌

ハワイから日本へ来た青年・桐生傀の目的は一つ、父を殺した花木達治への復讐。赤いジャガーを操る美女に導かれ花木を見つけた傀は、権力に守られた真の敵を知り、戦いという名のジャングルに身を投じる！

夏からの長い旅 新装版　大沢在昌

充実した仕事、付き合いたての恋人・久邇子との甘い逢瀬……工業デザイナー・木島の平和な日々は、放火事件を皮切りに、何者かによって壊され始めた。一体誰が、なぜ？　全ての鍵は、1枚の写真にあった。

犯罪に向かない男 警視庁捜査一課田楽心太の事件簿　大村友貴美

いいかげんな性格で悪名高い捜査一課田楽心太は、冴えた捜査勘と共感力では誰にも負けない名刑事だ。巨大リテールカンパニー社長令嬢の誘拐と、建設現場で発見された焼死体。事件の因縁を田楽が解きあかす。

存在しなかった男 警視庁捜査一課田楽心太の事件簿　大村友貴美

タイへのハネムーンの帰国便の機内から、夫の姿が忽然と消えた。妻が途方に暮れる中、東京湾で彼の遺体が発見される。だがそのパスポートには出入国の印がなかった…。驚愕の展開に息を呑む密室ミステリ！

SP 警視庁警備部警護課第四係　金城一紀

幼い頃、テロの巻き添えで両親を亡くした井上薫は、トラウマから得た特殊能力を使い、続発する要人テロと、その背後にある巨大な陰謀に敢然と立ち向かっていく——。

角川文庫ベストセラー

軌跡　今野 敏

目黒の商店街付近で起きた難解な殺人事件に、大島刑事と湯島刑事、そして心理調査官の島崎が挑む。（「老婆心」より）警察小説からアクション小説まで、文庫未収録作を厳選したオリジナル短編集。

熱波　今野 敏

内閣情報調査室の磯貝竜一は、米軍基地の全面撤去を前提にした都市計画が進む沖縄を訪れた。だがある日、磯貝は台湾マフィアに拉致されそうになる。政府と米軍をも巻き込む事態の行く末は？　長篇小説。

陰陽　鬼龍光一シリーズ　今野 敏

若い女性が都内各所で襲われ惨殺される事件が連続して発生。警視庁生活安全部の富野は、殺害現場で謎の男・鬼龍光一と出会う。祓師だという鬼龍に不審を抱く富野。だが、事件は常識では測れないものだった。

憑物　鬼龍光一シリーズ　今野 敏

渋谷のクラブで、15人の男女が互いに殺し合う異常な事件が起きた。さらに、同様の事件が続発するが、その現場には必ず六芒星のマークが残されていた……警視庁の富野と祓師の鬼龍が再び事件に挑む。

CRISIS 公安機動捜査隊特捜班　小説／周木 律　原案／金城一紀

警視庁公安部に所属する、凶悪事件の初動捜査を担当する特別チーム『公安機動捜査隊特捜班』。横浜の39階建てホテルが何者かに占拠され、宿泊客550人が人質に取られる未曾有の事件に、特捜班が挑む！

角川文庫ベストセラー

逸脱
捜査一課・澤村慶司
堂場瞬一
10年前の連続殺人事件を模倣した、新たな殺人事件。県警を嘲笑うかのような犯人の予想外の一手。県警捜査一課の澤村は、上司と激しく対立し孤立を深める中、単身犯人像に迫っていくが……。

天国の罠
堂場瞬一
ジャーナリストの広瀬隆二は、代議士の今井から娘の香奈の行方を捜してほしいと依頼される。彼女の足跡を追ううちに明らかになる男たちの影と、隠された真実とは。警察小説の旗手が描く、社会派サスペンス！

歪
捜査一課・澤村慶司
堂場瞬一
長浦市で発生した2つの殺人事件。無関係かと思われた事件に意外な接点が見つかる。容疑者の男女は高校の同級生で、事件直後に故郷で密会していたのだ。県警捜査一課の澤村は、雪深き東北へ向かうが――。

執着
捜査一課・澤村慶司
堂場瞬一
県警捜査一課から長浦南署への異動が決まった澤村。その赴任署にストーカー被害を訴えていた竹山理彩が、出身地の新潟で焼死体で発見された。澤村は突き動かされるようにひとり新潟へ向かったが……。

パンドラ
猟奇犯罪検死官・石上妙子
内藤了
死神女史こと石上妙子検死官の過去を描いたスピンオフ作品が登場！　大学院生の妙子が検死を担当した少女の「自殺」には不審な点があった。刑事1年目の厚田と話した妙子は、法医昆虫学者ジョージの力も借り……。

角川文庫ベストセラー

MIX
猟奇犯罪捜査班・藤堂比奈子
内藤　了

湖で発見された、上半身が少女、下半身が魚の謎の遺体。「人魚」事件の背後には未解決の児童行方不明事件が関わっているようだ。その後、また新たな謎の遺体が見つかる。保を狙う国際犯罪組織も暗躍し……。

COPY
猟奇犯罪捜査班・藤堂比奈子
内藤　了

発見された複数の遺体は、心臓がえぐりだされ奇妙な「魔法円」を描いていた。比奈子たち猟奇犯罪捜査班の面々は、12年前そして30年前の事件との類似を聞かされる。そしてセンターに身を隠す保が狙われ……。

脳科学捜査官　真田夏希
鳴神響一

神奈川県警初の心理職特別捜査官・真田夏希は、医師免許を持つ心理分析官。横浜のみなとみらい地区で発生した爆発事件に、編入された夏希は、そこで意外な相棒とコンビを組むことを命じられる——。

脳科学捜査官　真田夏希
イノセント・ブルー
鳴神響一

神奈川県警初の心理職特別捜査官の真田夏希は、友人から紹介された相手と江の島でのデートに向かっていた。だが、そこは、殺人事件現場となっていた。そして、夏希も捜査に駆り出されることになるが……。

天使の屍
貫井徳郎

14歳の息子が、突然、飛び降り自殺を遂げた。真相を追う父親の前に立ち塞がる《子供たちの論理》。14歳という年代特有の不安定な少年の心理、世代間の深い溝を鮮烈に描き出した異色ミステリ！

角川文庫ベストセラー

崩れる
結婚にまつわる八つの風景
貫井徳郎

北天の馬たち
貫井徳郎

ヴァイス
麻布警察署刑事課潜入捜査
深見真

PSYCHO-PASS
サイコパス（上）
深見真

PSYCHO-PASS
サイコパス（下）
深見真

崩れる女、怯える男、誘われる女……ストーカー、DV、公園デビュー、家族崩壊など、現代の社会問題を「結婚」というテーマで描き出す、狂気と企みに満ちた、7つの傑作ミステリ短編。

横浜・馬車道にある喫茶店「ペガサス」のマスター毅志は、2階に探偵事務所を開いた皆藤と山南の仕事を手伝うことに。しかし、付き合いを重ねるうちに、毅志は皆藤と山南に対してある疑問を抱いていく……。

人気アイドルの覚醒剤疑惑に大物政治家の賄賂。麻布警察署のエース、仙石のミッションは依頼された全ての犯罪を秘密裏に揉み消すこと。手段は問わない。〝悪を以って悪を制す〟汚職警官の行く末とは!?

2112年。人間の心理傾向を数値化できるようになった世界。新人刑事・朱は、犯罪係数が上昇した《潜在犯》を追い現場を駆ける。本書には、朱らに立ちはだかる男・槙島の内面が垣間見える追加シーンも加筆。

槙島は、狡噛が《執行官》に堕ちたキッカケに繋がる男でもあった。槙島が糸を引く猟奇殺人により、新人刑事・朱や狡噛の日常の均衡は崩される。本書には、狡噛や槙島たちの内面が垣間見える追加シーンも加筆。

角川文庫ベストセラー

BORDER

小説／古川春秋
原案／金城一紀

頭に銃弾を受けて生死の境を彷徨った警視庁捜査一課の刑事・石川安吾。奇跡的に回復し再び現場に復帰した彼は「死者と対話ができる」という特殊能力を身に付けていた——。新感覚の警察サスペンスミステリ！

彷徨《さまよ》う警官

森　詠

殺しに時効があってたまるか！　恋人が殺された未解決事件の謎を追い続ける一匹狼の刑事・北郷。しかし彼の前に不可解な圧力がかかる。そして明らかになる警察の不祥事……実力派作家の本格派警察小説！

特命捜査
彷徨《さまよ》う警官　2

森　詠

2011年春、震災直後に蒲田署から警視庁捜査一課へ異動した北郷に与えられた任務は15年前の『大森女子大生放火殺人事件』の捜査。アクの強い古参刑事や女性刑事を部下に従え班長代理北郷が難事件に挑む。

警視庁53《ゴーサン》教場

吉　川　英　梨

捜査一課の五味のもとに、警察学校教官の首吊り死体発見の報せが入る。死亡したのは、警察学校時代の仲間だった。五味はやがて、警察学校在学中の出来事が今回の事件に関わっていることに気づくが——。

偽弾《ぎだん》の墓
警視庁53《ゴーサン》教場

吉　川　英　梨

警察学校で教官を務める五味。新米教官ながら指導に奮闘していたある日、学生が殺人事件の容疑者になってしまう。やがて学校内で覚醒剤が見つかるなどトラブルが続き、五味は事件解決に奔走するが——。